KB051807

중년 독서

삶의 고비 때
곁에 있어준 책들

중년
독서

이지상 지음

arte

이제 다시 책이다

가끔 나의 세계를 넓혀주고 살아가는 데 힘을 준 것은 무엇일까 생각해본다.

물론 여행이 큰 영향을 주었다. 수십 년 동안 많은 곳을 여행하며 낡은 껍질을 벗고 더 성장한 것은 분명하다. 그러나 더 높은 인격과 더 단단한 마음을 갖게 된 것은 아니었다. 여행의 경험은 그것을 선망하는 사람들 앞에서만 빛나 보였지 현실 세계의 풍랑들, 즉 경제적 문제나 관계에서 오는 갈등, 늙음과 쓸쓸함, 병과 죽음의 문제 앞에서는 나약했다.

나만 그럴까? 여행자가 이토록 많은 시대인데도 사람들의 인격은 더 고상해지지 않는 것 같다. 오히려 더 까칠하고 불안해하고 속이 좁아져간다. 여행이 진정한 나를 찾는 과정이라고 생각한 적도 있었지만 실체가 모호해 보였다. 그리고 '지금, 여기'의 관계에서 파악되는 '나'가 중요해지기 시작했다. 갈수록 여행을 벗어난 전체 삶의 문제가 심각하게 다가오고 있었다.

한때 나는 '길에서 다 배웠다'라는 건방진 생각을 했었다. 그 생각이 여지없이 깨진 것은 중년에 들어서였다. 부모님의 죽음 앞에서 나는 너무도 나약했고, 이런저런 병을 앓는 가운데 조금씩 무너져갔다. 경제적인 문제 앞에서 궁색한 인간이 되어갔고, 수많은 인간관계 속에서 실수한 적도 많았다. 또한 닥쳐오는 고령화 시대를 생각하면 우울했다.

이제 어디로 탈출해야 하나? 여행과 글 속에 파묻혀 정신없이 살아왔는데 어느 순간 길을 잃었다. '내 삶은 어디서 와서 어디로 가는가'라는 사춘기 시절의 의문이 뼈가 시리게 다가왔다. 극복한 줄만 알았던 고민들이 다시 머리를 들고 있었다.

산 너머에 무언가 있으리라는 희망을 안고 산을 넘었고, 강 건너에 무언가 있으리라는 꿈을 안고 강을 건넜다. 그곳 어디쯤엔가 있을 튼튼한 성채로 들어가면 영원히 행복할 줄 알았다. 그러나 어느 순간 산 넘어 산이고, 강 건너 강이며, 인생이란 이렇게 끝없이 길을 가는 것이구나, 라는 생각이 들기 시작했다.

막막하고 허망했다.

　자, 이제 어쩔 것인가?

그때 다시 책을 읽기 시작했다. 중년의 독서는 청년 시절 일구어놓은 지식과 경험을 차곡차곡 수확하는 행위였다. 돌이켜보니 나는 책을 통해 성장해왔다. 어린 시절에는 만화책, 동화책을 통해 상상의 나래를 펼쳤고, 고민 많던 청소년기에는 수많은 문학 작품이 나의 세계를 넓혀주었다. 책을 통해 나는 세상을 배웠고 여행의 꿈도 키웠다.

　내가 보는 게 다가 아니고 내가 듣는 게 다가 아님을 가르쳐준 것은 책이었다. 온갖 고통과 갈등이야말로 내 삶을 더욱 튼실하게 만들어가는 과정이라며 위로해주는 것도 책이었다.

　여기에서 이야기하는 책들은 어떤 기획에 의해 선택된 것이 아니다. 철학서도 있고, 소설도 있고, 논픽션도 있다. 굳이 주제를 잡자면 내 삶의 고비를 넘기는 데 도움을 준 책들이다.

어느 날 삼성동에 있는 별마당도서관에 갔다. 책이 가득 채워진 거대한 서고들이 우뚝우뚝 솟아 있는 멋진 곳이었다. 도서관 2층 의자에 앉아 밑으로 시원스럽게 트인 공간을 바라보았다.

저물녘의 해가 서서히 지고 있었다. 잔잔한 음악을 들으며 그 풍경을 바라보니 묘한 기분이 들었다. 거대한 서고가 성스럽게 보여 경배하고 싶은 기분마저 들었다.

저 책들을 위해 얼마나 많은 작가들이 삶을 바쳤으며, 얼마나 많은 출판인들이 땀을 흘렸을까? 인류의 정신이 그곳에서 빛나고 있었다. 귓가에 들리는 음악 소리가 책들의 은밀한 합창처럼 느껴지면서 가슴이 서늘해졌다.

책을 통해 이제 다른 세계로 걸어나간다. 드넓은 벌판에 아름다운 나무가 가득하고, 그 사이로 멋진 길이 뻗어나가고 있다. 나무마다 인류의 지혜와 상상으로 맺어진 열매들이 주렁주렁 달려 있다. 중년의 고개를 넘자 내리막길만 있는 줄 알았는데 천만에! 풍성한 세상이 펼쳐지고 있다.

책 덕분이다. 책을 통해 닫힌 세상, 뻔한 세상, 피곤한 세상으로부터 탈출한다. 앞서간 사람들의 정신을 만나러 간다. 새로운 우주다. 책이 고맙다. 이제 다시 책이다.

차례

도시에서 가면을 쓰고
살아가는 법

———————

강상중
『도쿄 산책자』

나는 정신적인 가면을 몇 개 준비해놓고 살아간다. 그렇다고 내가 다중인격자라는 말은 아니다. 가면 쓰기는 세상살이를 위해 언젠가부터 선택한 하나의 방법이다. 한때 방랑자 같은 삶을 살 때는 그럴 필요가 없었다. 다른 나라를 여행하거나 한국에 돌아와 잠시 머물 때면 '나만' 생각하며 있는 그대로의 '민낯'을 드러낸 채 살았다. 수염을 기르고 늘 여행자 차림으로 다녔고, 사람들이 나를 어떻게 생각하든 신경 쓰지 않았다. 내 식대로 살다가 다시 여행을 떠나면 그만이었다.

그러나 한국에 정착해 뿌리를 내리면서 갈등이 생겼다. 타인의 시선을 의식하기 시작했고, 그들과의 관계 속에서 '나는 누구인가'에 대해 고민하게 되었다. 나는 더 이상 바람 같은 여행자가 아니었고 정착민이라 할 수도 없었다. 어정쩡한 입장에서 사람과 사회를 대하는 방법이 서툴렀다. 인간관계가 불편하기만 했다. 지금 돌이켜보니 그때는 가면이 준비되어 있지 않았던 것이다. 내가 상황에 따라 적절한 가면을 바꿔 쓰며 살게 된 것은 좀 더 세월이 지난 후였다.

인간은 원래 가면을 쓰고 사는 존재다. 영어의 '퍼슨person, 인간'은 어원적으로 가면 또는 탈을 뜻하는 라틴어 '페르소나persona'에서 왔다. 여기서 가면은 '표리부동'을 의미하기 전에, 사회에서 관계를 맺으며 살아가기 위한 자신의 '역할'이라는 긍정적인 의미가 있다. 동양의 '인간人間'도 '사람과 사람 사이'라는 의미에서 형성된 개념이듯이 우리 삶에서 관계를 맺는 일은 무척 중요하다. 우리는 관계 속에서 자신의 정체성을 구축하고 그에 알맞은 역할을 수행하며 살아간다. 마치 배우들이 각자에게 맞는 배역을 맡아 연기하는 것처럼.

사회가 복잡해질수록 여러 개의 가면이 요구된다. 전통사회나 근대사회에서는 하나의 정체성, 하나의 가면을 강조했다. 아버지면 아버지, 선생님이면 선생님, 학생이면 학생이라는 가면을 쓰고 충실하게 살면 되었다. 그런데 탈근대 사회에 오면서 여러 개의 정체성, 즉 여러 개의 가면이 필요해지는 상황이 전개되었다.

'나는 누구인가'를 고민하던 무렵 읽은 강상중의 『도쿄 산책자』는 초반부터 나를 몰입시켰다. 일본 도쿄대학 교수인 저자는 이 책에서 재일교포로 살아가는 자기 정체성의 문제와 함께 도쿄라는 도시를 분석한다. 그는 젊은 시절 한국 이름 강상중이 아니라 나가노 데쓰오라는 일본 이름으로 살아가면서 자신이 거짓된 삶을 살고 있다는 고민에 빠졌다. 그러다 대학 시절인 1971년 여름방학 때 처음으로 마주한 서울의 모습에 충격을 받는다. 서울은 어두침침했고 거대한 진창 같았다. 변호사였던 숙부의 집은 부유했으나 집 밖으로 나가면 혼란스러웠다. 비가 내리고 나면 여자들이 나와 빗물로 빨래를 했고 누더기를 걸친 소년들이 맨발로 거리를 쏘다녔다. 도처에서 털터리 버스가 흙탕물을 튕기며 맹렬한 속도로 질주했다. 그 풍경을 보면서 강상중 교수는 온몸의 혈관과 신경세포가 모조리 드러나 팔딱팔딱 뛰는 느낌이 들었다고 한다.

1971년에 나는 중학교 1학년이었다. 광화문에 있는 중학교를 다닌지라 그 시절의 서울 도심지 풍경을 기억한다. 버스가 무섭게 달렸고, 사람들은 무질서하게 멈추는 버스를 쫓아가 서로 밀치며 올라탔다. 등굣길에 승객이 너무 많아 문도 못 닫은 채 달리던 버스에서 안내양이 문밖으로 떨어지는 것을 목격하기도 했다. 아스팔트 바닥에 내동댕이쳐진 이십 대 초반의 여인은 다행히 크게 다치지 않았지만, 옷을 툭툭 털며 일어나 어색한 미소를 짓던 그녀의 모습은 지금도 생생하다. 그렇게 모두 악바

리처럼 살아가던 시절이었다. 어린 구두닦이나 거지들의 모습은 흔한 풍경이었다. 초등학교 때는 다리 밑에서 사는 거지 아이들이 동네에 와서 "밥 좀 주세요, 네?" 하고 외치는 소리를 듣고 살았다.

그런 서울이었으니 깔끔하고 쾌적한 도쿄의 거리에 익숙했던 강상중 교수에게는 엄청난 충격으로 다가왔을 것이다. 그런데 그는 도쿄로 돌아가기 전날, 청계천 근처에 있던 숙부의 사무실에서 창밖을 내다보다가 말할 수 없는 감정이 복받쳐 올랐다. 저녁나절 귀가하는 사람들의 물결을 보면서 여기에도 사람들이 살고 있구나, 라는 감동에 휩싸인 것이다. 그 순간 굳어 있던 마음이 풀리면서 석양에 물들어가는 서울이 사랑스럽게 보였다고 한다.

도쿄로 돌아간 그는 일본 이름을 버리고 강상중이라는 이름을 쓰기 시작했다. 재일교포에 대한 차별이 심한 일본 사회에서 그것은 엄청난 용기가 필요한 일이었다. 내가 재일교포에게 직접 들은 이야기인데, 1988년 올림픽 이전에는 교포들이 문패에 한국 이름을 쓰지 않았다고 한다. 살기 위해서 자신의 진짜 이름을 숨겨야 했던 것이다. 하물며 강상중 교수가 일본 이름을 버린 1970년대 초반의 분위기는 어땠을까? '조센징'은 거짓말

잘하고, 거칠고, 야쿠자 같다는 편견이 짙었을 때였다. 그만큼 조국은 못살고 험하고 가난했다.

그런데 당당하게 자기 이름을 찾았던 그는 또 다른 혼란에 빠진다. 자신의 정체성은 '한국인 강상중'이고 '나가노 데쓰오'는 그 정체를 숨기는 가면이라고 생각해서 벗었는데, 막상 드러난 '강상중'은 자신의 모든 것을 설명해주지 않았다고 한다. 어린 시절부터 20여 년 동안 나가노 데쓰오로 살면서 맺은 관계와 인연은 다 뭐란 말인가? 부모님도 돌아가실 때까지 아들을 데쓰오라고 불렀는데.

여기서 강상중 교수는 인간은 몇 개의 페르소나를 쓰고 살아가는 존재라는 것을 깨닫는다. '아이덴티티^{정체성}'란 '(자기) 동일성'이며 '어떤 것과 일치'시킴으로써 명확해지는 것이라 여겼던 자신의 생각이 틀렸다는 것을 인정한다. 즉, 자신의 아이덴티티는 하나가 아니라는 사실을 각성하면서 이렇게 이야기한다.

아이덴티티라는 것은 몇 개의 면을 가지고 있는 것이라고 말할 수 있습니다. 어느 것이 진짜이고 어느 것이 거짓이냐는 문제는 그렇게 간단히 정할 수 있는 게 아닙니다. (……) 오늘날에는 '부동不動의 나' 또는 '확고한 아이덴티티'라는 것이 선망의 대상이 되고 있습니다. 이만큼 불확실한 시대도 없었으니까요. 모든 것이 너무나 빨리 변해가는 세상에서 사람들은 변하지 않는 것을 간절히 바라는 것이겠지요. 하지만 현실에서는 확실한 안정을 얻는다는 것이 불가능합니다. 그 결과 자신이 안고 있는 불안이나 울분이 부정적 에너지가 되어 타자에게 분출되는 것인지도 모릅니다. '저놈은 형편없어, 저놈보다는 내가 나아'라는 말을 하면서 남들보다 강해지려는 것입니다. 이는 요즘 시대가 안고 있는 큰 문제입니다.

— 『도쿄 산책자』 23~27쪽

이런 깨달음 속에서 그는 앞으로 하나의 정체성 안에서 '졸고 있는 인간'이 되지 않고 '있는 그대로'의 다양한 정체성을 받아들이며 살겠다고 다짐한다. "진정한 자기란 없고, 있는 것은 지금 거기 있는 자신뿐이기에 '있는 그대로' 자기 안의 모순을 껴안고 모든 것을 받아들이는 것"이 중요하다고 그는 말한다. 독자들을 배려해 쉬운 표현으로 풀어가고 있지만 그의 말은 현대사회와 인간에 대한 날카로운 비판적 통찰로 다가온다.

강상중 교수가 재일교포로서 정체성의 문제를 고민했다면, 나는 방랑자 같은 삶을 살다가 내 나라에 다시 정착하는 과정에서 혼란에 빠졌다. 그런데 나에게 닥친 또 다른 문제는 '도시'였다. 아버지가 서울 토박이고 나 역시 서울에서 나고 자랐지만 나는 도시를 싫어했다. 유년 시절 겪은 1960, 70년대의 서울은 빈곤했고, 그 후 고도성장기를 거치며 난개발을 하는 서울은 번잡한 곳이라는 인상만 심어주었다. 자연스럽게 여행지도 중국의 서역 지방, 인도, 사막, 아프리카 대초원, 시베리아 횡단 등 광활한 자연과 오지에 이끌렸다. 나중에는 그런 곳도 점점 관광지로 개발되는 것을 보면서 더 깊은 오지를 찾게 되었다.

한번은 말레이시아 보르네오섬의 사바주^州에 숨어 있는 어느 깊은 원시림으로 들어갔다. 조그만 여행사에서 만든 정글 속 캠프에 간 것이었다. 보트를 타고 세 시간 정도 강을 거슬러 올라가니 정글에 오두막 두 채가 있었고, 청년 몇 명이 그곳을 관리하며 물과 음식을 제공해주었다. 밤과 새벽의 사파리는 좋았다. 정글에 울려 퍼지는 새소리, 물안개에 젖어든 달빛, 그 풍경 속에서 '아, 정말 원시림 속에 들어왔구나' 하고 감격했다. 하지만 다음 날 오전부터 40도를 넘어 50도에 육박하며 닥쳐드는 더위 앞에서는 속수무책이었다. 나는 더위를 먹고 밤에는 토하기조차 했다. 결국 2박 3일 만에 도시로 돌아와 향한 곳은 에

어컨 바람 나오는 카페였다. 그곳에서 시원한 공기를 쐬는 순간 몸과 마음이 진정되면서 그제야 숨이 편하게 쉬어졌다. 그때 나는 내가 '나약한 도시인'이라는 것을 인정하기로 했다.

프랑스의 환경 철학자 오귀스텡 베르크의 말처럼 이제 도시는 인간에게 모태와도 같은 곳이 되었다. 인간은 대자연의 공포와 불편함에서 탈출해 도시를 만들었으며, 대부분의 인간은 도시에서 태어나 도시에서 죽는다. 시골 역시 도시의 영향력 속에 있으며 대자연의 오지를 탐방하던 사람도 결국은 도시로 돌아와 삶을 살아간다. 나 역시 그 원시림 경험 이후로 도시에 적응하기로 했다. 도시에서 어떻게 살아야 행복할 수 있을까 고민하기 시작했다.

『도쿄 산책자』를 읽으며 다시 도쿄에 가고 싶은 생각이 불쑥 솟았다. 내가 처음 일본을 방문한 것은 1988년도 말이었다. 1990년대 초반에는 일본에 푹 빠져서 여러 차례에 걸쳐 일본을 여행했었다. 전국을 돌아보았지만 특히 교토나 오사카, 아스카 등 일본의 역사와 문화 유적지에 푹 빠져들었다. 그 후에도 규슈나 오사카, 교토는 여러 번 다녀왔지만 도쿄는 한동안 가지 않았다. 그러다 2017년에 드디어 도쿄로 향했고, 가슴이 무

중년
독서

척 설렜다. 25년 만의 일본 방문이었다.

도쿄는 과연 어떻게 변해 있을까?

일본으로 떠나는 6월 말, 날이 맑았다. 비행기 안에 일본인들이 많이 보였다. 그들이 타인처럼 여겨지지 않았다. 그저 우리와 약간 다른 가면을 쓰고 살아가는 사람들일 뿐. 도쿄 나리타 공항에 도착하니 입국장에 줄이 길게 이어졌다. 지문을 찍어야 했다. 안내해주는 사람들이 전부 노인이었다. 지문 날인과 노인들. 25년 만에 마주한 일본에서 가장 인상적인 풍경이었다. 공항에서 나오다 채소와 과일 가게를 보았다. 예전에는 없었던, 일본의 다른 공항에서도 보지 못한 풍경이었다. 동일본 대지진 이후 방사능 오염 문제가 나오자 공항에서 안전한 채소를 파는 것이 아닐까? 오랜만에 보는 일본은 거리의 소소한 풍경 하나하나가 신기하게 다가왔다.

숙소 부근의 아사쿠사역으로 가기 위해 게이세이 나리타 스카이액세스선을 타야 했다. 표를 사기 위해 자판기 앞에서 머뭇거리자 중년 여자 안내원이 친절하게 도와주었다. 나리타 스카이액세스선은 고급스럽지 않은 전철이었다. 한 시간 동안 펼쳐지는 창밖의 풍경은 별다를 것 없었지만 그 밋밋함이 오히려 시간을 거슬러 올라가는 느낌을 주었다.

아사쿠사역 4번 출구로 나오니 한적한 골목길이 펼쳐졌다. 조금 걷다가 길가 카페에서 잠시 쉬기로 했다. 모카커피와 스콘을 주문했다. 일본어와 영어를 섞어서 주문하는 나를 젊은 여인이 해맑은 미소와 따스한 눈빛으로 대해주었다. 고마운 사람. 도쿄가 따스한 모카커피처럼 다가왔다. 풋풋했던 나의 삼십 대 중반 시절로 '타임슬립'한 기분도 들었다. 추억을 따라 가는 여행길이 포근하게 펼쳐지기 시작했다.

숙소에 짐을 푼 후 그날 오후와 저녁은 센소지 근처에서 보냈다. 1400년의 역사를 자랑한다는 센소지는 근처 스미다강에서 우연히 건진 관음상을 모신 절로, 주변에는 기념품 상점이 늘어서 있었다. 그곳에서 기모노를 입고 한국말로 떠들고 있는 여인들을 보았다. "한국 분이세요?" 하고 물어보니 한국에서 한국어를 배우고 있는 중국인이라고 했다. 중국인이 일본 전통 옷을 입고 한국어로 말한다? 약간 황당하게 느껴지면서도 한편으로는 그 모습이 여러 개의 가면을 쓰고 살아가는 현대인의 상징처럼 다가왔다. 하나의 정체성이 허물어지고 있는 것이다.

저녁이 되자 관광객들이 빠져나간 거리는 고즈넉해졌다. 근처 골목길의 식당과 술집 앞에 등이 밝혀졌다. 예전처럼 낮에 와서 사진 찍고 휙 떠날 때는 보지 못한 풍경이었다. 몇 백 년 전의 흔적이 배어 있어서일까, 옛날 에도 시대로 돌아간 느낌이었다. '에도'는 도쿄의 옛 이름이다. 원래 강과 함께 발전한 이 도시는 1603년부터 1867년까지 이어진 도쿠가와 이에야스 막부 정권의 근거지였다. 근대화가 되면서 도시의 중심지가 서부로 옮겨간 뒤로 이곳은 과거의 고즈넉한 분위기를 많이 간직한 채 남게 되었다.

저녁을 먹고 숙소로 돌아가다가 센소지 근처, 인적 드문 길가의 돌에 앉아 밤을 바라보았다. 도심지의 절간은 적막했다. 밝은 조명에 빛나는 기와의 선이 아름다웠고, 그 옆의 불빛 어린 탑이 매혹적이었다. 저만치서 젊은 여인이 조용히 담배를 피우다 살그머니 자리를 떴다. 한참 후 관광객으로 보이는 중년 여인 두 명이 고양이처럼 살금살금 센소지를 향해 걸어갔다. "스고이네^{대단해}"라고 속삭이면서. 몸과 마음이 맑게 정화되는 기분이 들었다. 단지 사람이 없었기 때문이 아닐 것이다.

강상중 교수의 표현에 의하면 '하레'의 순간을 느꼈기 때문일 것이다. 일본 전통사회에서는 '하레^{ハレ}'와 '게^ヶ'의 구분이 있었다. 하레는 관혼상제나 신성한 행사를 치르며 격식을 차리는 자리

이고, 게는 일상생활을 말한다. 하레의 날과 게의 날이 예전에는 명확히 구분되었지만 현대사회에서는 모호해졌다고 한다. 한국도 그렇지 않은가? 예전에는 명절 때나 먹었던 고기와 음식을 지금은 평상시에도 푸짐하게 먹을 수 있다. 또 스포츠 경기나 이런저런 공연 등 작은 축제들이 일 년 내내 열린다. 반면에 설과 추석과 제사 같은 의식은 점점 간소해지고 있다.

일본은 하레와 게가 뒤섞이면서 하레의 날에만 경험할 수 있는 어떤 경이의 감정을 점점 잃어가고 있다. 오늘날 도쿄 시민들은 잃어버린 하레의 순간을, 신사나 오래된 절을 찾아가 경험한다고 한다. 신사에 성스러운 신이 존재하기 때문이 아니라 돈과 효율성으로는 환산할 수 없는 가치가 특별한 분위기를 자아내기 때문이다.

하라주쿠에 있는 메이지 신궁에서도 그런 감정을 느꼈다. 1912년 세상을 떠난 메이지 천황을 기리는 이 신궁은 주변의 넓은 땅에 숲이 매우 우거져 있었다. 성소까지 가는 길이 꽤 멀었고 신사 입구에 있는 문인 도리이鳥居도 높았다. 천황이 머무는 황거도 그랬다. 강상중 교수는 그곳이 현재 권력의 중심지라서가 아니라, 절대적인 존재였던 천황에 대한 '기억의 저장고'로서 큰 힘을 지니기 때문에 성스러운 기운이 느껴진다고 말

중년
독서

한다.

　그런 기억의 저장고를 공유하지 않은 나도 왠지 모르게 압도
당하는 기분이었다. 그곳까지 가는 길이 너무 넓고 멀어서 더
욱 그랬던 것 같다. 도쿄역에서부터 황거까지 2킬로미터쯤 될
까? 길과 주변에 펼쳐진 광장이 드넓은 벌판 같았다. 왼쪽으로
는 히비야공원, 오른쪽으로는 거대한 히가시공원이 있었다. 황
거는 그 광막한 들판 너머 아득한 다른 세상에 있는 것 같았
다. 예전에도 여러 번 왔던 곳이지만 새삼스럽게 '넓고 멀구나'
를 느꼈다. 문득 베이징의 자금성과 캄보디아의 앙코르와트가
생각났다. 자금성이나 그 옆의 이화원은 너무 넓어서 걷다 보면
다리가 아플 정도였다. 앙코르와트도 요즘에는 차나 오토바이
로 쉽게 갈 수 있지만 예전에는 마을에서 출발하면 숲길을 몇
킬로미터나 걸어야 했다. 신을 모셔놓은 성소까지 올라가는 계
단은 너무도 가팔라서 위험했다. 접근하기에 힘이 들어서 더 성
스럽게 느껴졌다.

　우리에게 성스러운 기운을 주는 장소와 시간은 밋밋한 삶과
세상에 '화룡점정'이 되어주지 않을까? 용을 아무리 멋있게 그
려도 '검은 눈'을 찍어주지 않으면 생명이 없어 보이는 것처럼
아무리 이름을 얻고 돈을 벌고 멋진 집에 살아도 자기 안에서

'성스러운 기운'을 느끼지 못하면 공허함을 느낀다. 개인의 노력만으로는 그 성스러움을 발현하기가 어렵기 때문에 사람들은 가문을 내세우거나 집단적인 종교생활을 하거나 제사 의식을 치른다. 그런데 바쁘게 돌아가는 현대생활은 성스러움을 충분히 느낄 만한 시간적, 공간적 여유를 내주지 않는다. 결국 일상생활에서 성스러움을 경험할 기회는 점점 형식화되고 축소되면서 인간은 더더욱 공허함에 빠져든다. 공허함이란 휴식을 많이 취한다고 해서 극복할 수 있는 게 아니다. 무엇보다 '중심' 그리고 '성스러움'이 자기 안에 자리 잡아야 한다. 그런데 안타깝게도 정신없이 휩쓸려가는 이 시대에는 힘든 일이다.

서울에서 성소는 어디일까? 종교를 믿는 사람들은 절이나 교회 등에서 그것을 찾겠지만 그렇지 않은 사람들은 이 물음 앞에서 명쾌하지 않다. 일본의 황거나 메이지 신궁처럼 국민으로서 성소라 할 만한 장소가 서울에는 없다. 고궁이 그 분위기를 조금 갖고 있지만 예전에 비해 많이 축소되고 훼손되었다. 온갖 전쟁과 일제의 의도적인 훼손에 의해서, 그리고 급격한 근대화를 거치며 효율성을 강조하고 전통을 멀리하다 보니 그렇게 된 것이다. 경복궁 앞 광화문에서 남대문까지 빌딩이 들어서지 않고 예전처럼 텅 빈 공간으로 남겨두었다면 경복궁 자체가 얼마나 성스럽고 위엄 있게 보였을까?

황거 앞에 앉아 지는 해를 바라보며 생각했다. 우리는 어디에서 성소를 찾을 것인가? 조선의 왕실은 망했고 일제 식민지배와 전쟁, 근대화를 거치면서 유교적인 가치관도 상실되었다. 밀려 들어온 자본주의와 민주주의는 사회를 해체시켰다. 가정에서도, 사회에서도 중심과 권위가 흩어지고 사라지고 있다. 민주주의가 우리 사회의 중심 체제지만 다원화된 사회 속에서 각각의 원심력이 강해지면서 갈등도 증폭되었다. 그 틈을 메울 새로운 중심은 아직 없어 보인다. 정신적으로도, 장소적으로도, 시간적으로도 혼돈이다. 우리 사회에서 우왕좌왕하며 쏠림 현상이 심하게 나타나는 이유일 것이다.

성스러운 영역을 어떻게 회복시킬 것인가? 각자의 마음에서? 자기만이 갖고 있는 특별한 장소와 시간에서? 잘 모르겠다. 그래서 사람들은 여행을 떠나는 것이 아닐까? 자신이 살아 있다는 느낌 혹은 초월하고자 하는 욕망을 낯선 곳에서의 모험 혹은 은둔을 통해 채우고 싶어서.

이번 도쿄 여행에서 가장 관심 있었던 곳은 야네센 지역이다. 예전에 내가 도쿄를 여행할 당시에는 알려지지 않았던 곳이다.

『도쿄 산책자』를 보니 야나카, 네즈, 센다기 마을을 아우르는 지역으로 각 마을 이름의 첫 자를 따서 '야네센'이라고 부른다고 했다. 전쟁의 피해도 덜 입고 개발 바람도 일지 않은 곳이라 주말이면 일본인들이 산책하며 옛 정취를 즐기는 거리였다.

닛포리 전철역에서 내려 한적한 언덕길을 올라가다 중간에 왼쪽 골목길로 꺾어드니 야나카공원묘지가 보였다. 현대적인 빌딩과 주택가 사이에 가족 납골묘가 수없이 들어서 있었다. 묘지 면적이 10만 제곱미터라는데 서울 같으면 상상도 못 할 풍경이다. 낮이라 평화로워 보였지만 밤이 되면 으스스하지 않을까? 인적이 뚝 끊긴 길을 걷고 있는데 자전거를 탄 아주머니가 스쳐 지나갔다. 죽음을 가깝게 두고 살아가는 풍경이 낯설면서도 부러웠다. 야나카 마을은 원래 산골짜기로 녹음이 우거졌으며 에도 시대 때부터 절이 많았다고 한다. 지금도 크고 작은 절이 곳곳에 있었다. 집들은 낡고 허름해 보였지만 고즈넉했다. 조그만 이발소와 세탁소들도 보였다.

걷다가 민화 그리는 집을 보았다. 밖에 걸린 민화를 사진 찍고 있는데 지나가던 육십 대 중반의 여인이 물었다.

"오모시로이재미있나요?"

머뭇대는 말투로 대답하자 내가 한국 사람이라는 걸 알고 영어로 말을 건넸다. 그녀는 이곳에 사는 주민이라고 했다.

"200년 전이라면 매우 낭만적이었을 거예요. 비 오는 날을 상상해보세요. 골짜기 집에 앉아 차를 마시며 비 오는 풍경을 감상하면 얼마나 좋았겠어요."

잠시 이야기를 나누던 여인은 여행 잘하라는 말을 남기고 가던 길을 갔다. 도쿄라도 한적한 곳에 사는 사람들은 넉넉한 인심과 여유를 보였다.

근처에는 서민적인 시장 거리가 펼쳐져 있었다. 도쿄의 10대 신사 가운데 하나로 꼽히는, 1900년 전에 세워진 네즈신사도 있었다.

야네센은 서울의 북촌이나 서촌보다 더 조용한 지역이었다. 그중에서도 도심 속의 공동묘지가 가장 인상적이었다. 앞으로 이곳은 어떻게 변해갈까?

신오쿠보 지역도 흥미로운 곳이었다. 예전에 이 근처 게스트하우스에 묵은 적이 있다. 일본 노무자들, 지방에서 온 상인들이 묵는 허름하고 저렴한 숙소였는데, 서양 가이드북에 소개된 후로 배낭 여행자들이 찾아와 묵기 시작했다. 원래 신오쿠보 지역은 한국에서 온 노동자들이 많이 살았는데 1980년대 말부터 한국 식당이 들어서면서 코리아타운으로 주목받았다고 한다. 그런데 지금은 중국이나 인도, 동남아에서 온 사람들이 모여 살고 있었다.

그리 넓다고 할 수는 없지만 한국·태국·인도 음식점과 터키 음식점인 케밥집 등이 있고, 외국인들을 위한 마트가 있어서 이방의 분위기가 물씬 풍겼다. 나는 이런 곳을 좋아해서 서울에서도 이방인들의 거리를 종종 찾아다닌다. 획일적인 문화의 틈바구니에서 숨구멍을 느끼기 때문이다.

닭꼬치 구이를 사 먹다 일본어 공부를 하고 있다는 스리랑카 남자와 잠시 얘기를 나누었다. 헤어지면서 꼬치집 사진을 찍으려고 하자 그 앞에 앉아서 먹고 있던 인도, 동남아 여인들이 화들짝 놀랐다. 불법 취업자들일까? 스리랑카 남자가 나를 가리키며 '코리안 여행자'라고 말해주자 안심하는 것 같았다.

신오쿠보역에서 신주쿠까지 걸었다. 화려한 도쿄 거리 같지만 걷다 보면 지저분하고 낙후된 곳도 보였다. 드디어 환락가로 손꼽히는 신주쿠 거리의 가부키초 거리에 이르렀다. 많이 달라져 있었다. 내가 기억하는 20여 년 전의 가부키초는 매우 시끄러웠다. 파친코 가게마다 손님들 부르는 소리가 요란했는데 지금은 파친코가 다 사라졌다. 모든 건물이 세련돼 보였으며 가운

중년
독서

데에는 널찍한 광장과 멋진 건물이 들어서 있었다. 아직 환락의 밤이 시작되지 않아서일까, 평일 저녁의 신주쿠는 점잖았다.

메이지 시대 때 근대화의 상징으로 만들어진 긴자 거리는 마루노우치 지역과 함께 관공서와 대기업, 금융업 건물들이 모여 있어서 근엄한 분위기였다. 그러나 여행자의 눈길을 끄는 것은 단연코 해외 명품 브랜드를 파는 쇼핑센터였다. 샤넬, 까르띠에, 루이뷔통, 크리스티앙 디오르, 에르메스 등 화려한 명품 광고 전광판이 번쩍거렸다.

사람들은 왜 명품을 가지고 싶어 할까? 강상중 교수는 현대사회에서 명품 브랜드는 부적 같은 것이라고 말한다. 과거에는 텔레비전이나 자동차가 권력과 부를 보여주는 상품이었지만 그것들이 대중화된 현대사회에서는 명품이 개인 간의 차별화를 위한 '기호'가 되었다고 한다.

그런 것 같다. 그러나 그런 값비싼 기호를 포기한 나는 긴자에서 아늑함을 느꼈다. 기호들의 의미와 차별화를 외면한 채 멋진 자태를 드러낸 건물의 형태와 소리와 황홀한 불빛을 즐겼다. 현란한 도시에서는 너무 의미를 따지면 피곤해진다. 드러난 것들을 '있는 그대로' 즐기면 다른 세계가 펼쳐진다.

한참을 걷는데 어디선가 색소폰 소리가 들려왔다. 중년의 일본 사내가 길에서 색소폰을 연주하고 있었다. 재즈 선율이 건물에 반사되면서 온 거리를 가득 메웠다. 황홀한 순간이었다.

　며칠 동안 돌아본 도쿄에서 나는 예전처럼 서울과의 차이를 크게 느낄 수 없었다. 1990년대 초반, 도쿄는 서울과 많이 달랐다. 거리의 풍경, 편리하고 정교한 시스템, 시민들의 질서 의식 앞에서 충격을 받았을 정도다. 일본은 우리보다 근대화가 약 100년이 앞선 나라다. 일본은 1868년, 메이지 천황을 중심으로 서구 문물을 받아들이면서 근대화를 시작했고, 한국은 1960년대에 시작했다. 첫 도쿄 방문에서 받은 충격은 바로 그 100년의 간격에서 온 것이었다. 그런데 이제 서울도 세계화하는 가운데 적어도 겉보기로는 도쿄와 비슷해졌다. 강상중 교수 역시 이제는 서울과 도쿄의 차이를 별로 느끼지 못한다고 이야기했다.

　그는 도시를 긍정적으로 본다. '사람은 타자와 교류함으로써 자신의 정체성을 깨닫게 되며 자기가 싫어하는 타자도 가까운 존재로 여길 수 있다'면서, 도시는 그런 타자를 만나는 장소이기에 인간을 자유롭게 할 수도 있다고 한다.

　깊은 체험과 통찰에서 나온 말이다. 시골 사람들이 도시생활에서 가장 만족감을 느끼는 것이 '자유'라고 하지 않던가. 시골의 갑갑한 인간관계, 관습, 소문으로부터 탈출할 수 있기 때문이다. 그런데 그 자유가 지나치면 고독과 소외가 발생한다. 자유와 고독의 간격 사이에서 현대 도시인들은 고민할 수밖에 없다.

우리는 종종 일본인들을 '혼네본마음'와 '다테마에겉마음'가 다르다며 경계를 한다. 그러나 언제부턴가 우리도 그렇게 되어가고 있다. 수많은 사람을 접하는 도시인들은 여러 개의 가면을 쓰고 살아갈 수밖에 없다. 자신이 상처를 입지 않으면서 동시에 타인을 배려하기 위한 처사다. 그러다 보니 도시인들의 세련된 예의와 친절이 오히려 차갑게 다가오기도 한다.

독일의 사회학자 게오르그 짐멜은 도시인들이 차가울 수밖에 없는 이유를 이렇게 설명한다. 너무 많은 사람과 사건을 접하며 피곤해진 뇌를 보호하기 위해 사람관계에서 거리를 두기 때문이라는 것이다. 나도 그것을 실감한다. 아파트 서재에서 하루 종일 글을 쓰는 생활을 하는 나지만, 가끔 장도 보고 운동도 하고 이런저런 볼일을 보느라 수시로 집을 나서게 된다. 예전에 아파트 동 앞에 경비실이 있었을 때는 하루에도 몇 번씩 경비원 얼굴을 대해야 했다. 시골에서 어쩌다 사람을 만나면 반갑게 인사하겠지만, 하루에 몇 번이나 보는 사람에게 매번

인사하기가 민망했다. 그래서 모르는 체하면서 드나들었는데 그런 내가 경비원에게는 쌀쌀맞게 보였을 것이다. 그러나 내 마음은 그렇지 않았다. 피곤한 나를 보호하기 위해 가면을 썼을 뿐이다.

현대사회에서 가면은 자신을 보호하고 타인을 존중하기 위한 삶의 도구다. 그러나 자신을 드러내지 않고 '가면만' 쓰고 사는 세상은 너무 냉혹하고 삭막하다. 그럴수록 우리에게 필요한 것은 예의와 따스한 눈빛과 공손한 말투가 아닐까? 세련된 가면을 쓰되 자기 안에 품고 있는 따스함을 적절하게 보여준다면 도시인이 차갑게만 보이지는 않을 것 같다.

차가워 보이지만 종종 따스함을 보여주고, 또 따스해 보이지만 가끔 차가워 보이는 도시인들은 늘 경계선에서 살아가고 있다.

'나'라는
어둠을 찾아야 한다

후지와라 신야
『황천의 개』

1995년 1월 17일 일본 고베시가 초토화되었다. 땅이 갈라지고 건물이 무너지고 불이 나면서 한꺼번에 6300여 명이 죽었다. 일본 지진 관측 사상 최대 규모의 지진이 발생한 것이다. 텔레비전 화면에서는 엿가락처럼 휘어진 철도와 시뻘건 화염이 보였다. 현실이 아니라 영화 속의 한 장면 같았다. 한국에서 텔레비전을 보던 나도 공포스러웠다.

그로부터 약 두 달 후인 3월 20일, 도쿄에서 이상한 사건이 일어난다. 한창 출근 시간대인 오전 8시쯤, 도쿄 지하철에 신경가스의 일종인 사린이라는 독가스가 뿌려졌다. 사린가스는 일본 관청가를 지나는 히비야선과 마루노우치선, 지요다선의 3개 노선에 걸친 역구내 열여덟 군데에 거의 동시에 뿌려졌다. 13명이 죽고 수천 명이 부상당했다. 처음에는 부상자 수가 3, 4천 명 정도로 알려졌는데 나중에는 6천 명 정도로 늘어났다. 후유증을 호소하는 환자들이 늘어났기 때문이다. 속이 뒤틀리고 식은땀이 흐르고 오한이 난다거나 시야협착증 같은 증상이 나타났다. 그 이상한 사건을 일으킨 이들은 옴진리교 신도들이었으며 교주는 아사하라 쇼코라는 인물이었다.

다음 해 인도 여행을 하며 만난 일본인 여행자를 통해 그 사건이 일본인들에게 얼마나 큰 충격이었는지 알게 됐다. 소설가 무라카미 하루키도 일본을 1995년 이전과 이후로 나눌 정도로 그 사건에 충격을 받았다고 고백했다. 그는 사린가스 피해자와의 인터뷰를 통해 그 당시 상황을 재구성하고 피해자들의 공포와 불안, 후유증에 대해 기록한 『언더그라운드』라는 책을 냈다.

『언더그라운드』에는 옴진리교에 대한 정보도 나와 있는데, 옴진리교는 1984년 아사하라 쇼코가 창설한 신흥종교 단체다. 1955년생인 아사하라는 스물아홉 살 때 옴진리교를 세우고 10년간 교세를 확장했다. 그런 가운데 옴진리교는 변호사 일가족을 비롯해 신도를 살인하는 사건을 계속 일으키다가 사린가스를 뿌리게 된다. 새로운 왕국을 만들기 위해서였다고 한다. 일본 정부를 전복하고 천황제를 없앤 후 진리국을 건국하여 아사하라 쇼코 자신이 '신성법황'이 되겠다는 망상에 빠져 있었다. 그들은 무력으로 그 망상을 실현하고자 했다. 화학무기와 생물학무기를 만들었고, 핵무기도 구입하려고 했다. 옴진리교

신도 대부분은 젊은 층으로 일본 내 신도 수만 1만 명에다 모스크바와 뉴욕 등 네 개 지역에 해외지부를 두고 있었다. 그들 단체 내에 법무성, 외무성, 노동성, 과학기술성 등 20개 부서를 두면서 정부 구조까지 갖추고 있었다. 여기에 가담한 청년들은 전문의, 대학 수석 졸업자, 대학원 졸업자, 과학 계통 연구원으로 일하다가 회의감에 빠져 퇴직한 사람 등 대부분 고학력자였다. 이러한 사실이 일본 사회에 엄청난 충격을 주었다.

무라카미 하루키와는 달리 후지와라 신야는 『황천의 개』라는 책에서 가해자 아사하라 쇼코에 대해 파고든다. 아사하라가 자라난 환경과 그가 영향을 받은 인도의 명상, 신비주의에 대해 이야기하고, 더 나아가 아사하라처럼 그런 것에 심취한 일본 젊은이들의 고민에 대해 분석한다.

후지와라 신야는 사진작가면서 글을 쓰는 작가다. 도쿄 예술대학 서양화과를 중퇴하고 이십 대 중반부터 인도와 아시아 각지를 여행했다. 1944년생이니 지금 벌써 칠십 대 중반에 이르렀다. 그동안 『인도 방랑』 『티베트 방랑』 『동양 기행』 등의 여행기를 비롯하여 수많은 책을 썼는데, 나도 그의 책들을 꽤 감명 깊게 읽었다.

후지와라 신야는 지하철 독가스 사건이 발생한 지 약 4개월 후인 1995년 7월 18일부터 한 잡지에 '세기말 항해록'이라는 제목으로 독가스 사건에 대한 글을 연재했다. 그런데 사건의 주범인 아사하라 쇼코의 친형 만코의 거센 항의 때문에 연재는 1996년 5월 28일까지 이어지다가 중단되었다. 그 후 만코가 세상을 뜨자 후지와라 신야는 못 다한 이야기를 더해서 2006년 9월, 『황천의 개』라는 책을 냈다. 한국어판이 나온 것은 2009년이었는데, 나는 이 책을 읽고 나서야 사린가스 사건에 대해 깊이 있게 알 수 있었다.

후지와라 신야는 취재를 위해 아사하라 쇼코의 고향을 찾았다가 그 근처에 미나마타병의 근거지인 미나마타시가 있다는 사실을 우연히 알게 된다. 미나마타병은 화학공장에서 발생한 메틸수은에 중독된 물고기를 먹었을 때 나타나는 병으로, 신경계통에 이상이 오고 눈이 멀게 된다. 후지와라 신야는 아사하라 쇼코가 시력을 잃었다는 사실을 떠올렸고, 지인을 통해 소개받은 만코도 눈이 먼 상태임을 알게 된다. 동생 쇼코와 형 만코는 유독 생선을 즐겨 먹었는데, 그로 인해 시력을 잃자 미나마타병의 피해자로 인정받으려 했지만 정부로부터 거절당했다고 한다.

후지와라의 추측에 의하면 눈이 먼 청년 아사하라 쇼코는 처음에는 자신의 신체적 약점을 극복하기 위해 신비주의에 심취했다. 그러다 인도에 가서 명상 집단을 체험한 후 그 흉내를 내기 시작했다. 그는 점점 신비주의와 종말론적 사상에 빠져들었고, 한편으로는 일본 정부에 대한 적개심을 키워나갔다. 그러던 중 자신을 따르는 추종자들에게 독가스 살포를 지시했다. 아사하라 쇼코는 그렇다 쳐도 배울 만큼 배운 젊은이들이 왜 그런 허무맹랑한 일에 말려들었을까?

후지와라는 젊은 시절의 인도 여행을 떠올리며 그 이유를 밝혀간다. 그는 인도에서 화장터 맞은편에 있는 강가를 걷다가 인육, 즉 사람의 죽은 몸을 뜯어먹고 있는 개를 만났다. 그 개에게 쫓기면서 그는 공포감과 함께 '인간은 아무것도 아니다'라는 상실감을 느꼈고, 화장터에서 시신을 태우고 난 재를 맛보며 자신이 환영에 불과하다는 각성을 한다. 그러면서도 그는 종교의 세계에 빠지지 않고 '번뇌력', 즉 번뇌의 힘으로 살아간다며 종교 사기꾼을 경계했다. 사람이 죽으면 다 먼지가 된다는 것을 받아들이자 오히려 홀가분한 해방감을 느꼈다고 한다.

나도 삼십 대 시절 인도 여행에 빠졌었지만 인육을 먹는 개를 본 적은 없다. 다만 화장터 근처에서 시신을 노려보고 있는 개들을 만났고, 그 개들이 사람 뼈다귀를 물고 다닌다는 이야기를 들었다. 화장하지 않은 아기 시신이 갠지스강에 떠내려가는 것을 보았고, 바라나시의 갠지스강 옆 화장터로 시신을 메고 가는 행렬을 골목길에서 만나기도 했다. 내가 묵던 게스트하우스가 화장터로 내려가는 길목에 있어서 그런 행렬을 종종 볼 수 있었다.

인도에서 죽음은 도처에 널려 있었다. 몸이 비틀어진 사람들, 팔을 발 삼아 기어 다니며 구걸하는 어린애들, 보도블록 구멍에 마대를 쓴 얼굴을 집어넣고 물구나무서기한 채 구걸을 하는 몰락한 요가 수행자 등 처절한 생존의 몸부림을 목격했다. 그런 경험 속에서도 나는 후지와라 신야처럼 모든 사물을 물질로 받아들이거나 아사하라 쇼코처럼 극단적인 종교 쪽으로 빠져들지 않았지만 그동안 쌓아온 나의 세계관이 무너지는 가운데 혼란과 해방감을 동시에 느꼈다.

그런데 일본 젊은이들 중에는 '극단'을 선택한 이들이 있었다. 일본에는 1960년대에 학생운동을 하다가 좌절한 젊은이가 많았는데 그들 중에 테러리스트가 되거나, 명상 또는 종교의 세계로 도피하거나, 마약에 빠져드는 이들이 생겨났다. 후지와라 신야는 인도에서 그런 일본인 청년을 만났다. 그 청년은 마약을 너무 심하게 해서 착란증에 시달리다가 옷을 벗고 사막으로 도망치는데 '눈앞의 먹이를 서로 차지하려고 싸우는 일본이라는 나라가 지긋지긋하며, 이런 집단에서 인간이 태어날 리 없다'고 말했다.

후지와라 신야는 일본 젊은이들이 사린가스를 뿌리고, 인도로 도망가 마약에 빠진 이유를 일본의 현대 문명에서 보았다. 인공의 빛, 빌딩의 세계 속에서 살아가는 일본인들의 신체는 바삭바삭하게 건조되었고 밝은 불빛에 의해 표백되었다고 한다. 아울러 그는 1995년의 청년들과 자신은 도시가 선사한 밝음에 의해 '강제로 표백된 인간'들이며 '나'라는 어둠을 상실한 인간이었다고 고백한다.

현대 문명은 휴식의 시간인 어둠을 빼앗아갔고, 그래서 사람들은 미쳐간다. 인도도 현대화가 급속하게 진행되면서 요즘 들어 특히 성폭행 사건이 자주 발생했다. 물론 예전에도 그런 사건은 비일비재했지만 더 흉폭해지고 많아졌다.

우리의 현실은 어떤가. 캐릭터 놀음에 빠져 같은 아파트 단지의 초등학생을 죽인 여고생, 친딸의 친구를 성폭행하고 목숨까지 빼앗은 남자…… 이것이 단순히 개인의 문제일까? 가끔 지하철을 타면 너 나 할 것 없이 전부 목을 거북이처럼 빼고 휴대폰을 들여다보고 있다. 남녀노소 할 것 없이 점점 의식이 파편화되고, 충동에 휘말리고, 광기에 휘말리고 있다. 겉으로는 멀쩡해 보이지만 현대인은 어둠과 휴식을 뺏긴 채 어디론가 달려가고 있다.

어떻게 해야 '나'라는 어둠을 찾을 수 있을까?

나는 종종 텔레비전을 끄고 휴대폰도 치워두고 오랫동안 사람도 만나지 않은 채 책을 본다. 그리고 가끔은 책도 덮고 햇살을 즐긴다. 그 밝은 자연의 햇살 속에서 역설적으로 '나'라는 어둠'이 드러난다. 표백된 인간이 쉴 수 있는 휴식처다. 그 휴식처는 타인이 주는 것이 아니라 자기 자신의 노력에 의해 조금씩 얻어지는 것 같다.

인터넷을 통해 오랜만에 옴진리교를 검색해보았다. 보도에 의하면, 옴진리교 독가스 테러 사건의 범인들 중 아사하라 쇼코를 비롯한 주모자 13명은 얼마 전 사형당했고 다른 5명은 무기

징역형이 확정되었다.

1995년 법원 명령으로 해산된 옴진리교 신도들은 이후 단체명을 바꾸었다. 그 후 무료로 손금을 봐주거나 SNS를 통해 무력감을 느끼는 사람들에게 접근하는 등 여전히 활동을 이어가는 것으로 알려졌다. 한국에도 이런 독버섯 같은 존재들이 어디선가 자라나고 있지 않을까?

어디로 튈 것인가

오쿠다 히데오
『남쪽으로 튀어』

한때 아나키스트를 꿈꾸었다, 라고 말하면 좀 과한 것 같고 막연히 흉내를 내본 적이 있었다. 장기 여행을 하다 보니 자연스럽게 그렇게 되어갔다. 여행을 하면서 국경선을 여러 번 넘다 보니 관습이나 체계, 종교 같은 것은 다 신기루 같은 것이었다. 이 땅에서는 '진리'였던 것도 국경선 하나 넘으면 다 '헛것'이 되었다. 인도인이 모시는 힌두교의 수많은 신들도 이슬람을 믿는 파키스탄에 가면 다 없애야 할 '잡신'이 되었고, 유럽인이 바라보는 세상과 아프리카인이 바라보는 세상이 서로 달랐다. 그런 체험 속에서 나는 이 세상에 드러난 어떤 종교나 사상, 관습도 절대적인 것이 아님을 깨달았다. 나는 다만 자유롭고 싶었다. 세상과 싸우고 싶지는 않았다. 여행지에서든 한국에서든 그곳의 법과 관습을 따르는 척했지만 언제든 다른 곳으로 떠나면 그뿐이었다. 히피처럼 방랑하면서 내 방식대로, 내 마음대로 살고 싶었다.

오쿠다 히데오의 소설 『남쪽으로 튀어』에서 주인공 우에하라 이치로는 아나키스트를 지향하면서 세상과 싸우는 인물이다. 우에하라는 1960년대 일본의 혁공동革共同, 즉 '아시아 혁명 공산주의자 동맹'의 행동대장이었다. 프롤레타리아 세계 혁명과 아시아 혁명을 꿈꾸었지만 그 안에서 파벌 싸움이 심해지자 탈퇴한 후 아나키스트가 된다. 하지만 여전히 콜라에는 '독'이 있다면서 자식들에게 콜라를 마시지 못하게 하고, 노후를 대비해 국민연금에 가입하라며 찾아온 구청 직원에게는 이렇게 말한다. "쓸데없는 참견 말라. (……) 국가가 노상에서 죽을 자유를 빼앗겠다는 건가. 신주쿠 중앙공원에서 새벽녘에 싸늘한 시체로 발견되면 멋진 최후야. 시체야 까마귀가 쪼아 먹게 놔두면 돼." 더 나아가 "일본 국민이기를 관두겠다. 일본 사람이 반드시 일본 국민이어야 할 이유는 없다"면서 구청 직원을 쫓아낸다.

자본주의, 국가 체제에 저항하는 주인공은 동시에 좌파 운동권에 대해서도 비판한다.

"혁명은 운동으로는 안 일어나. 한 사람 한 사람 마음속으로 일으키는 것이라고. (……) 부르주아지도 프롤레타리아도 집단이 되면 다 똑같아. 권력을 탐하고 그것을 못 지켜서 안달이지. 개인 단위로 생각할 줄 아는 사람만이 참된 행복과 자유를

— 『남쪽으로 튀어』 327~328쪽

그러다 자기 집에 묵던 후배 아키라가 운동권 내 반대파를 급습해 사람을 죽이는 사건이 발생한다. 그 사건과 아무 관련이 없지만 사주했다는 의심을 받던 주인공 우에하라는 가족과 함께 야반도주하다시피 남쪽으로 튄다.

우에하라 일가족이 도주한 곳은 이리오모테섬에 있는 작은 마을이다. 오키나와 본섬 나하에서 비행기를 타고 한 시간 동안 남쪽으로 가면 이시가키섬이 있고, 여기서 배를 타고 다시 한 시간을 더 가면 이리오모테섬이 나온다. 그곳은 우에하라 이치로의 고향으로, 그의 할아버지는 납세를 거부하고 과거 오키나와 본섬을 지배하던 류큐 왕국에 저항했던 전설적인 인물이었다. 마을 사람들은 그 후손들을 우대하면서 자기 일처럼 도와주었다. 숲 속의 빈집을 내어주고, 집을 수리해주고, 세간도 나눠주고, 먹을거리도 갖다주었다. 이곳 사람들은 우리나라의 '품앗이'와 비슷한 '유이마루ゆいま~る'라는 전통을 지키며 살아가고 있었다. 네 것 내 것을 명확히 구분하며 살아온 우에하라 가족에게는 마을 사람들이 마냥 신기해 보인다. 그렇게 정착하

중년
독서

는 듯했으나 폐촌을 리조트로 개발하려는 업자들이 나타나 집을 철거하자 저항하던 주인공은 아내와 함께 '파이파티로마'라는 전설의 섬으로 도망간다. 나중에 집을 지으면 아이들을 데리러 오겠다는 말을 남기고.

오쿠다 히데오는 잡지 편집자, 카피라이터, 구성작가 등의 경력을 갖고 있다. 그래서인지 『남쪽으로 튀어』『공중그네』『최악』등 그의 소설들은 잘 읽히면서도 인간과 사회의 본질을 콕 집어내고 비틀어서 보여준다. 그중에서도 가장 인기 있는 작품이 바로 『남쪽으로 튀어』이다. 이 소설은 일본 전국 서점 직원들 사이에 '2006년 가장 권하고 싶은 책'으로 뽑혔다고 한다.

　오쿠다 히데오는 한 매체와의 인터뷰에서 이런 말을 했다. 자신이 막 사회에 나왔을 때는 운동권 출신 선배들을 동경의 시선으로 바라보았지만, 좀 더 나이를 먹고 보니 그들에게 오류가 많이 보였다는 것이다. 작가가 1959년생이니 아마도 1980년대 초반의 일본 상황을 언급한 것 같다. 1980년대 초라면 한국은 그때 막 학생 운동권이 본격적으로 활동하던 시기였다. 일본은 1960년대에 가장 활발했으니 두 나라의 학생운동 시기에 약 20년의 차이가 난다. 오쿠다 히데오는 세상이 급격히 변해가는

데 운동을 위한 운동을 하는 선배들, 현실과 동떨어진 이야기를 하며 속물적인 헤게모니 투쟁에 몰두한 선배들이 싫었다. 그리고 끝까지 순수하게 남은 사람이 있다면 어땠을까 상상했다고 한다. 아마 그 사람은 여전히 반권력, 반자본주의라는 이상을 품은 채 단체 따위에 가입하지 않고 홀로 자급자족의 슬로 라이프를 추구하며 살아가지 않을까? 바로 그 상상 속의 인물, 『남쪽으로 튀어』의 주인공 우에하라 이치로가 그런 인물이었다.

이런 소설이 왜 일본에서 인기가 있었을까? 수십 년 전의 좌파 운동권이 어떻게 활동하고 살아왔는지 궁금했던 것일까? 아닐 것이다. 그저 '남쪽으로 튀고' 싶은 충동 때문이 아닐까? 정치적 성향을 떠나 콘크리트 빌딩에 둘러싸인 세상이 답답해서 저 멀리 태평양의 어느 섬에 숨고 싶은 심정이었을 것이다.

나 역시 어디론가 뛰고 싶을 때가 많다. 불쑥불쑥 그런 충동이 일면 비행기를 타고 어디로든 날아가고 싶다. 아나키스트를 흉내 내서가 아니다. 국가는 나를 성가시게도 하지만, 동시에 이 지구촌에서 나의 정체성을 보증하고 지켜주는 단위다. 여권을 들고 낯선 나라를 통과할 때마다 그것을 체험한다. 나라 없는 백성이 어디서 대접을 받겠는가?

그러나 민족, 국가, 종교, 정치 등이 어떻게 사람들을 분열시키고 증오를 조장하는지 알기에 그런 것에 극단적으로 몰입하지도 않는다. 다만, 우에하라 이치로가 외치는 "개인 단위로 생각할 줄 아는 사람만이 참된 행복과 자유를 손에 넣는 거야!"라는 말에 공감할 뿐이다. 그래서 어느 봄날, 나도 그가 뛴 남쪽의 섬으로 향했다. 글 쓰느라 시달리던 나는 아무데고 튀고 싶었다. 오키나와는 그전에도 조카와 같이 2주일 동안 돌아본 적이 있지만 소설 속의 무대는 처음인지라 그곳을 찾아가는 내 마음은 설렜다.

오키나와는 먼 곳 같지만 인천에서 비행기로 두 시간 정도밖에 걸리지 않는다. 오키나와 본섬에서 다시 비행기를 타면 한 시간 만에 남서쪽의 이시가키섬에 도착한다. 이시가키섬 주변에는 다케토미섬, 이리오모테섬 등이 있고 더 멀리에는 고하마섬, 하테루마섬 등이 있는데 우에하라 가족은 처음에 이시가키섬에 도착했다.
　이시가키공항 밖으로 나오니 5월 중순의 날씨가 후끈했다. 남국의 어느 섬에 온 기분이 들었다. 관광 온 일본인들이 많았지만 살갗이 검고 일본어 말투가 조금 다른 이시가키 사람들도 보였다. 이시가키섬은 일본, 남태평양, 중국의 분위기가 섞인 섬으로 다가왔다.

이 섬에는 이시가키 섬 주민의 영웅으로 유명한 오야케 아카하치 동상이 있다. 우에하라 가족이 이시가키섬에 처음 왔을 때 찾아가기도 한 이 동상은 자유와 평등의 상징으로 알려져 있다. 1500년 무렵 오야케 아카하치는 이시가키섬의 어느 마을을 통치했는데, 당시 오키나와 본섬을 지배하던 류큐 왕국에 바치는 조공과 세금을 거부했다. 그러다 류큐 왕국의 공격을 받고 이에 맞서 싸우다 죽은 후 이시가키섬의 전설적인 영웅이 되었다고 한다. 소설 속에서 그는 우에하라 이치로의 먼 조상으로 나온다.

그런데 연세대학교 국문과 설성경 교수는 『홍길동전의 비밀』이라는 책에서 이런 주장을 한다. 홍길동은 단지 소설 속 인물이 아니라 실제 존재했던 인물이며, 그가 이시가키섬으로 건너와 오야케 아카하치가 되었다는 것이다. 황당한 이야기 같지만 『홍길동전의 비밀』을 읽고 나면 20여 년간 집요하게 문헌을 추적하며 연구한 설 교수의 주장을 쉽게 흘려들을 수 없다.

한편, 고려시대에 끝까지 항몽전쟁을 했던 삼별초가 이 지역의 섬들로 왔다는 이야기도 있다. 사실 이곳에는 일본에는 없는 한국 고유의 풍속이 전해지고 있었다. 나도 이시가키섬의 야에야마 박물관에 갔을 때 아기가 돌상 위에서 집은 물건을 보고 장래를 점치는 풍속이 있다는 설명과 유물을 보았기에 삼별초의 이주가 단순한 상상 속의 이야기 같지는 않다. 삼별초는 분명히 몽골과 고려 연합군에 패했지만 이름 없는 병졸들은 저 남쪽 나라 어딘가로 피신하지 않았을까? 충분히 있을 수 있는 일이다. 먼 과거의 일을 정확히 알 수는 없지만 옛날부터 이 일대 섬들과 한반도 사이에 교류가 있었으며 특히 조선시대의 교류 사실은 『조선왕조실록』에도 기록되어 있다고 한다.

시내에서 택시를 타니 10분 정도밖에 안 걸리는 공원에 오야케 아카하치의 동상이 있었다. 용감하고 야성적인 기세가 강렬하게 뿜어져 나오는 동상을 보며 『남쪽으로 튀어』의 주인공 가족과 홍길동을 떠올렸다. 약 500년 전 그 시절 여기는 어떤 곳이었을까? 한적한 공원과 바닷가를 거니는 동안 인적은 보이지 않았다.

이시가키섬에서 잠시 시간을 보낸 우에하라 가족은 그곳 촌장 어른의 도움을 받아 이리오모테섬으로 간다. 이리오모테섬에는 두 개의 항구가 있는데 대부분의 관광객들은 남쪽의 오하라 항구로 가서 맹그로브숲 크루즈 관광을 하거나, 물소 수레를 타고 유부섬까지 바다를 건너가는 관광을 한다. 지난번 조카와 함께 왔을 때는 나도 그렇게 했지만, 이번에는 우에하라 일가족의 행로를 따라 북쪽으로 가기로 했다.

북쪽 항구의 이름이 '우에하라'이니 오쿠다 히데오는 이 항구에서 주인공 이름을 따온 것 같다. 그런데 그들이 갔다는 우에하라 항구 근처의 시라하마는 어디일까? 가이드북이나 인터넷에도 찾아볼 수 없는 곳이라 지도를 샅샅이 살피는 수밖에 없었다. 그러다 우연히 우에하라 항구 서남쪽 지역에서 그 마을을 발견했다. 기뻤다. 그러나 그곳까지 가는 버스 편이 있는지는 알 수 없었다. 일단 무작정 가보기로 했다. (나중에 알고 보니 띄엄띄엄이나마 공공버스가 운행되고 있었다.)

이시가키 항구에 있는 안나이간코 여행사에 3일짜리 패스를 보여주었다. 이 패스만 있으면 이시가키섬 근처의 섬까지 가는 배들을 3일 동안 마음대로 탈 수 있었다. 패스를 받은 여행사 직원은 배표와 함께 노란색 버스표를 주었다.

"이건 시라하마행 버스표입니다."

"네? 시라하마요?"

"저희 배를 이용하시는 분들께 서비스로 드리는 겁니다. 배에서 내리시면 저희 회사 버스가 대기하고 있을 거예요."

아, 이런 행운이! 이곳을 관광지로 띄우기 위한 서비스인 모양이었다. 배를 타고 50분 만에 우에하라 항구에 도착하니 조그만 안나이간코 버스가 기다리고 있었다. 버스에 탄 사람은 나밖에 없었다. 차량 왕래가 별로 없는 한적한 산길을 15분 정도 달리자 시라하마가 나왔다. 바로 옆에 바다가 펼쳐져 있고 외길 양쪽으로 집이 몇 채 있는 조용한 마을이었다. 식당과 카페가 보였지만 비수기라 문을 닫은 것 같았다. 사람도 보이지 않고 적막했다.

배가 고파 마을 한복판에 있는 상점에서 먹을거리를 좀 샀다. 주인 아주머니가 활달한 태도로 나를 맞았다. 문득 소설 속에 나오는 가겟집 여자가 생각났다. 혹시 이 사람이 소설 속 모델이 아닐까? 근처에 가겟집은 여기 하나였고, 주인 아주머니는 소설 속 인물처럼 활발하고 시원스러웠기 때문이다.

바닷가에서 배를 채우고 있는데 생수병에 쓰인 'Pi-water'라는 글자가 보였다. '파이워터'에서 '파이'는 우에하라 이치로와 아내가 도피했다는 전설의 섬 '파이파티로마'에서 온 것이 아닐까? 그들이 새로운 삶을 일구던 빈집은 어디 있을까? 알 수가 없다. 숲 속의 어느 집이라고 했으니. 그 빈집은 리조트 개발업자들이 이미 사들인 땅이어서 결국 철거당하는데 실제로 이 지역 어딘가에서 리조트가 개발되었을까? 항구 근처에서 리조트를 발견할 수는 없었지만 어딘가에 있는지도 모른다. 자본은 삼투압에 의해 스며드는 물처럼 여백의 공간으로 밀려들고 있으니까.

마을에는 볼거리가 별로 없었다. 가겟집 근처의 버스 정류장에는 '일본에서 가장 서쪽 끝에 있는 정류장'이라는 팻말이 붙어 있었다. 바닷가에 조그만 항구와 대합실이 보여서 가보니 대합실 벽에 현상수배범 사진들이 붙어 있었다. 죄 지은 사람들이 이런 변방으로 도망쳐 오는 것일까? 마침 그곳에서 후나우키라는 섬으로 가는 배가 곧 떠난다고 했다. 그 배에 올라타니 승객은 나 하나였다. 10분밖에 안 걸리는 그 섬은 『남쪽으로 튀어』에도 등장하는 곳이었다.

도착한 후나우키 항구에는 허름하고 낡은 가게와 작은 민숙집이 몇 개 보였고, 넓은 잔디밭 정원을 갖춘 식당도 있었다. 그곳에서 멧돼지 카레라이스를 먹은 다음 넓적한 잎들이 펼쳐져 있는 열대림 속을 10분 정도 걸어서 산을 넘었다. 스킨스쿠버 복을 입은 한 여인이 지나쳐 갔을 뿐 고요했다.

숲길이 끝나자 눈앞이 탁 트이면서 바다와 백사장이 펼쳐졌다. 오키나와는 어딜 가나 그렇지만 백사장이 우리나라의 경포대처럼 일직선으로 뻗지 않고 오목하게 감싸인 형태로 펼쳐져 있어서 꽤 아늑하다. 해변은 400에서 500미터로 꽤 길고 넓었다. 오른쪽에 예쁜 텐트 서너 개가 쳐져 있고, 한 여인이 긴 튜브 위에 엎드려서 손으로 노를 젓고 있었다. 하도 고요해서 정물화처럼 보였다. 비치 왼쪽 구석에서 몇몇 사람이 바다로 뛰어들었지만 그래도 적막했다. 아쉬웠다. 수건과 수영복만 챙겨왔더라면 나도 바다로 뛰어들었을 텐데. 샤워 시설이나 탈의장은 없었지만 구석진 곳에서 옷을 갈아입어도 될 만큼 한적했다. 우연히 발견한 은둔지였다. 언젠가 잠시나마 숨고 싶을 때 찾아올 곳이 하나 추가되었다.

이시가키섬으로 돌아온 다음 날 일본 최남단 섬인 하테루마로 향했다. 이시가키 항구에서 배로 한 시간 정도 걸린다고 했다. 5월은 바닷길 풍랑이 심하다고 했지만 다행히 날씨가 괜찮았다. 이 섬에 대한 정보도 없이 '어떻게 되겠지' 하는 마음으로 나선 길이었다. 그런데 정말 어떻게 되었다.

항구에 도착하니 예약 손님을 기다리는 미니버스들이 서 있었다. 그 옆에는 '자전거 1000엔'이라는 팻말을 든 육십 대 노인이 있었다. 노인의 차를 타고 그의 집에 가보니 마당에 자전거가 많았다. 노인은 골격이 굵직하고 살갗이 검었다. 예전에 가본 타이완의 란위다오섬이나 화롄 지방에서 만난 원주민의 모습과 비슷했다. 마을 식당에서 만난 여주인도 활달한 성격과 외모를 갖고 있었다. 이곳은 일본 땅이지만 분위기는 타이완이나 남태평양과의 경계지대처럼 느껴졌다.

식사를 하고 남쪽의 바다를 향해 달렸다. 돌집들이 들어선 조그만 마을을 벗어나자 사탕수수를 베고 난 들판이 끝없이 펼쳐져 있었다. 무조건 남쪽으로 난 길을 따라 달렸다. 수십 분을 달리는 동안 사람도 자전거도 소도 전혀 보이지 않았다. 드넓은 하늘과 들판만 내내 펼쳐졌다. 이렇게 인적이 드문 길을 혼자서 자전거를 타고 달려본 기억이 거의 없기에 황홀하기만 했다.

그렇게 달려간 땅 끝에 일본 최남단비가 나타났다. 그곳, 남쪽 바다 어딘가에 '파이파티로마'가 있다는데 제주도 남쪽에 있다는 이상향 이어도와 같은 섬일 것이다. 소설에서는 우에하라 부부가 그곳으로 떠났다고 하지만, 그것은 상상이 부른 소문일 뿐 그들은 사실 하테루마섬으로 떠났다. 소설 속의 상상을 조금 더 불러일으킨다면 그들은 저 들판에서 사탕수수밭을 일구며 살고 있지 않을까?

바닷가에 앉아 바다를 바라보았다. 절벽 밑에서 파도가 무섭게 부딪치고 있었다. 설성경 교수에 의하면 실존했던 홍길동은 가짜 홍길동이 잡힌 후 무리를 이끌고 율도국, 즉 현재의 타이완으로 가려다 하테루마섬으로 왔고, 훗날 이시가키섬으로 건너가 사람들을 다스렸다고 한다. 사실이야 어쨌든 하테루마섬은 풍랑이 심해서 옛날부터 난파선이 많이 왔다고 한다. 『조선왕조실록』에도 오키나와의 여러 섬들에 표류했던 뱃사람들이 구조되어 돌아왔다는 기록이 있으니, 이 섬은 옛날부터 도피의 섬, 난파의 섬이었다.

지금도 그렇다. 이곳을 찾는 사람은 대부분 여름에 비행기를 타고 와 네 개의 별로 이루어진 멋진 남십자성을 보고 간다. 하지만 이곳에도 일본 본토에서 이주해온 이들이 있었다. 특히 동일본 대지진 후에 이시가키섬을 비롯한 근처의 섬들로 와서 정착하는 이들이 늘고 있다고 한다.

마을로 돌아온 내가 우연히 들어간 카페는 15년 전 요코하마에서 온 여인이 운영하는 곳이었다. 3시까지만 문을 여는 이 조그만 카페에는 여자 손님 한 명만 있을 뿐 조용했다. 흑설탕이 섞인 두유를 마시는 동안 비가 왔다. 나뭇잎에 후드득 떨어지는 빗소리와 부드러운 음악이 어우러진 가운데 고양이 한 마리가 낮잠을 자고 있었다. 늘어져 자는 고양이만큼 세상은 고요했다. 이윽고 3시가 되어 밖으로 나오자 비가 억수처럼 쏟아졌다. 온몸이 빗물에 흠뻑 젖어갔지만 몸은 날아갈 것처럼 가벼웠다.

여행을 하며 늘 도피할 곳을 찾아본다. 완전히 이주해서 평생 살고 싶은 생각은 없지만 한적한 곳에서 '한철'을 보내는 꿈은 버리지 않았다. 그곳이 꼭 오키나와일 필요는 없다. 국내일 수도 있고, 오지일 수도 있고, 평범한 도시일 수도 있다. 어딘가에 숨어 은둔생활을 하는 꿈은 나의 숨구멍이다. 그러나 그곳이 궁극적인 도피처가 될 수 없다는 것을 잘 알고 있다. 나이가 들어 거동이 불편해지면 어딘가에 다니기도 힘들어진다. 그때는 삶이 문제가 아니라 죽음이 문제다. 그것을 상상하면 좀 우울하지만 이런 말을 떠올리며 마음을 달랜다.

예순이 되면 많이 배우나 적게 배우나 같고, 일흔이 되면 자식이 있으나 없으나 같고, 여든이 되면 산에 있으나 집에 있으나 같다.

그런 것 같다. 나이가 들어갈수록 육체보다는 마음, 눈에 보이는 세상보다 보이지 않는 세상이 점점 다가온다. 또한 먼 곳보다는 가까운 곳, 가족과 친구와 이웃이 소중해진다.

그러나 아직 중년인 나는 어딘가에서 한 시절을 은둔하는 꿈을 버리지 않고 있다.

부조리의 감정을 위로해주는
'세계의 정다운 무관심'

알베르 카뮈
『이방인』, 『시지프 신화』

오래전 중국에서 출발해 실크로드를 따라 유럽으로 간 다음 거기서 이스라엘을 거쳐 이집트까지 여행한 적이 있다. 집을 떠난 지 8개월 정도 되어가던 무렵이었다. 그즈음 쓴 낡은 일기장을 들춰보니 많이 지쳐 있었지만 알렉산드리아에 머물렀던 며칠은 꽤 편했던 것으로 보인다. 며칠간 묵은 저렴한 호텔에서는 창밖으로 시퍼런 지중해가 보였다.

그곳에서 내가 주로 가던 곳은 등대가 있는 성곽이었다. 톱날처럼 들쭉날쭉한 허리 높이의 성곽으로 올라가면 서너 명은 족히 앉을 수 있는 공간이 나왔다. 나는 그곳에 앉아 출렁이는 바다를 바라보았다. 바닷가에서 낚시꾼들이 긴 낚싯대를 드리우고 있었다. 하늘과 맞닿은 수평선이 알렉산드리아 동편 항구를 둥글게 휘감고 있었다. 성벽을 받친 시커먼 바위 밑에서는 파도가 격렬하게 부서졌다. 조그만 어선들이 걸려 있는 수평선은 멈춰 있었고, 지중해의 태양은 늘 머리 위에서 뜨겁게 타올랐다.

카뮈의 소설 『이방인』에는 알렉산드리아는 아니지만 알제리에서 바라보는 지중해의 강렬한 태양이 잘 묘사되어 있다. 『이방인』은 읽기가 편하다. 문체는 간결하고 현학적이지 않다. 지극히 평범한 젊은이가 보고 느낀 것을 솔직하게 풀어가는 형식이다. 그런데 내용이 어렵게 느껴지는 이유는 주인공 뫼르소의 '이상한 태도'와 '이상한 사건' 때문이다.

> 오늘, 엄마가 죽었다. 아니 어쩌면 어제. 양로원으로부터 전보를 한 통 받았다. '모친 사망, 명일 장례식, 경백.' 그것만으로서는 아무런 뜻이 없다. 아마 어제였는지도 모르겠다.
>
> ―『이방인』 21쪽

소설의 첫머리는 이런 문장으로 시작한다. 예스러운 단어 명일明日은 '내일', 경백敬白은 '공경하게 알린다'는 뜻이니, 전보 내용을 쉽게 풀어 쓰면 '어머니가 돌아가셨습니다. 내일이 장례식임을 정중하게 알립니다'라는 뜻이다. 그런데 독백을 하는 주인공 뫼르소는 이런 큰일을 당하고도 마치 남의 일을 이야기하는 것 같다. "오늘, 엄마가 죽었다. 아니 어쩌면 어제"라니! 자기 어머니의 죽음에 별로 관심이 없어 보인다.

프랑스의 실존주의 철학자 사르트르의 표현처럼 주인공은 유리창을 사이에 두고 세상을 바라보는 듯한 태도를 취한다. 뫼르소는 투명하게 세상을 바라보지만 세상과 그 자신 사이에 의미는 단절되어 있다.

주인공의 그런 태도는 그 시절의 프랑스인들에게도 이상하게 보였다. 뫼르소는 장례식장에서도 무심한 태도를 보인다. 장례를 치른 다음 날에는 수영을 하러 바다에 갔다가 우연히 전 직장 동료 마리를 만났고, 함께 희극 영화를 보았으며, 성욕을 느껴 마리의 집으로 가서 같이 잔다. 장례식 다음 날의 행동으로는 불경스럽다고 하겠지만 뫼르소에게는 그것이 자연스러운 모습이었다.

이렇게 자연스러운 일상을 살아가던 뫼르소의 삶은 우연한 사건에 말려들면서 급변한다. 이웃에 사는 사내 레몽의 의도적인 접근으로 친구가 되어 함께 해변에 갔다가 뫼르소는 아랍인을 죽이게 된다. 레몽과 사이가 안 좋은 사내들을 그곳에서 만난 것, 레몽이 갖고 있던 권총을 뫼르소가 대신 가진 것, 뫼르소가 별장으로 돌아왔다가 다시 그늘진 샘으로 가서 아랍인을 만난 것은 우연이었다. 그리고 뫼르소가 아랍인을 죽인 것은 우연한 충동과 위협에 대한 필연적인 방어가 결합된 행동이었다. 뫼르소는 '내가 뒤로 돌아서기만 하면 일은 끝나는 것'이라고 생각하면서도, 햇볕에 진동하는 해변이 자신을 죄어들고, 어머니 장례식 날 이글거리던 햇볕 아래서 머리가 지끈거렸던 느낌을 떠올리며 점점 아랍인에게 다가간다. 계속 다가오는 뫼르소를 향해 아랍인은 칼을 꺼내 겨누었고, 뫼르소는 총을 쏜다. 한 방을 쏘고 잠시 후 죽은 아랍인의 몸에 다시 네 방을 쏜다.

이 부분은 긴박감이 넘치는 상황으로 잘 읽히지만 의문이 생긴다. 왜 뫼르소가 그 아랍인을 죽여야 했을까? 죽은 사람에게 왜 네 방이나 더 쏘아댔을까?

학창 시절 처음 이 소설을 읽었을 때 그런 의문이 들었다. 카뮈의 부조리 철학에 대한 이해가 얕은 상태에서 소설 속의 사건을 현실적인 시각으로 해석하려고 하니 대답이 찾아질 리 없었다. 소설을 그렇게 대하면 안 되었다. 그 사건은 작가가 '부조리의 철학'을 보여주기 위해 의도적으로 만든 것이었다.

카뮈의 의도는 살인사건 이후 진행된 재판을 통해서 차차 드러난다. 살인을 저지르기 이전 뫼르소의 행동, 즉 어머니 장례식장과 일상생활에서 보여준 그의 행동에는 합리, 비합리, 필연, 우연, 욕망, 충동 등이 뒤섞여 있다. 그는 주변의 눈치를 보지 않았다. 담배를 피우고 싶으면 피웠고 성적인 욕망을 참지도 않았다. 또 다가오는 우연을 자연스럽게 받아들였다.

중년
독서

그런데 검사와 판사는 그런 일련의 행동에 대해 논리적이고 합리적인 설명을 요구한다. 뫼르소가 장례식장에서 보인 태도, 아랍인을 죽인 것, 죽은 다음에도 네 방이나 더 쏜 것에 대해 이유를 따져 묻는다. 하지만 뫼르소는 아무런 대답을 하지 않고 침묵한다.

  뫼르소의 태도는 검사를 분노케 한다. 장례식장에서 보인 그의 불량한 태도, 즉 어머니 시신을 보지 않고, 담배를 피우고, 밀크커피를 마시고, 어머니 나이조차 몰랐던 것에 대한 증언을 토대로 검사는 그를 '패륜적인 인간'으로 묘사했고, 아랍인을 죽인 것은 계획된 범죄로 각색한다. 순진하고 성실했으며, 사람들의 눈치와 관습에 얽매이지 않은 채, 자기 안의 욕망에 솔직했고, 눈앞의 현재를 충실하게 살다가, 우연과 충동에 의해 살인을 저지르게 된 뫼르소는 세상 사람들의 논리적인 시선에 의해 흉악하고 패륜적인 살인마로 낙인찍히고 말았다.

  이런 재판과정의 한가운데 선 뫼르소는 마치 구경꾼 같다. 자신이 그들의 논리 속에서 새로운 인물이 되어가는 과정이 낯설다. 그를 잘 아는 사람들은 뫼르소가 성실한 사람이었다고 변호해주면서 '우연입니다' '이해해주어야 합니다'라고 증언하지만 사람들은 듣지 않는다.

이 대목을 읽다가 잠시 숙연한 마음이 들었다. 물론 카뮈는 뫼르소의 억울함을 감상적으로 보여주기 위해 이런 대목을 집 어넣은 것은 아니겠지만, 그동안 나는 얼마나 함부로 사람을 판단했던가 돌아보게 되었다. '알고 보면' 사람은 누구나 자기만 의 '사정'이 있으며, 또한 논리적으로 쉽게 설명되지 않는 감정 과 우연, 충동에 이끌리게 마련이다. 그런데 그 모든 것을 나만 의 논리대로 성급하게 판단한 적이 얼마나 많았던가.

재판관이 '살인 동기'가 무엇이냐고 묻자 뫼르소는 귀찮다는 듯이 '태양' 때문이라고 대답한다. 카뮈는 총을 쏘기 전의 뫼르 소의 심리를 묘사하며 '이글거리는 햇볕, 두통, 핏대, 태양 앞에 서의 현기증'을 이야기한다. 물론 총을 쏜 직접적인 이유는 칼 을 꺼내 든 아랍인에게 위협을 느꼈기 때문이지만, 카뮈는 태 양 이야기를 오래함으로써 뫼르소의 비합리적인 충동을 보여 주었다. 결국 변호사의 변론에도 불구하고 뫼르소는 단두대형 을 선고받는다.

『이방인』을 처음 읽었을 때 나는 고등학교 1학년이었다. 이 소 설을 읽으려고 해서 읽은 게 아니라 그즈음 구입한 세계문학 전집에 마침 들어 있었기 때문이다. 자아에 눈떠가는 시기였던 나는 충격과 감동을 동시에 느꼈다. 부조리의 철학을 이해해서가 아니라 그 시절 나도 '부조리의 감정'을 느끼고 있었기 때문이다. 사춘기 시절에는 왠지 모르게 세상이 낯설게 느껴졌다. 그전까지 내가 알던 세상이 아니었다. 세상의 가르침, 당연한 관습, 윤리, 도덕 들이 자연적인 이치에 맞지 않는 작위적인 것처럼 여겨졌다. 그러던 차에 오직 자신의 감정에 충실하게 살아가는 뫼르소의 모습은 막연한 해방감을 느끼게 했다. 이 작품을 좀 더 이해하게 된 것은 훗날 『시지프 신화』를 읽고 나서였다. 그리고 좀 더 깊이 이해하게 된 것은 삶을 통해서였다.

카뮈는 1913년 프랑스가 지배하고 있던 알제리의 수도 알제에서 태어나 매우 가난하게 자랐다. 열일곱 살이었던 1930년에 폐결핵을 앓으면서 죽음에 가까운 경험을 했고, 몇 년 후 폐결핵이 재발했다. 그래서 카뮈는 어린 시절부터 죽음에 대해 깊이 생각했던 것 같다. 그는 『시지프 신화』에서 이렇게 말한다.

참으로 진지한 철학적 문제는 오직 하나뿐이다. 그것은 바로 자살이다. 인생이 살 만한 가치가 있느냐 없느냐를 판단하는 것이야말로 철학의 근본 문제에 답하는 것이다. 그 밖에, 세계

가 3차원으로 되어 있는가 어떤가, 이성의 범주가 아홉 가지인
가 열두 가지인가 하는 문제는 그 다음의 일이다.

—『시지프 신화』 15쪽

광채 없는 삶의 하루하루에 있어서는 시간이 우리를 떠메고
간다. 그러나 언젠가는 우리가 이 시간을 떠메고 가야 할 때가
오게 마련이다. '내일', '나중에', '네가 출세를 하게 되면', '나이
가 들면 너도 알게 돼' 하며 우리는 미래를 내다보고 살고 있
다. 이런 모순된 태도는 참 기가 찰 일이다. 미래란 결국 죽음
에 이르는 것이니 말이다.

—『시지프 신화』 29쪽

미래에는 결국 죽음이 기다리고 있고, 죽으면 다 끝이며 무無로
돌아간다. 그러므로 카뮈는 죽음 뒤의 삶이나 미래에 대한 약
속보다는 현재를 살아갈 이유가 중요했다. 그 이유가 없다면 자
살을 해야 하는데, 그는 그 이유가 없음에도 불구하고 자살을
택하지 않았다.

그는 대신 책을 썼다. 청년 시절부터 끊임없이 고민하며 '부조
리 철학'을 만들어간 그는 스물여섯 살이었던 1939년에 소설

『이방인』을 쓰기 시작해서 다음 해에 탈고했다. 탈고 무렵 독일 군이 파리를 점령하자 피난지로 가서 그다음 해인 1941년에 철학 에세이 『시지프 신화』를 탈고했다. 전쟁 중이라 출간은 뒤로 미뤄지다가 1942년에 『이방인』을, 그로부터 5개월 후 『시지프 신화』를 세상에 내놓는다. 그러니까 카뮈는 『이방인』과 『시지프 신화』를 동시에 구상하며 써나갔던 것이다. 『이방인』은 '부조리의 감정'을 느끼는 인간을 보여주며, 『시지프 신화』는 '부조리의 철학'을 설명해준다. 그러므로 『이방인』의 주인공 뫼르소의 이해할 수 없는 태도와 행동은 철학 에세이 『시지프 신화』를 읽어야만 이해가 된다.

『시지프 신화』에서 카뮈는 '부조리'를 이렇게 설명한다.

무대 장치들이 문득 붕괴되는 일이 있다. 아침에 기상, 전차를 타고 출근, 사무실 혹은 공장에서 보내는 네 시간, 식사, 전차, 네 시간의 노동, 식사, 수면 그리고 똑같은 리듬으로 반복되는 월, 화, 수, 목, 금, 토, 이 행로는 대개의 경우 어렵지 않게 이어진다. 다만 어느 날 문득 '왜'라는 의문이 솟아오르고 놀라움이 동반된 권태의 느낌 속에서 모든 일이 시작된다.

—『시지프 신화』 28쪽

설사 시원찮은 이유들을 가지고서라도 설명할 수 있다면 그 세계는 낯익은 세계이다. 그러나 이와 반대로 돌연 환상과 빛을 잃은 세계 속에서 인간은 스스로 이방인이 되었음을 느낀다. 이 낯선 세계로의 유적流謫에는 구원이 없다. 왜냐하면 그곳에는 잃어버린 고향의 추억도 약속된 땅의 희망도 없기 때문이다. 인간과 그의 삶, 배우와 무대 장치의 절연, 이것이 다름 아닌 부조리의 감정이다.

—『시지프 신화』 19쪽

나도 한때 이런 부조리의 감정을 느꼈다. 이십 대 후반 무렵, 직장생활에 지친 몸으로 지하철을 타고 퇴근하다 '내가 왜 이렇게 살아야 하지?' 하는 의문이 들 때면 서글퍼졌다. 돈을 벌기 위해서, 미래를 위해서, 누구나 이렇게 사는 거야 하는 등의 대답이 허망하게 다가왔다. 논리적으로 맞는 것 같으면서도 아닌 것 같았다. 그 무엇도 내 안에서 솟구치는 '왜'라는 질문에 대답해주지 않았다. 그 순간, 따스했던 풍경과 친근했던 사람들의 모습이 모두 낯설게 느껴지면서 유배당한 느낌이 들었다.

일상생활에서보다는 갑작스러운 사건들, 예를 들면 배신을 당하거나 심한 병을 앓거나 가족의 죽음을 겪었을 때 그런 감정을 더 느꼈다. 아버지가 뇌출혈로 갑자기 쓰러졌을 때 하늘이 무너지는 것 같았다. 그런데 텔레비전을 보면 세상은 무심하게 흘러갔고 아파트 건너편 불 밝힌 창들의 세계는 평화로웠다. 우리 가족만 차가운 거리에 내동댕이쳐진 것 같았다. 그 허전하고 쓸쓸하고 소외당한 느낌 앞에서 가슴이 텅 비어버렸다. '왜 나에게 이런 일이?' 하는 의문이 들면서 합리적인 이유를 찾아봤지만 마땅한 대답을 찾을 수 없었다. 그 모든 게 그냥, 갑자기, 문득 왔다가 갔다.

갑작스러운 사고를 당한 사람이라면 다 이런 감정을 느끼지 않을까? 우연히 건물이 무너져 사람들이 죽었다면 피해자 가족들은 사고의 원인을 명확히 밝히려 한다. 건물이 붕괴되도록 방치한 사람들, 관리의 부실함 등을 주요 원인으로 밝혀내는 것이 일반적인 전개과정이다. 그러나 그것이 가족의 억울함을 다 풀어주지는 못한다. 그 시간에 그곳으로 불러낸 친구의 전화, 교통이 혼잡해서 하필이면 그 시간에 도착한 상황, 그곳에서 뭔가를 사달라고 졸라댔던 아이의 투정 등 수많은 요인이 모여서 그 지점에서 만난 것이다. 이것을 팔자로 받아들이자니 너무도 허망하다. 내 안의 이성은 명확한 이유를 요구하지만 세상은 무심하다. 그때 세상과 자신 사이의 논리적인 끈이 툭 끊어진 채 겉도는 부조리의 감정이 생긴다.

『시지프 신화』와 달리 『이방인』에서는 부조리의 감정이 반대의
방식으로 표현된다. 뫼르소는 자신의 삶에 회의를 느끼는 사람
이 아니다. '왜'라는 질문을 던지지 않은 채 세상에 순응하며
살아간다. 자신의 감정에 충실하고 우연과 충동에 따라 살아간
다. 아무 사건이 없을 때는 그의 이런 '무심한 태도'가 문제 될
것이 없다. 그는 부조리의 감정도 느끼지 않는다.

　하지만 우연한 사건에 말려든 후 그의 태도는 재판과정에서
재판관의 논리적인 추궁과 충돌을 일으킨다. 이제 '왜'라는 질
문이 외부로부터 주어지고 뫼르소는 대답을 해야 한다. 그러나
대답할 수가 없다. '왜 내가 이렇게 살아야 하지?'라는 내부의
질문에 세상이 답해주지 않듯이, 이번에는 '왜 사람을 죽였느
냐'라는 외부의 질문에 명쾌한 대답을 하지 못한다. 이 괴리 앞
에서 그는 세계가 낯설고 이상하다는 부조리의 감정을 느낀다.

　나 역시 이런 상황에서 오는 부조리의 감정을 경험해보았다.
나의 우연한 충동에 의한 말과 행동을 사람들이 자기 논리대
로 비판하거나 나의 책 속에서 부분적인 것만 집어내어 의도적
으로 비판할 때 그런 감정을 느꼈다. 가끔 매스컴이나 인터넷

중년
독서

세계에서도 그런 경우를 목격한다. 당하는 사람의 전후 사정은 묻혀진 채 짧은 글이나 보도된 기사만 보고 온갖 비판이 쏟아진다. 그때 당하는 사람이 바라보는 세상은 어떨까? 낯설고 무섭다. 여태까지 알아온 세상이 아닐 것이다. 소설 속의 주인공 뫼르소가 느낀 감정이 이와 비슷하다. 이것 역시 부조리의 감정이다.

이렇게 외부 세계의 현상이나 사건을 내 안의 이성적 논리로 쉽게 설명하지 못할 때, 반대로 나의 무심한 행위가 외부의 관습 혹은 타인의 편협한 논리에 의해 폭력적으로 규정되고 비판받을 때 나와 타인 그리고 세상 사이의 연결고리가 툭 끊어지는 느낌을 받는다. 그때 느끼는 낯섦, 소외감이 부조리의 감정이다.

이 부조리의 감정을 어떻게 극복할 것인가?

카뮈는 이런 부조리의 상태를 '있는 그대로' 받아들이며 합리적으로 설명해주는 그 어떤 것도 거부하고 반항한다. 그는 『이방인』의 뫼르소를 통해서 반항을 보여주고 있다. 뫼르소는 사형을 기다리는 동안 자신을 위해 기도해주겠다며 회개하기를 권고하는 사제에게 소리친다.

너의 신념이란 건 모두 여자의 머리카락 한 올만 한 가치도 없
어. 너는 죽은 사람처럼 살고 있으니, 살아 있다는 것에 대한
확신조차 너에게는 없지 않느냐? 나는 보기에는 맨주먹 같을
지 모르나, 나에게는 확신이 있어. 나 자신에 대한, 모든 것에
대한 확신. 너보다 더한 확신이 있어. 나의 인생과, 닥쳐올 이
죽음에 대한 확신이 있어. 그렇다. 나한테는 이것밖에 없다.

─『이방인』 157쪽

뫼르소에게 중요한 것은 확실치 않은 믿음이나 관념, 미래가 아
니라 지금, 눈앞의 현재였다. 그에게 형이상학적 관념은 허상이
며 다만 지금 여기서 보고 느끼는 것, 감정, 그 가능성이 중요
하며 그것에 충실하게 살다 가면 그뿐이었다.

　뫼르소는 사제가 나간 후 밤하늘의 별을 바라보고 흙 냄새,
소금 냄새를 맡으며 여름밤의 평화를 느낀다. 그리고 어머니가
왜 인생이 다 끝나갈 때 양로원에서 약혼자를 만들었는지 이해
한다. 뫼르소는 죽음 앞에서 해방감을 느끼고 별들이 가득한
밤을 보며 '세계의 정다운 무관심'을 느낀다. 세계와 자신이 닮
았고 마침내 형제 같음을 느끼는 순간, 그는 자신이 전에도 행
복했고 지금도 행복하다고 느낀다. 그리고 마지막 남은 소원으

로, 자신이 덜 외로울 수 있도록 사형 집행일에 많은 구경꾼이 와서 증오의 함성을 질러주기를 바란다.

소설에서 표현된 이런 감정을 『시지프 신화』에서는 더 깊이 있고 조리 있게 설명한다. 그는 세상에는 불변의 진리란 없으며 여러 가지 진리가 존재한다고 하면서 통일적인 설명을 거부한다. 아무리 논리적인 과학도 결국은 가설이고, 명증성은 비유 속으로 가라앉으며, 불확실성은 예술 작품으로 낙착되기에 차라리 저 산들의 부드러운 곡선과 저녁의 손길이 더 많은 것을 가르쳐준다고 말한다.

그래서 카뮈는 세상의 관습과 설명에 대해 반항했다. 글에서뿐만이 아니라 실제 삶에서도 그랬다. 그는 신이나 형이상학적 개념에 대해 반항하면서 역설적으로 희망을 찾았고 현재를 열심히 살았다. 그러다 1960년 마흔일곱 나이에 교통사고로 세상을 떴다.

나는 이런 부조리의 감정을 어떻게 처리했던가. 꼭 살아야 할 이유가 사라지고 욕망도 사그라졌을 때 나는 부조리의 감정을 은폐했다. 이 세상으로부터 추방당한 유배자의 느낌을 받았을 때 나는 열심히 살아가는 척했다. 형이상학적 관념에 빠져들기도 했다. 누구나 그렇지 않은가? 불우한 일을 겪었을 때 숨겨진 하늘의 뜻이 있을 거라며 종교나 신에 의지하거나, 그 의미와 가치를 스스로 찾아 부여하거나, 혹은 그저 팔자 탓이라며 체념하는 가운데 어떤 통일적인 설명, 힘에 의지하려 한다. 그러면서 상실감과 허망감을 위로받고 다시 살아갈 힘을 얻는다.

그런 태도가 나를 어느 정도 일으켜 세워주긴 했지만 부조리의 감정은 쉽게 사라지지 않았다. 몸은 다른 세계에 담가놓은 채 머리만 이 세계에 집어넣고 바라보는 기분이었다. 그 세월이 얼마쯤 지나면서 나는 차차 그 '은폐의 감정'을 내려놓기 시작했다. 어쩌란 말인가. 부정하고 숨긴다고 사라지는 것이 아니었다. 삶은 내 뜻과 상관없이 흘러갔고, 나의 언어와 인식은 늘 한계를 갖고 있었다.

그것을 인정하고 마음을 내려놓자 뫼르소가 느꼈던 '세계의 정다운 무관심'이 내 가슴을 두드렸다. 언어로 만들어진 수많은 의미, 형이상학적인 개념, 집단과 조직에서 만들어내는 구호 또는 이념 등에서 짙은 그림자를 본 나는 이제 햇빛과 바람과 나무와 꽃들, 스쳐 지나가는 사람들의 눈빛, 저녁 어둠 속에 어리는 사람의 실루엣, 어디선가 들리는 개 짖는 소리, 까마귀 울음소리들로부터 위로를 받는다. 세계의 정다운 무관심이 나에게도 정겹게 다가왔다.

다시 일기장을 들춰본다. 그때 긴 여행길에 지쳐 있던 나를 푸근하게 위로해준 지중해 연안의 풍경이 그립다.

밤이 오자 더위는 물러갔고 거리는 활기에 넘쳤다. 영국 작가 서머싯 몸과 정치인 처칠이 머물렀다는 세실 호텔 레스토랑에서 넥타이를 맨 점잖은 유럽인들이 식사를 하고 있었다. 그 옆의 허름한 찻집에서는 이집트 노인들이 물담배를 피웠다. 멀리 알렉산드리아 등대의 불빛이 어둠 속에서 깜박거렸고, 모스크에서 울려 퍼지는 기도 소리가 밤하늘로 퍼져나갔다. 무심한 사내들은 벤치에 앉아 잡담을 하다 빨간 미니스커트를 입은 여인의 하얀 허벅지를 보며 시끄럽게 웃어댔다. 어디선가 흥겨운 노랫소리가 들려오자 서너 명의 아이들이 맨발로 동상 앞에서 춤을 추기 시작했다. 건너편 벤치에 앉아 있던 여인들이 그걸 보고 까르르 웃었고, 어디선가 나타난 고양이 한 마리가 벤치 밑으로 숨어들었다. 엄마 손을 잡고 가던 대여섯 살짜리 소녀가 나를 호기심 어린 눈초리로 빤히 쳐다보았다. 그때 밝은 불빛을 뿜어내는 전차가 지축이 무너질 듯 굉음을 일으키며 거리를 질주했다.

나는 그때 이미 세계의 정다운 무관심 속에서 평화를 느꼈던
것 같다.

그러나 현실 속의 나는 늘 다가오는 사건과 관계에 대해 선택
을 해야 했다. 파편적인 이미지에 심취하든, 반항을 하든, 신에
게 의지하든, 종교와 정치 이데올로기에 기대든, 팔자와 운 탓
이라며 체념을 하든 나의 선택과 책임 아래 살아갈 수밖에 없
었다. 그렇게 세상과 관계를 맺으면서 살아가는 존재는 나약했
고 그만큼 피곤했다. 그럴수록 종종 세계의 정다운 무관심이
그리워졌다. 모든 것을 잊고, 멈추고, 휴식을 취하던 그 시간이.

하지만 나는 지금 카뮈를 흉내내지는 않는다. 그와 달리 세계
너머의 존재, 형이상학적인 존재를 그리워하고 있다. 카뮈가 『이
방인』을 발표한 나이보다 30년을 더 산 탓일까? 나약해서일
까? 그는 젊을 때 갔고 나는 늙도록 살아가고 있다. 그 세월이
또 다른 세계의 존재를 믿게 했다.

절망 속에서 찾는
의미의 세계

빅터 프랭클
「죽음의 수용소에서」

빅터 프랭클의 『죽음의 수용소에서』는 지옥 같은 나치 수용소에서도 삶의 의미를 찾았던 정신과 의사의 희망찬 수기다. 그러나 세 번째 읽으면서도 가슴이 무거웠다.

이 책을 처음 읽었을 때는 고등학교 2학년 때였다. 문고판이었는데 어떻게 그 책을 접하게 되었는지는 기억이 나지 않는다. 다만, 억압적인 학교생활에 우울했던 나에게 그 책은 감동으로 다가왔다. 지옥에서도 삶의 의미와 희망을 찾는데, 그 앞에서 나의 갈등은 아무것도 아니지 않은가?

두 번째 읽었을 때는 오십 대 중반이었다. 과거에 대한 후회, 미래에 대한 불안감이 늘 가슴에 깃들어 있던 무렵이라 마음을 추스르는 계기가 되었다. 그리고 세 번째 읽으며 내 삶을 돌아보았다.

빅터 프랭클은 유대인으로 1905년 오스트리아 빈에서 태어났다. 그는 수용소 체험을 바탕으로 '로고테라피logotherapy'라는 정신치료 요법을 개발했다. 1997년 아흔두 살 나이에 세상을 뜬 그는 주변 사람들의 말에 따르면 늘 호수처럼 맑았다고 한다.

빅터 프랭클은 수용소에서 보낸 3년 동안 정신의학을 전공한 사람답게 수감자들을 꼼꼼히 관찰하는 한편, 삶의 의미를 지니는 게 인간의 생존에 얼마나 중요한지 두 눈으로 확인한다. 그리고 자신이 어떻게 고난을 극복하고 삶의 의미를 찾아가는지 생생한 현장의 기록을 통해 보여준다.

이 책에서 우선 충격적인 것은 운명의 냉혹함과 생명의 가벼움이다. 유대인 1500명은 며칠 밤낮을 계속해서 달려 아우슈비츠로 향한다. 도착하자마자 200명 정도밖에 들어갈 수 없는 건물에 가둬지고, 가축 우리 같은 그곳에서 각자 140그램 정도 되는 빵 하나로 나흘을 버틴다. 그리고 독일군 장교에 의해 운명이 갈리게 된다. 그가 손가락을 까딱하여 오른쪽을 가리키면 작업실로 가서 살아나는 것이고, 왼쪽을 가리키면 병자나 일할 능력이 없는 자들이 가는 가스실행이었다. 빅터 프랭클은 다행히 오른쪽으로 갔다. 자신들의 운명이 그 장교의 손가락에 의해 갈렸다는 사실을 그는 나중에야 알았다. 그곳에 오래 있었던 누군가가 불기둥이 솟는 화장터를 가리키며 이런 말을 했다.

"아마 당신 친구들은 지금쯤 하늘 위로 올라가고 있을 겁니다."

하지만 빅터 프랭클은 그가 쉬운 말로 설명하기까지 그 말의 뜻을 몰랐다고 한다. 그렇게 죽어간 사람이 일행의 90퍼센트였다.

살아남은 사람들 중에도 아프거나 체력이 너무 약해서 '쓸모없다'고 판단되면 곧 가스실로 보내졌다. 빅터 프랭클은 중노동과 굶주림에 시달리면서도 하루에 단 한 컵 배급되는 물의 반으로 세수를 하고 유리 조각으로 면도를 했다. 살기 위해서 늘 깨끗하고 건강하게 보이도록 했으며 아파도 참아야 했다.

그러나 운명의 순간은 시시각각으로 닥쳐왔다. 독일군은 종종 수감자들을 점호장에 줄 세워놓고 그룹을 나누었다. '그 줄'이 어떤 운명에 처할지는 아무도 몰랐다. 빅터 프랭클은 일반 수감자였다가 의사로서 작업을 하는데 어느 날 요양소로 갈 그룹에 속하게 된다. 그 목적지가 실제로 요양소라고 믿는 사람은 아무도 없었다. 환자들이니 모두 가스실로 간다고 생각했다. 그런데 수용소 측에서 야간작업반에 자원하는 환자들은 요양소 호송자 명단에서 빼주겠다고 발표하자 순식간에 82명이 자원했다. 살고 싶어서였다. 그러나 15분 후 환자 호송 계획이 취소되었고 82명은 야간에 일하게 되었다. 82명은 살기 위해서 야간작업을 택했지만 그곳은 오히려 죽음으로 가는 길이었다. 영양부족에다 병을 앓는 환자들이 야간작업을 한다는 것은 2주 안에 죽는다는 것을 의미했다.

두 번째로 환자 호송 계획이 진행되자 환자들은 불안해했다. 빅터 프랭클에게 호감을 갖고 있던 한 주치의가 그를 명단에서 빼주겠다고 했지만, 환자를 내버려두고 자기만 빠져나갈 수 없었던 그는 운명을 따르겠다며 거절했다. 그들은 눈물을 흘리며 작별인사를 했고 빅터 프랭클은 유언을 남겼다. 그런데 그는 가스실이 아니라 진짜 요양소로 갔으며, 오히려 전에 머물던 수용소가 나중에 식량 사정이 나빠져서 인육을 먹을 정도가 되었다고 한다. 사람의 운명이란 정말 알 수가 없다.

또 수용소의 마지막 날 독일군들이 수감자들을 트럭에 태워 어디론가 호송했는데, 이때 빅터 프랭클과 한 친구는 명단에 없어서 트럭을 타지 못했다. 명단을 작성한 유대인 주치의가 너무 피곤해서 실수로 빠트린 것이었다. 할 수 없이 빅터 프랭클과 친구는 마지막 트럭이 오기를 기다리다 잠이 들었다. 바로 그때 대포 소리와 함께 연합군이 나타났다. 그렇게 두 사람은 해방되었지만, 앞서 트럭을 타고 자유를 찾아 떠난 줄 알았던 수감자들은 나중에 알고 보니 어느 수용소 막사에 갇혀 불에 타 죽었다고 한다.

이런 글을 읽다 보면 소름이 끼친다. 빅터 프랭클은 이런 사연을 나중에 가서야 알게 되었고, 정말 힘들었던 것은 매일매일 벌어지는 수감자들 간의 생존 투쟁이었다고 한다. 그들 중에서 '카포'라 불리는 사람들은 수감자들을 관리하는 또 다른 지배자였다. 같은 유대인이며 같은 수감자인데도 일단 카포가 되면 나치 대원보다 더 가혹하게 동료들을 다루었다고 한다.

수감자들 역시 추악해져갔다. 자기가, 또는 친한 친구가 가스실에 가지 않도록 다른 사람을 대신 명단에 집어넣었고, 폭력과 도둑질은 물론 심지어 친구까지도 팔아넘겼다. 그들은 처음에 집과 가족을 그리워했지만 자신과 주변 사람들에게 혐오감을 느끼면서 차츰 그리움 같은 정서에 무감각해졌다. 빅터 프랭클도 동상에 걸린 소년의 썩은 발가락을 떼어내는 것을 공포나 동정도 없이 무감하게 바라보았다. 두 시간 전에 이야기를 주고받았던 사람이 죽어서 그 시신이 계단으로 끌어올려지는 중에도, 그 시신의 동태 같은 눈과 마주쳤을 때도 태연히 수프를 먹었다고 한다.

비슷한 체험을 나는 군대에서 했다. 물론 죽음의 수용소와 비교할 수는 없다. 1979년 육군에 입대해 논산에서 한 달간 훈련을 받았다. 우리는 입대하는 순간 이름을 잊었다. 머리를 빡빡 깎고 똑같은 제복을 입고 번호로만 불렸다. 동시에 인격을 갖고 있다는 것도 잊었다. 군대에서 만들어놓은 규율에 자신을 맞춰야 했다. 훈련보다도 기합과 사역이 더 힘들었다. 밤에 잠을 재우지 않고, 관물대에 발을 얹고 손깍지를 한 채 엎드려뻗쳐를 하거나, 양동이 하나에 20명이 들어가라는 식의 기합을 받았다.

훈련소에서는 훈련병들에게 시간을 충분히 주지 않았다. 샤워할 시간을 이삼 분밖에 안 주어서 몸에 비누를 잔뜩 칠한 훈련병이 비누 거품 범벅인 채로 튀어나왔고, 식당에서 받아 온 밥을 내무반에서 먹으려는 순간 벌써 집합 호루라기가 울리기도 했다. 그러면 차가운 물에 밥을 말아 훌훌 마셔야 했다. 각개 전투 훈련장에서도 늦게 배급을 받으면 다 먹지 못한 채 잔반통에 버려야 했는데, 빨리 버리라는 병사의 회초리를 맞으면서도 한입이라도 더 먹으려는 추한 모습을 보였다. 누군가 모자를 잃어버리면 서로 도둑질을 해서 모든 사람이 도둑이 되었다. 심지어 화장실에서 대변을 보는 훈련병의 모자를 위가 터진 옆 칸에서 손을 뻗어 채가는 훈련병도 있었다. 생존

경쟁의 와중에 인격이나 동료애는 사라졌고 점점 더 추악하게 변해갔다.

대부분은 그런 상황에 적응했다. 죄를 지어서 끌려온 것도 아니고 국가를 위해 헌신하러 온 것인데도 억울함과 모순에 대해 항거하지 못했다. 그러기는커녕 '여기는 군대니까' 하는 분위기 속에서 적응하려 노력했고, 그러지 못하는 동료들을 오히려 책망했다. 취사장에서 군인이기를 그만두기 위해 자기 손가락을 식칼로 자른 훈련병도 있었다는 소문이 돌기도 했다. 그런데 상사들은 훈련소에서 시간이 남아돌거나 몸이 어설프게 편하면 그런 사고가 나는 거라며 훈련병들을 잠 안 재우고 기합을 주면서 혼과 기력을 다 빼놓았다. 그때 우리는 타인의 고통에 무감각해지고 자기만 살려고 하는 생존 의욕만 남았다. 훈련소를 나와 자대에 배치받고 나서야 숨을 좀 돌릴 수 있었다. 구타는 종종 있었지만 그래도 제대로 먹고, 일하고, 쉬는 생활이 보장되었다. 물론 이것은 약 40년 전의 이야기다. 지금은 훈련소 분위기도 많이 달라졌다고 하니 호랑이 담배 피우던 시절의 이야기다.

나의 훈련소 생활이 아무리 고되었다 해도 나치 수용소와 비교될 수는 없다. 그곳은 전혀 차원이 다른 지옥이었을 것이다.

중년
독서

다만 나 역시 혹독한 훈련소 경험을 한 만큼 나치 수용소 수감자들의 심정을 짐작할 수는 있다. 그래서 읽는 내내 마음이 무거웠다. 군대 시절 겪은 고생 때문이 아니라 그 속에서 나도 '추악한 존재'였다는 것을 알기 때문이다. 멋진 페인트가 벗겨진 괴물 같은 철골을 인간과 나에게서 본 느낌이랄까. 그때의 기억은 트라우마처럼 남아 있다.

그러나 그 힘든 훈련소에서도 가슴 짠한 추억은 있었다. 훈련이 없는 일요일, 사역을 나가 화장실 청소를 하고 왔을 때 많이 먹으라며 밥을 잔뜩 챙겨주던 어느 일병의 선한 눈빛, 벽돌을 어깨에 메고 몇 킬로미터를 걷고 있는데 수레를 끌고 가던 한 이등병이 우리를 향해 외친 말. "야, 힘내! 국방부 시계는 쉬지 않고 돌아간다!" 그도 입대한 지 몇 개월 안 되었을 때인데 갓 들어온 신병들을 보며 그런 말을 했었다. 지금도 나는 그의 순수한 목소리를 잊을 수가 없다. 그렇다. 인격이 다 무너진 것 같아도 인간은 남아 있었다.

지옥 같은 곳에서도 극소수지만 인정을 베푸는 사람들이 있었다. 어느 나치 친위대 수용소 소장은 수감자들의 의약품을 사기 위해 자기 돈을 몰래 내놓았다. 독일군이 패망한 후 유대인 수감자들은 그를 숨겨주었고, 미군 사령관에게 그를 해하지 않겠다는 약속을 받은 뒤에야 그를 연합군에 인계했다고 한다. 미군 사령관은 그 독일군 장교를 다시 수용소 소장으로 임명했고, 독일군 장교는 마을 주민들로부터 모은 생필품과 옷가지를 수감자였던 사람들에게 전달했다는 미담도 있다.

빅터 프랭클은 고통과 절망 속에서도 사랑하는 아내를 생각하며 행복감을 느꼈다. 아내가 살았는지 죽었는지는 하나도 중요하지 않았다. 그저 사랑하는 마음과 머릿속에 떠오르는 아내의 영상이 행복감을 안겨주었다고 고백한다(그의 가족 중에서 여동생과 아버지는 살아남았고 어머니와 형과 아내는 수용소에서 죽었다).

그 지옥 같은 곳에도 예술이 있었다. 사람들은 가끔 모여서 노래를 부르고 시를 낭송했다. 어느 날 저녁, 죽도록 피곤한 몸으로 막사 바닥에 앉아 수프를 먹고 있는데 한 동료가 달려와 외쳤다. 밖에서 해가 지는 멋진 풍경을 보라고. 모두 나가서 서쪽 하늘의 지는 놀을 바라보고 있는데 누군가 중얼거렸다.

"아, 세상이 이렇게 아름다울 수도 있다니!"

빅터 프랭클은 인간에게서 모든 것을 뺏을 수는 있어도 자신의 태도를 결정하고 자신의 길을 선택할 수 있는 자유만은 뺏을 수 없다고 말한다. 환경은 사람에게 큰 영향을 미치지만 그 사람이 어떻게 성장해가는지는 자신의 내적인 선택에 달려 있다고 한다. 그는 이러한 깨달음을 수용소에서 수감자들과 함께 생활하며 두 눈으로 확인했다.

프로이트에 따르면 다양한 사람들을 모두 똑같이 굶기면 결국 개인의 차이는 모호해지고 배고픔을 채우려는 욕구 하나만 남는다고 한다. 반면에 빅터 프랭클은 아우슈비츠의 강제 수용소에서 인간들은 오히려 개인적인 차이가 더욱 분명하게 드러나면서 돼지가 되거나 성자가 되었다고 한다. 여기서 중요한 것은 '자신의 고통에 가치를 주는 의미를 찾았는가'였다. 수감자들에게 가장 절망적인 고통은 언제 수용소 생활이 끝날지 모른다는 것, 그리고 모든 게 무의미해 보여 인생의 궁극적인 목표를 세울 수 없다는 것이었다.

빅터 프랭클은 이런 상황을 사소한 기대를 통해 우선 극복했다. 예를 들면 '오늘은 무엇을 먹을까'와 같은 기대를 하는 것이다. 그러나 이런 것도 반복되자 물려서 다른 상상을 해야 했다. 그는 환하고 따뜻한 강의실에서 수용소 수감자들의 심리 상태에 대해 강의하고 있는 자신의 미래를 상상했다. 그리고 다가올 그 미래가 있기에 이 고통의 시간이 가치 있는 것이라며 의미를 부여했다.

빅터 프랭클의 다른 책 『책에 쓰지 않은 이야기』에는 이런 내용이 나온다. 그는 집필 중이던 원고를 수용소에 들어가자마자 빼앗겨서 절망에 빠져 있었다. 그런데 다시 배급받은 다른 죄수복 안에서 '진심으로 네 영혼과 힘을 다하여 하느님을 사랑하라'는 글귀가 적힌 종이 쪽지를 발견했다. 우연일 수도 있는 이 상황을 유대교도였던 그는 하늘이 자신에게 내린 소명이라 여기고 종잇조각에 틈틈이 메모하며 새로 원고를 써나갔다.

이런 작은 의미 부여와 노력이 절망을 이겨내게 했다. 다만 미래를 무조건 낙관적으로 보는 것은 경계하라고 말한다. 그는 수용소에서 그런 낙관에 의지했다가 급격한 절망에 빠지는 수감자들을 목격했다. 1944년의 성탄절에는 집에 갈 수 있다거나 3월 말에는 돌아갈 수 있다고 믿었던 수감자들이 그날이 와도 현실이 변하지 않자 절망한 나머지 죽음에 이르렀던 것이다. 그는 과도한 희망이나 종교적인 열망은 오히려 사람을 절망으로 몰아넣을 수 있다고 경고한다.

수용소에서 해방된 이후에도 그들은 고통받았다. 고향으로 돌아갔을 때 이웃 사람들이 그저 어깨를 으쓱하거나 상투적인 인사치레를 건네면 그들은 점점 비통해졌다고 한다. 막상 자유를 얻고 나니 현실이 꿈꾸었던 모습과 너무 달라서 슬픔과 환멸을 느꼈던 것이다.

빅터 프랭클은 세상으로 돌아온 후 '로고테라피'를 창안했다. 이 명칭의 유래가 되는 '로고스logos'는 '의미'를 뜻하는 그리스어로, 로고테라피란 '의미를 통한 치유법'을 말한다. 로고테라피 이론은 인간을 프로이트 학파처럼 '쾌락의 원칙'이나 아드리안 학파처럼 '우월 욕구'에 따라 행동하는 존재로 보지 않고 의미를 추구하는 존재로 본다.

이 관점에서 보면 인간은 자기 자신의 이상과 가치를 위해 살고 또 죽는 존재다. 로고테라피는 환자에게 보편적인 의미를 부여하는 게 아니라 작은 사건과 생활에서 스스로 의미를 발견하도록 도와준다. 빅터 프랭클은 아내가 죽고 절망에 빠진 어떤 환자와의 일화를 이렇게 전한다.

"선생님. 만약 선생께서 먼저 죽고 아내가 살아남았다면 어떻게 되었을까요?"
그가 말했다.

"오, 세상에. 아내에게는 아주 끔찍한 일이었을 겁니다. 그걸 어떻게 견디겠어요?"

내가 말했다.

"그것 보세요, 선생님. 부인께서는 그런 고통을 면하신 겁니다. 부인에게 그 고통을 면하게 해주신 분이 바로 선생님이십니다. 그 대가로 지금 선생께서 살아남아 부인을 애도하는 것이 틀림없습니다."

그는 조용히 일어서서 내게 악수를 청한 후 진료실을 나갔다.

—『죽음의 수용소에서』 186~187쪽

그 환자의 절망은 병이 아니었다. 스스로 태도를 바꾼 순간 그는 자기가 겪고 있는 시련의 의미를 찾아냈다. 빅터 프랭클은 인간은 아무리 절망적인 상황에서도 삶의 의미를 찾을 수 있는 존재라고 강조한다. 그리고 그 의미를 거창하고 추상적인 데서 찾지 말고 철저하게 현실 속에서 찾으라고 조언한다.

나도 그런 경험을 한 적이 있다. 내 나이 삼십 대 중반에 아버지가 세 번째 맞은 중풍으로 쓰러져서 2년 반 동안 의식을 잃고 지내다가 세상을 뜨셨다. 처음 6개월간은 병원 중환자실에 있었고, 그 후 2년간은 집으로 모셔와 간호를 했다. 가래를 뽑고 고무 호스로 유동식을 드리고 똥을 파내는 일이 2년 동안 계속되었다. 아버지와는 대화할 수 없었고, 어머니는 우울증으로 쓰러졌고, 나는 매일매일 간신히 간호를 하며 똑같은 날을 보냈다. 그 세월이 언제 끝날지 알 수 없었다. 그 상태로 10년을 넘기는 환자들도 있었다. 아버지의 삶, 어머니의 삶, 내 인생이 어디로 어떻게 갈지 모르는 모호한 상황 속에서 절망이 닥쳐왔다. 이러지도 저러지도 못하는 상황이 계속되는 가운데 나는 스스로 의미를 발견했다. '이것은 나에게 인간이 되라는 하늘의 뜻이다. 배낭 메고 세상을 떠돌며 건방을 떨었던 나를, 아버지는 죽는 과정을 통해 사람 되게 만들려는 것이다. 그리고 이것은 속죄의 기회다.' 이렇게 생각하며 최선을 다해 간호했다. 그 의미가 나를 살렸다.

그러나 돌아가시자 오히려 허망해졌다. 마치 빅터 프랭클이 수용소에서 해방된 후 허탈한 심정으로 방황했듯이. 나는 결국 다시 의미를 찾아야 했다. 뒤늦게 결혼을 했고, 열심히 일하며 의미를 찾았다. 빅터 프랭클의 책을 기억해서가 아니라 내가 살기 위해서 그럴 수밖에 없었다. 그런데 훗날 다시 그의 책을 읽으면서 내가 그의 말대로 살아왔음을 알았다.

그렇게 의미를 붙잡고 힘들게 삼사십 대를 헤쳐 나왔다. 그런데 오십 대 들어 어머니를 암으로 떠나보내자 과거에 대한 추억이 나를 괴롭혔다. 살면서 내가 잘못했던 기억들이 시도 때도 없이 괴롭혔다. 반성하면서 철이 든다고 할 수도 있지만 그 정도가 심각했다. 그러다 만 예순 살이 되는 해를 앞두고 블로그에 이런 글을 썼다.

이전의 인생은 전생이라고 생각하자. 내가 잘못한 점, 잘한 점 이미 모두 전생의 일이 되었다고 생각하자. 어쩌란 말인가? 다 지나간 일들. 용서받을 수도 없고 되돌릴 수도 없다. 전생에서 내가 괴로웠던 것은 그런 나의 카르마 때문이었다. 이제 새로운 삶을 시작한다고 생각하자. 전생의 잘못은 되풀이하지 말면서.

그런데 『책에 쓰지 않은 이야기』에 이런 글이 나온다.

두 번째 인생을 산다고 생각하라. 첫 번째 인생을 잘못해서 모두 망쳤는데 두 번째 인생을 살면서도 지난번의 과오를 되풀이하고 있다는 생각을 갖고 살아라. 실제로 책임감은 그런 가상

97

빅터 프랭클은 정신과 의사답게 인간의 갈등과 죄책감을 훤히 꿰뚫고 있는 것 같다.

그는 행복보다 더 중요한 것은 의미라고 말한다. 인간은 초월적인 의미를 알 수 없지만 초월적인 의미가 있다는 것을 믿어야 한다고 주장한다. 나는 3년간 지옥을 경험하고 이런 말을 하는 빅터 프랭클의 말을 신뢰한다. 그는 '삶의 의미에 대해 묻지 말고 거기에 대답하라'며 인간은 자신을 스스로 책임지고 선택할 수 있는 존재이니 니체가 말한 것처럼 '운명을 사랑하라'고 말한다.

그런데 매사에 너무 진지하게 의미를 찾으면 긴장감이 든다. 빅터 프랭클은 안정감보다 이런 긴장감이 더 필요하다는데, 나는 동의를 하면서도 가끔 지칠 때가 있다. 어떤 위기 앞에서는 당연히 긴장하고 의미를 찾으려 노력하겠지만 일상 속에서는 피곤하기도 하다.

그래서 종종 아무 생각 없이 산다. 의미도 싫고, 긴장도 싫고,

관계도 싫어서 어디론가 낯선 곳으로 떠나거나 은둔해서 모든 것을 잊고 지낸다. 빅터 프랭클이 겪어보지 못한 현대를 살고 있기 때문이다. 그래서 의미 없는 '무심한 행위'나 '무심한 세계'가 그리울 때도 있다.

이럴 때 신화학자 조지프 캠벨의 이야기가 떠오른다. 그는 『신화의 힘』이라는 책에서 우리가 진실로 찾고 있는 것은 '살아 있음의 경험'이라고 말한다. 즉 삶에는 궁극적인 목적과 의미가 있지 않고, 생명은 생의 순환 속에서 활동하는 에너지의 흐름이라는 것이다. 이 흐름에 참여하면서 살아 있음의 황홀함을 느낄 때 우리는 행복한 순간을 경험할 수 있다고 한다.

나는 종종 이런 경험을 했다. 땀 흘리며 열심히 일할 때, 마음 맞는 사람들과 먹고 마시며 어울릴 때, 기차를 타고 여행하다 드넓은 평원 너머로 기울어가는 해를 바라볼 때 '살아 있음의 황홀함'을 느꼈다. 그때 나는 '죽어도 여한이 없다'는 말을 중얼거렸다.

그런데 이런 순간은 평화로운 시기에 찾아오게 마련이다. 고난과 절망의 시기에는 빅터 프랭클의 '고통의 의미'라는 말이 더 가슴에 와 닿는다. 어찌 보면 빅터 프랭클의 말과 조지프 캠벨의 말은 통하는 건지도 모른다. 빅터 프랭클 역시 삶의 의미나 목적을 거창하고 추상적인 데서 찾지 말라고 한다. 그도 수용소에서 석양이 깔린 하늘을 바라보며 감격에 젖었다. 의미를 찾는 프랭클이었지만 그 역시 살아 있음의 황홀함을 경험했을 것이다.

결국 구체적이고 현실적인 일에서는 의미가 중요하지만 더 넓고 큰 세계에서는 자연의 신비에 대한 경배, 사람에 대한 사랑 속에서 느끼는 '황홀함'이 더 중요한 것 같다. 삶이 어디로 가든 '황홀한 순간'을 만나면 힘이 솟는다. 그 길에 의미와 목적이라는 작은 징검돌들이 놓여 있다면 더 바랄 나위가 없을 것이다.

종종 나는 '의미의 세계에서는 미래가 과거로 흐른다'는 말을 해왔다. 내가 현재를 잘못 살면 아무리 과거가 찬란하고 자유로웠다 해도 다 허랑방탕한 짓이 되며, 반면에 현재를 잘 살면 아무리 과거가 부끄러워도 그 속에서 보람과 의미를 발견할 수 있다. '이렇게 되려고 그런 삶을 살아왔구나' 하면서.

그런데 현재를 잘 살게 하는 것은 미래의 꿈과 희망이었다. 크고 거창한 것이 아니라 작고 소박한 것들이었다. 미래를 위한 노력이 현재를 만들었고, 현재의 삶이 과거에 의미를 부여했다. 결국 미래의 꿈과 희망은 현재를 거쳐 과거에 대한 인식까지 변화시킨다.

그리고 미래의 꿈은 이제 육체와 이 세계를 넘어 다른 차원으로 전이되고 있다. 죽음은 끝이 아니라 다른 차원으로 넘어가는 출발점인지도 모른다. 늙어도 희망이 샘솟는 이유다.

인연의 갈등과
초월

헤르만 헤세
『싯다르타』

어린 시절부터 가출을 종종 꿈꾸었다.

열세 살이 되면 집을 나갈 거야. 이런 식으로 미룬 것이 아니라 늘 '지금, 당장' 뛰쳐나가고 싶었다. 유년 시절, 매일 부모님이 다투는 소리를 듣는 시간이 두렵고 불안했다. 억압적인 학교생활도 지겨웠다. 학교에 다니지 않는 아이들이 부러웠다. 학교에 가는 대신 동네에서 '뽑기 장수'를 하는 또래 아이가 부러웠고, 고아가 되어 동네방네 소금을 팔러 다니는 십 대 중반 소년이 부러웠다. 고등학교 시절에는 밀항선을 타고 아프리카의 밀림으로 가거나 깊은 산속의 토굴에 숨어 사는 상상도 했다. 그저 '이곳'을 벗어나 '저곳'에 가면 행복할 것 같았다.

먹기 싫은 밥을 꾸역꾸역 먹듯이 청소년기를 보내던 그 시절, 헤르만 헤세의 소설들은 나를 위로하면서도 충동질했다. 특히 『데미안』에서 '어른이 되기 위해서는 알을 깨야 한다'는 글을 보면 학교생활을 당장 끝장내고 새처럼 드넓은 창공으로 날아가고 싶었다. 『나르치스와 골드문트』를 보면 또 골드문트처럼 방랑자 흉내를 내고 싶었다. 그러나 헤세의 소설 중에서 가장

내 마음을 흔들었던 것은 『싯다르타』였다.

『싯다르타』에는 이런 장면이 나온다. 어릴 때부터 총명한 '엄친아'였던 싯다르타는 어느 날 갑자기 모든 것을 버리고 숲으로 들어가 수행자가 되기로 결심한다. 그러나 아버지는 허락하지 않고 방을 나가버린다. 싯다르타는 그 자리에 꼼짝 않고 선 채 아버지를 기다린다. 한 시간이 지나고 두 시간이 지나고, 밤이 오고 새벽이 와도 움직이지 않는다. 허락을 받기 전까지 결코 움직이지 않겠다는 아들의 모습을 보며 아버지는 결국 출가를 허락한다.

나도 흉내를 내보고 싶었다. 그러나 심약했던 나는 탈출도 못 하고 공부만 게을리했다. 내가 처음으로 탈출의 꿈을 실현한 것은 그로부터 10여 년이 지난 삼십 대 초반이었다. 나의 탈출은 겉으로 보면 헤세의 주인공처럼 멋져 보였지만 뚜렷한 방향이 없었다. 구도의 길도 아니었고 새로운 세계를 찾아나선 것도 아니었다. 다만 어린 시절부터 눌러왔던 욕망을 풀어헤친 도피, 방랑이었다.

중년이 되어 소설 『싯다르타』를 다시 읽으니 싯다르타의 삶에 좀 더 공감하게 되었다. 물론 싯다르타는 내가 흉내낼 수 없는 구도자이지만, 온갖 삶의 풍파를 겪고 난 뒤에 다시 만난 그는 내게 좀 더 깊은 울림을 주었다.

작가 헤세는 부처의 일대기를 약간 변형시켜 소설을 썼다. 부처의 원래 이름은 고오타마 싯다르타인데, 소설에서는 한 인물이 둘로 분리된다. 고오타마는 깨달은 부처이고, 싯다르타는 수행의 길을 걷는 귀족의 아들로 나온다.

역사 속의 부처는 왕자의 자리에 있을 때 온갖 쾌락을 맛본 후, 스물아홉 살 때부터 금욕적인 고행을 하다가 서른다섯 살에 중도의 길에서 깨달음을 얻는다. 반면에 소설 속의 싯다르타는 먼저 고행길을 걷다가 나중에 쾌락의 길로 들어서서 그 덧없음을 체험한 후 은둔 속에서 깨달음을 얻는다.

소설 속에서 주인공 싯다르타와 부처 고오타마 사이에 잠시 만남이 이루어진다. 고뇌하며 수행하던 싯다르타는 고오타마를 깨달은 자로 흠모하지만 그를 떠나기로 한다. 고오타마의 말과 가르침을 통해서는 깨달음의 비밀을 온전히 체험할 수 없다고 여겼기 때문이다. 그 체험을 하기 위해 싯다르타는 험난한 세속으로 돌아와 자신을 망가뜨리기 시작한다. 명망 있는 집안에서 태어나 높은 인격에 좋은 평판을 얻었던 그는 바닥으로 내려가 온갖 체험을 한다. 카말라라는 기생을 만나

성적 쾌락을 맛보고, 세속인과 똑같이 화를 내고 탐욕을 부리고 도박을 즐기면서 나태와 허망, 피로와 고뇌 속에서 무너져간다. 그러다 홀연히 집을 떠나 강가에 은둔하여 현자가 되어간다.

이런 평화로운 상태도 잠시, 카말라와 재회하며 다시 혼란에 빠진다. 카말라가 뱀에 물려 죽은 뒤, 그녀가 데려온 자신의 아들을 키우면서 싯다르타는 엄청난 갈등을 겪게 된다. 아들은 아버지에게 반항하고 못된 말도 하지만 싯다르타는 강한 부정을 느낀다.

> 자기 아들이 나타나고 나서부터는 싯다르타도 완전히 어린애 같은 인간이 되어버렸다. (……) 이제 그도 인생에서 한 번, 늘 그막에 와서야 가장 강렬하고 가장 진기한 이러한 열정을 느끼게 되었으며 그 열정 때문에 비참할 정도로 괴로운 슬픔을 맛보았다. (……) 그는 자기 아들에 대한 맹목적인 사랑이 일종의 번뇌요, 매우 인간적인 어떤 것이라는 사실과, 또한 이 사랑이 윤회요, 흐릿한 슬픔의 원천이요, 시커먼 강물이라는 사실을 잘 알고 있었다. 그럼에도 불구하고 그는 이와 동시에, 그 사랑이 가치 없는 것이 아니라는 것을, 그 사랑이 필수불가결

싯다르타는 아들이 아무리 무례하게 굴어도 미소로 대하고 욕
을 내뱉어도 다정하게 대한다. 아들은 아버지의 이런 모습을 늙
고 음흉한 위선자가 부리는 교묘한 술수라고 여기며 반항하다
가 마침내 돈을 갖고 도망친다.

　괴로워하던 싯다르타는 어느 날 강물에 비친 자신의 얼굴에
서 아버지의 얼굴을 본다. 자신 또한 아버지에게 반항하고 떠
돌아다녔으며 아버지의 임종조차 지키지 못했다는 것을 떠올
리며 이 모든 게 숙명임을 깨닫는다. 그제야 그는 자신을 완전
히 내려놓게 된다. 그는 자신이 상처를 받은 만큼 세상의 아픈
사람들을 따스하게 대했고, 욕망에 휘둘렸던 만큼 탐욕스러운
사람들조차 사랑했다. 머리는 예전보다 덜 총명했지만 더 따뜻
한 인간이 되어가며 '깨달은 자'가 되어간다.

이런 일이 있었던 곳은 인도 땅이다. 역사 속의 부처가 실제로
활동했던 곳도 인도고, 소설 속의 무대도 인도다. 나는 젊은 시
절 인도와 파키스탄을 오랫동안 여행하며 부처의 유적, 유물을

찾아다녔다. 그중에서 가장 인상적이었던 것은 파키스탄의 라호르 박물관에서 본 '석가 고행상'이다. 그것은 여태까지 보아온 평화로운 불상이 아니었다. 생각보다 작았고 상반신의 조각은 뼈만 남아 있었다. 조그만 두개골에 붙은 살가죽에 실핏줄이 드러나 있었고, 눈두덩이는 살이 말라붙어 푹 들어가 있었다. 살점이 없어 앙상한 갈비뼈가 두드러졌고, 빗장뼈가 목과 가슴을 간신히 이어주고 있었으며, 팔은 말라비틀어진 나뭇가지처럼 뼈다귀만 남아 있었다.

충격적이었다. 이런 몸으로도 살아갈 수 있었을까? 기원전 6세기 카필라국의 태자 고오타마 싯다르타는 그런 모습으로 6년간 고행하다가 보리수나무 아래에서 중도의 길에 들어 깨달음을 얻었다. 그는 세상의 모든 존재는 덧없이 변해가는 환상과 같고제행무상(諸行無常), 내가 원래 없는 것인데 있다고 착각한 채제법무아(諸法無我), 욕망과 아집을 갖고 있기에 고통과 번뇌가 생긴다고일체개고(一切皆苦) 가르쳤다. 이 고통과 번뇌를 없애는 방법은 여덟 가지 바른 수행팔정도(八正道)이며, 그것을 통해 탐욕탐(貪)과 분노진(瞋)와 어리석음치(癡)으로부터 벗어나면, 모든 고통과 번뇌가 끊기고 삶과 죽음조차 초월한 지극히 평온한 경지에 이른다고열반적정(涅槃寂靜) 했다. 바로 이 경지에 이른 것을 '깨달음'이라 했다.

내가 삶과 인간에 대한 근원적인 질문을 시작한 것은 중년이 되어서였다. 뇌출혈로 쓰러진 아버지가 2년 반을 앓다 돌아가시자 나는 흔들렸다. 나름대로 여행길에서 산전수전 다 겪었다고 생각했지만 속수무책이었다. 삼십 대 후반의 창창한 나이에 갑자기 길을 잃고 말았다. 존재감이 사라지는 데서 오는 허망함과 어린 시절 반항하며 아버지에게 상처를 드렸던 것에 대한 죄책감으로 괴로웠다.

아버지를 떠나보내고 다시 인도로 갔다. 바라나시의 갠지스 강변에 죽치고 앉아 흘러가는 강물을 바라보았다. 굵은 장작을 타고 오르는 불길 속에서 늘 시체가 타고 있었다. 낮은 언덕에 앉아 바라보고 있노라면 온몸에 연기가 달려들었고 숯불고기 냄새가 배어들었다. 인부가 간간이 긴 막대기로 시신을 내려치면 검은 숯덩이가 된 뼈가 힘없이 무너졌다. 다 탄 시신 위로 물을 끼얹으면 차아아 소리를 내며 마지막 한숨이라도 쉬듯이 한 가닥 연기가 폭 솟아올랐다. 그렇게 생명의 흔적은 사라졌다. 게스트하우스로 돌아와 냄새 밴 옷을 빨고 또 빨았지만 공허함은 사라지지 않았다.

3월 초, 바라나시의 한낮은 뜨거웠다. 초승달처럼 휘어진 강변 언덕에는 힌두교 사원과 오래된 성벽이 줄지어 있었고, 비탈진 강변은 경기장 관중석처럼 계단 모양으로 조성돼 있었다. 한낮의 그곳은 재미없는 경기를 벌이고 있는 야구장처럼 인적이 드물었다. 나는 꼭대기의 그늘진 계단에 앉아 멍하니 강을 내려다보았다.

밤에도 강변에 나갔다. 해가 지면 강도가 설쳐대서 위험하다는 말을 들었지만 상관없었다. 내 존재가 이미 유령과도 같은데 무서울 게 뭐가 있을까? 밤의 갠지스 강변에는 잠을 자는 늙은 거지들과 소들밖에 없었다. 언덕에 모로 누워 있으면 강 너머가 바다 수평선처럼 아득하게 다가왔다. 멀리 보이는 불빛은 황천길의 주막 같았다. 아버지는 지금 어디쯤 가고 계시려나. 어디선가 맑은 플루트 소리가 잔잔한 샘물처럼 들려오면 자꾸 눈물이 났다.

그 후 결혼을 했고 죽기 살기로 살았다. 그러다 『싯다르타』를 다시 읽었다. 어린 시절에 만난 싯다르타의 고뇌는 낭만이었지만 중년에 다시 본 그것은 지독한 현실이었다. 싯다르타는 고뇌와 수행 속에서 깨달은 자가 되었지만 나는 울다 지친 아이처럼 조금씩 마음의 평안을 찾아갔다.

1877년 독일에서 태어난 헤르만 헤세는 어린 시절 시인의 꿈을 품고 있었다. 수도원의 신학교에 다니다가 억압적인 학교생활에 대항해 '시인이 되거나, 아니면 아무것도 되고 싶지 않다'며 학교를 그만두었다. 열다섯 살 때였다. 조숙했던 그는 짝사랑 끝에 자살을 기도하고 3개월간 정신병원 신세를 지기도 했다. 그후 시계공장과 서점에서 견습사원으로 일하다 이탈리아 여행을 한다. 이런 체험을 바탕으로 이십 대 중반에 『페터 카멘친트』라는 자전적 소설을 썼고, 이십 대 후반에는 『수레바퀴 아래서』 등을 발표했다. 서른네 살에는 인도 여행을 했다. 선교사이며 인도학자였던 아버지와 외할아버지의 영향을 받은 그는 기독교는 물론 자연스럽게 불교와 힌두교와 중국의 노장사상에 심취했다. 『싯다르타』는 이런 체험과 배경을 바탕으로 마흔 살에 쓴 소설이다.

혜세는 노년이 되기 전까지 험난한 삶을 살았다. 특히 삼십 대 후반부터 오십 대 중반까지 매우 불행했다. 서른일곱 살 때 제1차 세계대전이 일어나자 전쟁을 비판했다는 이유로 정부와 국민으로부터 배척을 받았다. 2년 뒤 아버지를 잃고 아내가 조현병에 걸렸으며 아들도 병을 앓는다. 혜세 자신도 신경쇠약증으로 치료를 받는다. 마흔 살에는 정부로부터 사회비판적인 글을 쓰지 말라는 경고를 받았다. 마흔여섯 살에 약 20년간의 결혼생활을 정리했고, 다음 해에 두 번째 결혼을 했으나 3년 후 다시 이혼한다. 그리고 4년 후 세 번째 결혼을 하여 안정을 찾고 30년 정도를 살다가 여든다섯 나이에 세상을 떴다.

그의 주옥같은 소설들은 대개 고통받던 시절에 꽃피었다. 성장소설인 『데미안』은 국민과 정부로부터 배척받던 시절에 썼고, 『싯다르타』는 아내가 조현병에 시달리고 자신도 신경쇠약증을 앓던 시절에 썼다. '히피들의 성서'라 불리며 노벨상을 받는 데 큰 기여를 한 『황야의 늑대』는 불행한 두 번째 결혼생활이 끝나던 무렵에 발표했다. 이성과 감성의 합일을 향한 아름다운 구도소설인 『나르치스와 골드문트』는 두 번째 결혼생활을 끝내고 외롭게 살아가던 시절에 발표했다. 말년에 와서 평안을 얻은 그는 육십 대 중반에 자신의 세계를 집대성한 소설 『유리알 유희』를 발표했고, 평생의 작품을 인정받아 예순아홉 살이던 1946년에 노벨문학상을 받았다.

이제 나도 육십 대의 문턱을 넘어섰다. 대책 없던 방랑과 방황의 길을 걸은 지 30년째다. 깨달음을 얻지도 못했고 건강도 기울어지며 내리막길을 걷는 기분이 드는 지금, 헤르만 헤세의 작품들을 다시 읽으며 위로를 받는다. 그가 소설에서 전하려는 메시지 때문이 아니라 이야기 속에서 펼쳐지는 인간들의 굴곡진 삶 때문이다. 특히 요즘은 『싯다르타』에 나오는 부자지간의 갈등에 대해서 많이 생각하게 된다.

나는 자식 없이 살아서 잘 몰랐는데 얼마 전 조카와 함께 2주간 오키나와를 여행하며 약간이나마 아버지로서의 마음을 짐작할 수 있었다. 나에게는 남동생의 딸과 아들인 조카가 둘 있다. 두 아이가 벌써 성인의 나이가 되었는데도 여전히 어린애들처럼 귀엽게만 보인다. 오키나와 여행을 하면서도 대학생인 남자 조카가 어린 시절 나와 함께 공놀이를 하던 꼬마처럼 보였다. 그래서 뭐든 챙겨주고 싶고 병이라도 나면 어떡하나 걱정되어 잔소리를 좀 하면 다 큰 조카는 자기를 어린애 취급한다고 싫어했다. 티격태격하는 가운데 웃음으로 넘겼지만 섭섭한 마음 한편으로 조카에 대한 애정은 어쩔 수 없었다.

둘이 해변가 방파제에 걸터앉아 바닷바람을 맞으며 이런저런 이야기를 했다. 역시 조카도 어린 시절의 나처럼 아버지와 갈등이 많은 모양이었다. 고민을 털어놓는 조카를 보며 예전의 나를 생각했고, 남동생에게서 아버지를 보았다. 부자지간의 갈등은 그렇게 반복되고 있었다. 모두 다 애정과 집착 때문이다.

오랫동안 수행한 싯다르타도 그랬는데 하물며 일반인들은 어떻겠는가. 세속을 살아가는 사람들은 보통 부모 자식 간의 인연에서 삶의 힘을 얻지만, 또 그 안에서 깊은 갈등을 겪는다. 헤르만 헤세도 실제로 그런 갈등을 많이 겪었던 모양이다. 그의 많은 작품들은 끈질긴 인연의 고통을 겪어보지 않고는 얻을 수 없는 문장으로 채워져 있다.

따지고 보면 우리는 모두 나름대로 '구도의 길'을 걷고 있는 게 아닐까? 짧고도 긴 인생 속에서 즐거움도 얻지만 고민과 갈등, 슬픔과 서러움도 많이 느낀다. 이런 고통이 어찌 싯다르타가 느낀 고통보다 덜하다고 할 수 있을까?

나는 중년의 고개를 넘기며 평범한 사람들이 얼마나 위대한 존재인가를 알아간다. 인격적으로 훌륭해서가 아니라 갈등과 고뇌 속에서 온몸을 던져 살아가는 모습이 고귀해 보이기 때문이다. 돌이켜보면 후회스러운 일들이 너무도 많은 내 삶이지만 언젠가 조용히 은둔한 채 어리석은 노인처럼 웃음 짓던 '뱃사공 싯다르타'를 닮아가고 싶다는 소원이 있다.

산다는 것은
기소된 것

———————

프란츠 카프카
「심판」

카프카의 소설 『성城』은 읽긴 했지만 부엉기만 했다. 대학 시절 읽다가 졸다가, 다시 읽다가…… 읽을수록 흥미가 사라지는 책이었다. 측량기사 K가 어떤 성으로 초청받았지만 성 안으로 들어갈 수 없다. 초청받았다는 사실도 K만 알고 있어서 다른 사람들은 그를 의심한다. 그는 성에 들어가려고 애쓰는 가운데 서서히 늙어간다. 뚜렷한 사건 전개도 없고 의미 없어 보이는 소소한 사건과 대화로 가득 찬 소설이다. 모호해서 읽기가 아주 힘들었고, 읽고 나서도 무슨 내용인지 모르겠으니 안 읽은 것이나 마찬가지였다. 삶에 대한 명료한 메시지와 흥미를 추구하던 젊은이가 접근할 수 있는 책이 아니었다.

카프카의 소설들은 주인공이 벌레로 변해서 가족에게 천대받다 버려지는 이야기인 『변신』 외에는 읽기가 힘들었다. 우리나라에 '소송'이라는 제목으로 출간되기도 한 『심판』 역시 책만 사놓고 오래도록 읽지를 못했다.

사십 대 중반에 아내와 함께 터키에서 동유럽까지 두 달간 여행을 떠나면서 『심판』을 챙겨갔다. 그런데 첫 장부터 뜬금없는 이야기가 나와서 몰입이 되지 않았다. 어느 날 아침 하숙집에서 깨어난 주인공 요제프 K는 갑자기 쳐들어온 사내들로부터 '체포되었고 기소되었다'는 통보를 받는다. 무슨 사유인지 알지도 못한 채. K는 그날 감금되어 은행에 출근하지도 못하고 다음 날은 직장에서 재판소로 출두하라는 전화를 받는다. 정확한 출두 시간도 알려주지 않아 대충 찾아간 재판정은 가난한 사람들이 사는 동네에 틀어박혀 있었다. 사람들이 와글거리는 곳에서 K는 예심판사에게 항변을 하지만 아무 소용이 없다. 결국 분노하여 "이 거지 같은 놈들! 심문 따위는 당신들이나 하시오"라고 외친 후 문을 박차고 나와버린다.

앞으로 전개될 사건이 흥미를 당길 만도 했지만 사건의 인과관계도 약하고 사소한 이야기들이 지루하게 묘사되어서 읽기를 그만 멈추고 말았다. 내가 다시 이 책을 읽게 된 것은 마음이 많이 허전해진 오십 대 중반이 되어서였다.

사춘기 시절, 이 세상은 어떻게 탄생되었는가, 신은 있는가, 운명이 있는가에 대해 깊이 생각했지만 쉽게 잊혀졌다. 그 질문이 절실하게 다가온 것은 부모님과 이별할 때였다. 삼십 대 후반에 겪은 아버지의 죽음은 말 그대로 하늘이 무너지는 듯한 충격이었다. 그렇지만 홀로 남은 어머니를 모시고 장남에 대한 책임감으로 정신없이 살다 보니 그 충격도 금세 희미해졌다.

그러나 오십 대 중반에 맞이한 어머니의 죽음은 달랐다. '나의 기원origin'이 사라졌다는 생각에 매우 허전했다. 어머니는 '내가 태어난 곳'이었다. 아내와 동생이 있었지만 그들은 그저 '같이' 살아갈 사람일 뿐 언제나 포근하게 품어주는 고향 같은 존재는 아니었다. 어머니가 돌아가시고 나니 세상에 홀로 남은 고아가 된 기분이었다. 결혼했지만 마음을 의지할 자식이 없어서 더 그랬던 것 같다. 그 후 몇 년간 체력이 급격하게 떨어지며 이런저런 병치레를 했다. '아, 이러다 죽을 수도 있겠구나'라는 생각이 드는 가운데 삶과 죽음, 신과 운명에 대해서 진지하게 생각하게 됐다.

이 세계에는 인간의 의지를 초월하는 자연의 법칙과 힘이 있다는 걸 믿으면서도 떨칠 수 없는 의문이 있었다. 지구와 달이 질서정연한 법칙에 의해 움직이듯이 거시적인 세계에는 우주의 법칙과 신의 의지가 있음을 믿고, 또 카르마에 의해 사필귀정의 법칙이 전개되고, 각자 타고난 생년월일에 의해 영향받는 사주팔자와 운명이 있음을 믿는다 해도 인간 세계의 미시적인 일들은 어떻게 보아야 하는가?

예를 들어 밥을 먹을 때 맨 처음 어느 반찬을 집어먹는지, 연애할 때 언제쯤 손을 잡는지 등의 일에도 신의 의지나 예정된 운명이 개입되는 것일까? 사고 난 비행기를 배가 아파 타지 못해 목숨을 구했다면 신의 손길이 닿은 것인가, 아니면 개인의 팔자가 그런 것인가, 단순한 우연인가? 한 시간 후의 내 행동을 결정하는 것은 신의 뜻인가, 내 의지에 의한 선택인가, 아니면 이도 저도 아닌 충동과 우연에 따른 것인가? 신의 섭리와 우주적인 법칙은 거시적인 영역에만 작용하고 미세한 영역의 일은 인간의 자유나 충동과 우연의 작용인가? 그렇다면 거시와 미시의 경계선은 어디인가?

파고들기 시작하면 한도 끝도 없이 생각이 전개된다. 나는 젊은 시절부터 종종 이런 문제를 붙잡고 씨름했지만 당연히 답은 쉽게 나오지 않았다. 그런 걸 몰라도 세상은 충분히 살 수 있기에 어느 선에서 생각을 멈춰야 했다. 그러나 나이가 들어갈수록 그 답에 대한 내 나름의 정리가 필요함을 느꼈다. 카프카의 『심판』은 그런 문제를 진지하게 생각하게 하는 책이었다.

『심판』의 내용은 간단하다. 뜬금없이 기소를 당한 주인공 K는 재판도 받지 못한 채 어영부영 지내다가 어느 날 찾아온 사내들에게 처형당한다. 왜 죽는지 이유도 모른 채. 내용이 황당하고 문체도 깔끔하지 않다. 그러나 다 읽고 나니 카프카의 의도를 알 수 있었다.

K는 변호사도 소개받아보지만 되는 것도 없고 안 되는 것도 없이 1년 동안 소송에 질질 끌려다닌다. 재판관의 초상화를 그리는 화가에게 들은 이야기도 절망적이었다. 그동안 법정에서 자신의 무죄를 증명한 사람은 아무도 없었고, 다만 형식적인 무죄를 받을 수는 있지만 최고재판소의 명령이 떨어지면 다시 체포되어 소송이 끝없이 진행된다는 것이었다. 또한 최고재판소는 자기들 같은 사람이 접근할 수 있는 곳이 아니라고 했다.

카프카가 전하고 싶은 메시지는 소설 후반부 이야기에 있었다. K는 성당에 갔다가 교도소 신부라는 사람을 만난다. 신부가 K에게 충고하길, 소송이 K에게 불리하게 진행되고 있는데 남의 도움을 너무 바라지 말 것이며, 특히 여자들은 진정한 도움이 되지 않는다고 충고한다. 그리고 법정에 들어가 최고재판관을 만나려는 시골 사내의 이야기도 들려준다. 시골 사내가 법정에 들어가려 하자 문지기가 '들어갈 수는 있지만 지금은 안 된다'며 그래도 들어갈 테면 들어가 보라고 했다. 그러나 '안에는 나보다 더 힘센 문지기들이 기다리고 있다'며 겁을 주었다. 시골 사내는 평생을 기다리다가 죽을 때가 되어서야 이 문은 자기만 들어갈 수 있는 문이라는 것을 알게 되었다. 이 이야기를 듣고 K는 문지기가 시골 사내를 속였다고 생각한다. 그렇지만 신부는 임무에 충실했을 뿐인 문지기를 탓할 수는 없으며 법정에 들어가는 것은 시골 사내의 자유의지라고 말한다. 또한 신부는 자기도 재판소에 속한 사람이며 재판소는 K에게 요구하는 것이 없고, 오는 자를 막지 않고 가는 자를 쫓지 않을 뿐이라고 냉담하게 말한다.

결국 K는 누구에게도 도움을 받지 못한 채 1년이 되어가던 무렵 서른한 번째 생일 전날 밤, 예복을 입은 두 신사에 의해 채석장으로 끌려간다. 그 마지막 장면이 이렇게 표현된다.

K의 시선이 채석장 옆에 있는 집의 맨 위층을 스쳤다. 갑자기 불이 켜지며 창문이 활짝 열리더니, 멀고 높아 희미해서 알아 볼 수 없는 한 사람이 허리를 굽혀 몸을 앞으로 쑥 내밀고 팔 을 훨씬 더 앞으로 내밀었다. 저것은 누구일까? 친구인가? 착 한 사람일까? 관계가 있는 사람일까? 도와주려는 사람일까? 단 한 사람인가? 그 모든 사람인가? 아직 구원의 여지가 있을

까? 잊어버렸던 항변이라도 있는 것일까? (……) 한 번도 얼굴
을 보이지 않은 재판관은 어디 있는가? 결코 가보지 못한 상
급 재판소는 어디 있는가? (……) 한 남자가 두 손으로 K의 목
을 누르고, 다른 남자는 칼로 K의 심장을 깊숙이 찌르고 거기
서 칼을 두 번 비틀었다.

—「심판」 284쪽

칼에 찔려 죽는 K가 남긴 말은 '개같이'였다. 정말 개 같은 인
생이었다. 그런데 소름이 돋았다. 우리가 죽는 데 무슨 이유가
있던가? 이유를 모른 채 갑자기 죽는 것이다. 카프카는 사람이
태어난 것 자체가 '기소'된 것이고, 왜 기소되었는지는 아무도
모르며, 그 이유를 설명해주는 사람도 없고, 신(최고재판관)을
만날 수도 없다는 것을 보여준다. 변호사나 하급 재판관들도
도와주지 않고 '여인'들로 표현되는 '인간의 사랑'도 우리에게
삶의 의미나 목적을 '설명해주지 않는다며, 그것이 바로 우리 인
생임을 냉혹하게 전해준다.

　카프카의 작품을 세상에 널리 알린 것은 프랑스의 무신론적
실존주의 철학자들이다. 그들은 카프카가 모든 것을 자기 선택
과 책임에 의해 살아가야 하는 현대인의 실존적인 모습을 보여

주었다고 해석한다.

『심판』을 꼼꼼히 읽고 나니 후회가 일었다. 만약 이 작품을 다 읽고 체코 프라하에 있는 카프카의 작업실에 갔더라면 더 감회가 깊었을 텐데. 아내와 함께 갔을 때도, 그전에 혼자 갔을 때도 나는 카프카를 피상적으로만 알고 있었다.

　프라하 성 너머에는 '황금소로'라는, 금 세공사들이 많이 사는 골목길이 있다. 1990년대 초반 겨울에 처음 갔을 때 그곳은 썰렁했다. 좁은 골목길 담벼락에 '22'라고 쓰여진 작은 집이 카프카가 글을 쓰던 곳이었다. 1916년 11월부터 다음 해 5월까지 약 반년 동안 카프카는 이 집에서 매일 밤 늦게까지 글을 쓰다가 구시가지에 있는 하숙집으로 돌아갔다.

　주변은 소설 『성』에 나오는 분위기와 비슷했다. 나는 당시 『성』을 제대로 읽지도 못한 채 프라하를 여행했지만 소설 속 분위기나 책 뒤편의 해설 내용을 기억하고 있었다. 해설에 따르면, 성의 의미는 '신의 은총'이며 카프카의 작품은 그곳에 들어가고 싶어도 들어갈 수 없는 현대인의 모습을 보여준다고 했다. 소설 배경의 현장을 거닐다 보니 어디선가 홀연 카프카가 나타날 것 같았고, 그의 소설 속으로 들어온 것도 같았다. 어둠이 짙어진 골목길을 빠져나와 돌계단을 내려가 낡은 성벽 문을 통과하자 시야가 확 트이며 블타바강과 프라하 시가지가 한눈에 내려다보였다. 돌계단을 따라 강 쪽으로 내려갔다. 카프카가 매일 걸어다녔을 길이었다.

카프카는 평생 고독했다. 『변신』에서도 작가의 모습을 읽을 수 있지만 그는 가족들에게도 소외당했다. 특히 독재자였던 아버지 때문에 심적 고통을 받았다고 한다. 보험공사에서 직장인으로 일하며 틈틈이 소설을 쓰던 그는 폐결핵 때문에 파혼을 했다. 그 후 쓸쓸하게 살다가 1924년 마흔한 살에 후두결핵으로 오스트리아 빈의 요양소에서 세상을 떴다.

그는 언제나 이방인이었다. 체코 프라하에서 태어난 유대인으로 독일어로 작품을 발표했지만 체코인으로 인정받지도, 독일인으로 대접받지도 못했다. 또한 개인주의적인 성향이 강해서 전통적인 유대인 사회에도 편입되지 못했다. 그래서 언제나 이방인, 국외자라는 의식을 갖고 살았다. 그는 죽으면서 친한 친구 막스 브로트에게 그동안 쓴 자신의 원고를 모두 불태워달라고 했다. 그러나 유언과 달리 그가 죽은 지 1년 후에 『심판』이, 다음 해 『성』이 출판되었다.

카프카의 작업실을 나와 카를교에 왔을 때 붉은 놀이 지고 있었다. 황금소로는 탈출구 없는 우울한 미로처럼 무거웠지만 카를교에서 상쾌한 강바람을 맞으며 바라본 세상은 깃털처럼 가벼웠다. 다리에서 지는 해를 바라보며 신, 세상, 의미, 운명들을 떠올렸지만 이내 잊었다. 붉은 놀에 물들어가는 세상이 그저 아름다울 뿐이었다.

그로부터 긴 세월이 흘렀다. 나는 세파에 시달렸고 아름다움 정도로는 극복하지 못할 생존의 고통과 허무를 맛보았다. 그것을 극복하기 위해 늘 고민했다. 서양의 기독교에서는 신이 미세한 인간사에까지 개입하고 심판한다고 믿는다. 그러다 산업혁명, 프랑스 대혁명을 거치며 많은 사람들이 이성의 힘을 믿기 시작했고, 19세기 후반에는 니체가 '신은 죽었다'라고 외쳤다. 그리고 1차 세계대전의 참상과 2차 세계대전의 유대인 학살 등을 목격하자 유럽의 지성인들은 '도대체 신은 어디서 무엇을 하고 있는가'라며 회의했다.

그 후 신이 없는 상태에서 스스로 책임과 결단을 내리는 주체적인 인간이 자신과 세상을 만들어간다는 무신론적 실존주의가 등장했다. 20세기 중반에 많은 지성인을 사로잡았던 실존주의는 훗날 레비스트로스가 내세운 구조주의에 의해 비판받

왔다. 구조주의 관점에서 보면 인간은 자유로운 주체적 존재도 아니고 신에 의해서 영향을 받지도 않으며 환경에서 오는 구조에 의해서 형성되는 존재였다.

그러나 구조주의도 1960년대 후반부터 나타난 탈구조주의에 의해 흔들린다. 프랑스 철학자 미셸 세르 같은 이는 『헤르메스』라는 책에서 말하기를, 구조는 욕망이 출렁거리는 대양에서 '드문드문 떠 있는 섬'에 지나지 않는다고 말한다. 인간 세계는 욕망이 들끓는 카오스, 혼돈인 것이다. 북경에서 나비가 날갯짓을 하면 뉴욕에서 폭풍우가 인다는 말도 있듯이 그 사이에 일어나는 인과관계에 너무도 많은 미세한 요인이 얽혀 있어 예측하기 힘들다고 본다.

이런 고민은 현대 과학계에서도 나타났다. 뉴턴에서 시작된 고전물리학이나 아인슈타인의 상대성원리처럼 거시세계를 관찰하는 이론에서는 별의 움직임, 일식, 월식, 물체의 운동에 대해 정확히 예측할 수 있었다. 그러나 20세기 초반에 나온 미시세계를 관찰하는 양자물리학은 전혀 달랐다. 원자 속에는 양성자, 중성자, 전자가 있는데 전자의 운동량과 위치는 객관적으로 존재하는 게 아니라 측정 행위에 의해 영향받는다. 거시세계에서는 똑같은 조건일 때 항상 동일한 결과가 나오지만 미시세계에서는 똑같은 조건이라도 측정할 때마다 다른 결과가 나온다는 것이다. 그러니 전자의 객관적이고 정확한 위치는 예측할 수가 없으며 확률적으로만 알 수 있다고 한다. 질서정연하고 통일된 우주의 법칙을 믿었던 아인슈타인은 '신이 주사위 놀이를 할 리는 없다'며 이런 양자역학을 부정했다. 또한 똑같은 입자는 동시에 여러 군데 존재한다는 가설도 있다. 비유하자면 글을 쓰고 있는 지금의 나는 여기 하나만 있는 게 아니라, 동시에 다른 차원에도 존재하며 우주는 중첩해서 수없이 존재한다는 것이다.

이런 이야기를 인간 세상의 일과 비교하면 어떨까? 거시적인 역사의 흐름, 세상의 변화, 인간의 일생에는 어떤 법칙이 있고 예측할 수 있지만, 미시세계에서 발생하는 일들은 법칙도 없고 쉽게 예측할 수가 없다. 사랑하는 남녀가 언제 손을 잡을지, 며칠 뒤 점심 때 무엇을 먹을지 등을 어떻게 정확히 예측할 수 있을까? 이런 일에 신의 의지나 우주의 법칙이 과연 작용하는 것일까?

철학적이고 과학적인 토론들은 일상생활과는 상관이 없어 보인다. 그러나 위기가 닥쳐왔을 때 어떤 생각을 갖고 있는가에 따라 우리의 반응은 달라진다. 신의 의지가 사소한 인간사에도 영향을 미친다고 믿는 사람은 간절하게 기도할 것이고, 신이 없다거나 있다 해도 미세한 인간사에 작용하지 못한다고 믿는 사람은 체념하고 운명을 받아들일 것이다. 한편, 실존주의적 태도로 살아가는 사람은 자신의 선택과 의지에 따라 행동에 나설 것이다.

카프카는 유신론적 실존주의를 내세운 덴마크 철학자 키르케고르에게 영향을 받았다고 한다. 키르케고르는 『죽음에 이르는 병』에서 신은 객관적으로 알 수 있는 존재가 아니라, 개인이 '신 앞에 선 단독자'로 대면할 때 주관적인 체험을 통해서 만날 수 있는 존재라고 말한다. 19세기 중엽을 살다 간 키르케고르는 대중과 저열한 저널리즘으로부터 조롱을 당한 경험 때문에 '무리에는 진리가 없다'면서 세상과 거리를 두었다. 또 신은 조직과 제도에도 없다며 교회와 싸우기도 했다. 그가 세상을 뜬 지 28년 후인 1883년에 카프카는 태어났다.

과연 진실은 무엇일까? 생각할수록 머리가 복잡해진다. 거시세계와 미시세계의 중간에서 살아가는 우리 인간은 쉽게 판단을 내릴 수가 없다. 나는 아직도 잘 모르겠다. 살아갈수록 세상이 모호해지고 나이가 들수록 인간의 한계를 더 느끼게 된다. 섣불리 아는 척하거나 판단하는 것이 얼마나 위험한지도 깊이 깨닫는다.

다만, 개인의 주관적 체험이 얼마나 중요한지는 더욱 실감한다. 그 어떤 이야기도 체험이 없는 가운데 나온다면 허약한 것. 인간은 죽을 때까지 자신이 어디서 와서 어디로 가는지 모르며, 죽은 뒤에야 신을 만날지도 모른다. 그것이 인간의 운명이라면 이제 '신의 세계'에 대한 경외감을 간직하고 자신을 돌아보며 고민하는 과정, 그 자체가 우리가 조금이나마 도약할 수 있는 길이 아닐까?

그러자면 가끔 고독이 필요할 것이다. 카프카나 키르케고르 모두 고독했고 세상과 불화한 이방인이었다. '신 앞에 선 단독자'로서 묵묵히 자신의 길을 갔다. 신과의 대화, 다른 차원의 세계의 접속은 고독 속에서만 이루어지는 것 같다.

중년
독서

사람은 사랑할 사람 없이는
살 수 없다

에밀 아자르
「자기 앞의 생」

오래전부터 잘 알고 지내는 후배의 어머니가 중풍으로 몇 년째 병원에 계신다. 예전에 이미 그런 일을 겪어본 나는 그 고충을 알기에 가끔 전화를 건다. 얼마 전 통화에서 담담하게 이야기하던 후배는 급기야 울음을 터트렸다.

"그동안 병원에 모셨는데 이제 나올 상황이 되었어요. 약간 치매 증상도 있는데 집으로 모시느냐, 요양병원에 모시느냐는 문제로 동생과 통화하면서 고민하고 있던 중이에요."

아버지를 간호하며 겪었던 그 힘들고 지난한 과정이 머릿속을 스쳐 지나갔다. 얼핏 생각하면 별 복잡할 것도 없어 보이지만 직접 당해보면 결코 그렇지 않다. 집에 모신다면 누가 간호할 것인가, 라는 문제 앞에서 암담해지고, 요양병원에 모신다면 자식 된 도리로서 마음고생이 심해진다. 후배는 어머니 병실에서 다른 환자들이 혼수상태로 코에 줄을 끼고 있는 모습을 보면서 젊은 간호사와 이런 이야기를 나눴다고 했다.

"저기 누워 계신 분들이 우리의 미래 모습이겠지요?"

"네?" 간호사는 깜짝 놀라며 말했다.

"저는 그런 생각 해본 적이 없어요. 아직 젊으신 분인데 그런 생각을 다 하시는군요."

간호사는 날마다 환자를 대하다 보니 그런 생각에 빠질 여유가 없었을 것이다. 또 아직 젊은 나이인 만큼 병과 죽음이란 노인들의 문제지 자기 문제라고 생각해보지 못했을 것이다. 부모가 죽음 앞에 있거나 자기 자신이 불치병에라도 걸렸다면 모를까. 나도 돌아가신 부모님을 간호하는 가운데 병원에서 그런 환자를 많이 보았다. 의식도 없이 코에 낀 줄을 통해 유동식을 먹으며 기약도 없이 몇 년째 누워만 지내는 환자들은 고요하게 하루하루를 보냈다.

친구로부터 들은 이야기다. 요양원을 운영하는 지인을 찾아갔는데 노인들이 요양원 입구 의자에 앉아서 다들 한 방향을 쳐다보고 있었다고 한다.

"왜 다들 나와서 저렇게 앉아 있지?"

"가족들 기다리느라고 그래. 자식들이 부모님을 요양원에 맡기고 나면 처음에는 일주일에 한 번씩 찾아오다가 차차 뜸해져. 나중엔 거의 예외 없이 6개월 넘으면 잘 찾아오지 않아."

그 소리를 듣고 친구는 충격을 받았다. 하지만 정작 겪어보면 우리의 모습도 별로 다르지 않을 것이다. 친구와 이런저런 이야기를 나누다 보니 금세 우울해졌다.

에밀 아자르의 『자기 앞의 생』에는 병에 걸렸지만 병원에 가기를 끔찍이 싫어하는 여인의 이야기가 나온다. 이 작품은 여러 관점에서 접근할 수 있다. 이민자 문제, 인종 문제, 종교 문제, 빈곤과 버려진 아이들의 소외감, 죽음의 문제, 그리고 그런 문제를 이겨내는 연대감과 사랑 등 많은 것을 생각하게 한다.

내가 이 소설을 처음 읽은 것은 대학 시절이다. 1970년대 후반인 그 시절, 『자기 앞의 생』은 작품 속 어린 주인공 모모에 대한 노래가 불려질 정도로 널리 읽혔다. 하지만 나는 이 소설이 별로 재미없었다. 이십 대 초반의 나는 『자기 앞의 생』에 나오는 비극적이고 사회적인 문제들에 공감할 수준이 못 되었다. 그런데 30여 년이 지난 후 다시 읽었을 때는 나도 모르게 눈물까지 흘렸다. 책은 그대로인데 내가 변한 것이다. 그사이 나는 부모님을 잃었고, 파리에서 못사는 이민자들의 삶을 목격했으며, 종교적인 갈등으로 인한 분쟁 지역도 여행했다. 그런 경험 때문일까? 이 책을 다시 읽으니 소설이 아닌 처절한 현실로 다가왔다.

1975년에 발표한 『자기 앞의 생』은 시대적 배경이 1960년대에서 1970년대 중반 무렵으로 보인다. 이 이야기는 열 살짜리(나중에 열네 살로 밝혀진다) 꼬마인 모모의 시선으로 경쾌하게 전개되지만, 작가가 예순이 넘어 쓴 작품으로 깊은 통찰과 유머와 비판 의식이 담겨 있다. 처음에 이 소설은 '에밀 아자르'라는 이름으로 발표되었다. 작가 로맹가리가 조카를 대변인으로 내세워 '에밀 아자르'라는 가상의 인물을 만들어낸 다음 자신의 정체를 숨기고 필명으로 작품을 내놓은 것이다. 로맹가리는 1980년 66세의 나이에 입에 권총을 물고 자살했다. 세상 사람들은 그가 죽기 전에 남긴 「에밀 아자르의 삶과 죽음」이란 글을 보고서야 에밀 아자르의 정체를 알았다.

로맹가리는 1914년 모스크바에서 태어난 유대인으로, 세 살 때 어머니와 함께 러시아를 떠나 폴란드를 거쳐 열여덟 살에 프랑스 니스에 정착했다. 어머니는 유대인임을 잊고 프랑스인으로 살아야 성공할 수 있다며 헌신적으로 아들을 키웠다. 내성적인 로맹가리는 자라면서 상처를 많이 받았지만 결국 '성공'의 길을 걸었다. 그는 외교관 생활을 하면서 소설을 발표하다가 1956년 마흔두 살에 『하늘의 뿌리』라는 작품으로 공쿠르상을 받았다.

그러나 나이가 들어가면서 한물간 작가 취급을 받는다. 그는 문단에 대한 실망감과 다른 인간으로 살아보고 싶다는 욕망으로 철저히 자신을 숨기고 『자기 앞의 생』을 발표했다. 그리고 '에밀 아자르'란 이름으로 다시 공쿠르상 수상자로 뽑히는데 처음에는 상을 거부했지만 어쩔 수 없이 자신을 숨긴 채 받게 된다. 공쿠르상을 두 번 받은 작가는 그가 유일했다. 물론 세상 사람들은 각기 다른 사람이 수상한 것으로 알았지만.

명예를 얻었지만 그의 삶은 행복하지 않았다. 이혼을 하고 마흔다섯 나이에 스물넷이나 차이 나는 미국 영화배우 진 세버그와 재혼했지만 갈등 속에서 별거를 한다. 그리고 진 세버그가 자살한 지 1년 뒤 로맹가리도 목숨을 끊었다.

『자기 앞의 생』은 허구적인 내용이지만 로맹가리의 삶에서 나온 경험이 짙게 배어 있다. 소설 속 로자 아줌마는 한때 아우슈비츠에 끌려갔다가 살아난 유대인이다. 그녀는 폴란드, 북아프리카 등지에서 매매춘을 하며 살다가 쉰이 넘자 파리의 낡은 아파트에서 '창녀의 자식들'을 키운다. 그 아이들을 법적으로 키울 수는 없어서 양육비를 받고 '은밀한 집'에서 돌본다. 종종 양육비가 끊겨서 궁핍하지만 그래도 아이들을 버리지 않는데 그중에서 모모를 매우 사랑한다.

그들은 아프리카인, 아랍인 등 불법 이민자들이 모여 사는 빈민가에서 살아간다. 95킬로그램의 거구인 로자 아줌마는 엘리베이터가 없는 7층에 살아서 바깥 출입을 매우 힘들어한다. 다행히 도와주는 사람들이 많다. 빈민들을 돌봐주는 의사 카츠 선생, 세네갈 전직 복서로 매매춘을 하는 트랜스젠더, 포주 등 밑바닥 계층 인물들이 서로 돕고 살아간다. 그러나 이곳은 행복한 곳이 아니다. 열 살 소년 모모는 늘 세상에 대한 소외감을 느끼며 거리를 방황한다. 아버지의 송금이 끊기자 로자 아줌마를 돕기 위해 자기도 거리에서 공연을 하며 돈을 벌고 매매춘을 소개해주는 일도 한다.

　늙어가면서 정신을 깜빡깜빡 잃기 시작하는 로자 아줌마는 모모에게 자신을 절대로 병원에 보내지 말아달라고 부탁한다. 병원에 가면 온갖 고통을 다 받아가며 힘들게 죽고 식물인간이 되면 한없이 누워만 있다가 죽게 된다는 공포감 때문이었다. 어린 모모는 아줌마가 발작을 일으켜 정신을 잃을 때마다 불안해한다. 아줌마가 죽고 나면 자기 혼자 남는다는 두려움과 불안감을 안고 거리를 방황한다. 아이는 차라리 범죄를 저지른 후 감옥에 갈까를 고민하고, 큰 건물에 들어가 기관총을 쏘며 저항하는 상상도 한다. 현실로부터 도망가고 싶은 것이다.

이런 이야기를 읽으면 가슴이 저릿해진다. 나 역시 현실을 도피하고 싶을 때가 있었다. 삼십 대 중반, 아버지 병간호에 지쳐가던 무렵이었다. 나는 책임감과 의무감으로 견뎌냈다. 그나마 나는 나이를 먹을 만큼 먹어서 겪은 일이지만 모모 같은 아이에게 그 고통과 불안은 어떤 것일까? 우리 사회의 소년 소녀 가장들이 겪는 고통은 얼마만 한 것일까?

어느 날 모모의 아버지가 아들을 찾으러 온다. 모모를 빼앗기기 싫은 로자 아줌마는 유대인 모세가 당신의 아들이라고 거짓말을 한다. 자신이 착각해서 이슬람교도인 당신 아들에게 유대인 이름을 지어주고, 할례를 받게 하고, 유대인 음식을 먹이며 키웠다고 말한다. 모모의 아버지는 충격을 받고 심장마비로 죽는다. 로자 아줌마는 아이를 유대교도로 키웠든, 이슬람교도로 키웠든 아들은 아들 아니냐고 묻지만 아버지는 유대인으로 자란 아들을 거부했다. 모모는 그런 아버지의 시신을 끌어내 아파트 계단에 방치한다. 아버지에 대해 일말의 정도 느끼지 못한 채.

로자 아줌마는 종종 의식을 잃고 옷을 벗은 채 남자를 유혹하기도 하고, 차츰 대소변도 못 가리기 시작한다. 의사는 아줌마를 입원시키라고 모모에게 권유하지만, 모모는 이스라엘에서

아줌마의 친척이 와서 데리고 갈 것이라고 거짓말한다. 그러고
는 아줌마를 건물 밑 지하실로 피신시킨다. 절대로 병원에 보
내지 않겠다는 아줌마와의 약속을 지키기 위해서. 결국 로자
아줌마는 지하실에서 죽는다. 모모는 3주일쯤 아줌마의 시신
옆에 머물며 향수를 뿌려주는데, 나중에는 악취 때문에 사람
들에게 발견된다. 그 후 모모는 거리에서 우연히 만났던 착하고
젊은 프랑스 여인의 집에 가서 살게 된다.

이 책을 덮고 나면 가슴을 울리는 말이 귓가에 맴돈다. 양탄
자를 파는 하밀 할아버지의 말, 그리고 모모도 강조하는 말.

'사람은 사랑할 사람 없이는 살 수 없다.'

그런 것 같다. 사랑밖에 없지 않은가? 신에 대한 사랑이든, 부
모에 대한 사랑이든, 자식에 대한 사랑이든, 연인에 대한 사랑
이든, 이웃에 대한 사랑이든, 동물에 대한 사랑이든, 사랑이야
말로 우리의 소외감, 불안감, 두려움을 이기게 해주는 것 같다.

그러나 현실은 만만치 않다. 자기 한 몸 버티기 힘든 세상에
서 타인을 사랑하거나 병간호한다는 것은 매우 힘든 일이다. 누
가 소설 속의 모모처럼 죽어가는 로자 아줌마를 병원에 보내
지 않고 돌보며, 시신에 향수를 뿌려가며 3주일 동안 옆을 지
킬 수 있을까? 모모는 로자 아줌마와 함께 생을 마감하려고 했

던 것이다.

이런 장면을 보면 착잡해진다. 부모가 죽는다고 자식까지 몰락할 수는 없다. 결국 부모가 불치병을 앓거나 치매를 앓으면 요양원 같은 시설에 맡기는 것이 보통의 현실이다. 자식들도 일을 하며 생활을 이어가야 하기 때문이다. 삶은 결코 '깔끔하게' 진행되고 '말끔하게' 마감되지 않는다. 그 과정에서 수많은 갈등과 회한과 슬픔과 한과 죄의식이 생겨난다.

부모를 떠나보내고 나면 이제 자신이 겪을 차례다. 그런 미래의 모습을 그려보며 나는 한동안 우울했다. 그런 상상을 하도 많이 하다 보니 지금은 예방주사를 맞은 기분이다. 뭐, 뾰족한 대책이 있겠는가. 숙제 안 한 아이들이 선생님의 매를 기다리며 줄 서 있는 심정이지. 퍽, 퍽, 퍽…… 매를 맞는 아이들을 보고 있으면 엄청 두렵지만 막상 맞고 나면 시원하다.

가끔은 에이, 이왕 맞을 거 빨리 얻어터졌으면 좋겠다는 생각이 들 때도 있다. 그러나 스스로 일찍 생을 마감하면 다음 생에 더 벌을 받을 것 같아서 그런 생각을 금한다. 어차피 벌 받으러 온 세상인데 내게 할당된 벌은 충실히 받고 가야지. 그 어떤 비참한 상황, 모멸감도 받아들여야 한다. 고상한 죽음은 드물다. 너덜너덜한 육체를 버리는 가운데 '사랑하는 마음'을 간직

할 수만 있다면 얼마나 좋을까?

그 사랑의 범위가 더 넓어져 동물과 자연과 신에게까지 확장된다면 우리의 절망은 그만큼 줄어들지 않을까? 우리가 끝없이 사랑의 범위와 차원을 확장해나가야 할 이유다.

소설의 무대인 파리는 두 차례 다녀왔는데 두 번째 갔을 때가 10여 년 전이다. 당시 일정상 유명 관광지를 중심으로 돌아보았지만 그때도 이미 알제리인, 흑인 등 많은 이주민이 보였고 절도의 위협도 당했다. 그리고 최근 카페나 식당 등에서 테러 사건도 발생했다.

소설 속에서 묘사한 약 50년 전의 파리 빈민가는 매우 열악했다. 낡은 아파트 건물에 많은 이주민이 모여 살다 보니 화장실이 너무 부족해 건물 안팎에 용변을 봐야 할 정도였다. 이주민과 불법취업자들은 일자리가 없어서 포주, 매매춘, 도둑질, 소매치기 등을 할 수밖에 없었다. 요즘 종종 테러가 발생하는 것은 그런 상황이 누적되어서 그런 것이 아닐까?

이것이 어디 파리만의 문제일까? 우리 한국도 다문화 가정, 이주 노동자 문제 등을 안고 있다. 거기다 빈곤 문제, 고령화 문제가 얽혀 있다. 앞으로 그에 대비한 정책들이 나오겠지만 정책에는 '따스한 온기'가 없다. 아무리 시설이 좋고 겉으로 그럴듯한 곳이라도 온기 없는 치료와 간호는 싸늘하다. 그 싸늘함 속에서 세상을 뜨는 과정이 너무도 삭막해 보인다.

소설 속에서 가난한 이웃들이 로자 아줌마를 도와주는 모습은 매우 감동적이다. 아프리카인들은 아줌마 안의 악귀를 쫓아낸다며 불 쇼를 하고 푸닥거리를 한다. 그 장면은 우스워 보이면서도 그 순수하고 진실된 마음이 눈물겹다. 그들은 정말 아줌마를 치료하려고 최선을 다했던 것이다. 트랜스젠더 여인은 매매춘으로 번 돈을 모모에게 주며 생계를 도와준다. 이삿짐 인부들은 무거운 로자 아줌마를 들고 내려가 차로 강 구경도 시켜준다. 모두 보잘것없어 보이는 하층민이지만 서로 돕고 사는 그들의 마음은 너무 귀해 보인다.

가족 간이든 친구나 이웃 간이든 간편하고 효율적인 것만 추구하는 세상은 싸늘하다. 죽음이 무서운 것이 아니라 죽음으로 가는 과정에서 마주치는 싸늘함이 두렵고 서럽다. 따스한 정과 사랑과 연대감을 느낄 수만 있다면 죽음이 그렇게 무서운 것은 아닐 것이다.

평소에 이기적이고 매정하게 살아가는 사람들 옆에는 그런 따스한 사람들이 남아 있을 리 없다. 내가 따스하지 못한데 남들이 따스한 대접을 해주겠는가? 죽음의 문제는 곧 삶의 문제다. 그러니 잘 살아야 한다.

봐라,
이것이 인간이다

앙투안 드 생텍쥐페리
『야간 비행』, 『인간의 대지』

처음 프랑스를 여행한 것은 서른다섯 살 때였다. 그때는 서유럽의 여러 나라 국경을 넘을 때마다 환전하느라 정신이 없었다. 마치 생존 게임을 하듯이 여행하던 시절이어서 각 나라의 화폐를 자세히 볼 여유가 없었다.

몇 년 후 아내와 함께 파리만 일주일 정도 여행하며 프랑스 돈을 유심히 보게 되었다. 아, 돈이 이렇게 예쁠 수도 있구나! 감탄사가 나왔다. 50프랑짜리 지폐에는 생텍쥐페리와 어린왕자 그림이 있었고, 100프랑짜리 지폐에는 화가 세잔과 그의 과일 정물화가 있었다. 또 몇 프랑짜리인지 모르겠는데 과학자 마리 퀴리의 초상화도 보았던 것 같다. 생텍쥐페리의 초상화 왼쪽에는 유럽과 북아프리카 지도가 보였는데 비행사이기도 한 작가가 비행했던 구역이었던 것 같다. 그 왼쪽에는 작은 어린왕자와 별, 코끼리를 삼킨 보아뱀 그림도 있었다. 그야말로 예술적인 향기가 넘쳐흐르는 돈이었다. 그런데 지금 이 화폐는 안타깝게도 유로화에 밀려 사라졌다.

생텍쥐페리의 『어린 왕자』를 처음 읽었을 때 나는 대학생이었다. 그때는 감성적인 동화 분위기 때문에 작가가 유약한 사람인 줄 알았다. 그런데 나중에 「야간 비행」을 읽어보니 분위기가 전혀 달랐다. 인간의 의무와 책임을 강조하고 초월성을 강조하는 매우 남성적인 작가였다. 하지만 자유롭게 내 멋대로 살고 싶었던 나에게 그의 메시지는 다가오지 않았다.

한동안 여행하며 내 멋대로 살다가 사십 대를 넘길 무렵 태국의 코타우라는 섬 해변에서 생텍쥐페리의 『성채』를 읽었다. 일본 여행자들과 어울려 레게 음악을 들으며 낭만도 즐겼지만 우울한 기분을 떨치지 못하고 있을 때였다. 그동안 나는 두 권의 여행책을 내고 신문 잡지에 글을 기고하기도 했지만 여전히 확고한 정체성이 없었다. 삼십 대에 불사르던 여행의 열기가 식은 상태에서 앞으로 어떻게 살 것인가를 고민하던 시기에 집어든 『성채』는 충격을 안겨주었다.

생텍쥐페리는 '평화를 빙자하여 자신의 갈망을 억제하는 인간들을 경멸한다'면서 고통을 피한 채 유토피아의 공상 속에서 명상에 빠진 인간들의 허약함을 비판했다. 나에게 하는 말 같았다. '평화'를 '자유'로 바꿔보았다. 나는 자유를 빙자하여 고통을 피하며 살아온 것은 아닐까? 여행의 열기도 식은 지금 그 시절로 돌아가고 싶어 하는 이 심리는 '익숙한 과거의 삶'에 대한 집착과 미래에 대한 두려움 때문이 아닐까? 혹은 과거의 추억이 투영된 미래에 대한 유토피아 공상에 빠져 허우적거리는 것일지도 몰랐다.

솔직하게 자신을 인정하기로 했다. 그리고 내 속에 숨겨놓은 갈망, 글쓰기를 독하게 하기로 결심했다. 가장의 책임과 의무도 다해야 했다. 결혼한 지 몇 개월 안 되었을 때였다. 그때부터 고통을 거름 삼아 현실 속에서 전진했다. 그 후 지금까지 20여 권의 여행서를 냈고 열심히 살아왔다. 중요한 시기에 생텍쥐페리는 고맙게도 나에게 따끔한 질책을 해주었다.

1900년에 프랑스에서 태어난 생텍쥐페리는 1, 2차 세계대전을 겪었지만 행복한 어린 시절을 보냈다. 1921년 공군에 입대해 조종사 자격증을 취득했고 제대 후 여러 일을 하다가 1926년에 항공사에 입사했다. 위험을 무릅쓰고 초기의 우편 비행기를 조종했는데 이때의 경험을 바탕으로 「야간 비행」 「인간의 대지」 『어린 왕자』 등을 썼다. 그 후 제2차 세계대전이 일어나자 군용기 조종사로 종군했다. 그는 굳이 비행기를 몰지 않아도 될 형편인데도 조국을 위해 끝없이 헌신했다. 그가 프랑스 화폐에

새겨진 것은 작품 못지않게 애국심도 높이 평가되었기 때문일 것이다.

그가 남긴 작품 중에서 「야간 비행」은 앙드레 지드의 격찬과 함께 페미나상을 받았다. 「인간의 대지」는 프랑스에서만 200만 부 이상이 팔린 베스트셀러가 되었다. 그런 작품을 젊은 시절에는 대충 보았다가 중년이 되어 다시 읽으니 큰 감동이 느껴졌다.

「야간 비행」에는 부에노스아이레스에 본사를 둔 항공우편 배달회사 직원 세 명이 주요 인물로 등장한다. 조종사 파비앵은 비행기로 우편 배달을 한다. 로비노는 품성 좋은 감독관이다. 그는 부하들을 이해해주려 하고 조종사들과 친해지고 싶어 하지만 그의 나약한 모습 때문에 부하들에게 업신여김을 당하기도 한다. 그런 로비노에게 리비에르는 이렇게 말한다.

"자네의 명령을 받는 사람들을 사랑하게. 하지만 그런 사실들을 그들에게는 말하지 말고 말이야."

리비에르는 전체 항공 노선 책임자로서 원칙대로 조직을 이끌어나간다. 강하고 냉철한 남자다. 부하들을 사랑하지만 그 마음을 드러내지는 않는다. 오늘날과 달리 그때의 야간 비행은 매우 위험했다. 정보가 부족한 시절, 미지의 항공 노선을 야간에 개척하고 비행한다는 것은 온갖 기류 변화와 낯선 지형의 위험, 시간의 촉박함을 극복해야 하는 일이었다. 리비에르는 약해지고 두려움에 떨 수 있는 조종사들을 책임과 의무를 내세우며 공포를 이겨내도록 다그친다.

그런 분위기에서 최선을 다하던 조종사 파비앵은 야간 비행 중 하늘에서 사라진다. 그러자 전체 항공 노선 책임자 리비에르는 침체된 회사 분위기를 일깨우며 각자 임무에 충실하도록 부하들을 독려한다. 생텍쥐페리는 작품의 마지막을 이렇게 쓰고 있다.

> 만일 그가 단 한 번의 출발이라도 연기했다면 야간 비행의 명분은 사라졌을 것이다. 그러나 내일이면 그를 비난하고 나설 약자들을 앞질러, 리비에르는 어둠 속으로 또 한 팀의 승무원들을 풀어놓았다. (……) 승리…… 패배…… 그런 말들은 의미 없다. (……) 힘겨운 승리를 거두는 위대한 리비에르, 승리자 리비에르.
>
> — 「야간 비행」, 『인간의 대지』 325쪽

개인주의가 팽배하고 자유와 권리를 외치는 요즘 세상의 관점에서 보면 리비에르는 조직에만 충성하는 '꼴통'이며 '마초'로 보일 수 있다. 그러나 그가 추구한 것은 동료들과의 연대감, 초월적인 힘에 대한 흠모, 인간의 영웅적인 정신이었다.

나도 이런 시대의 분위기를 조금은 맛보고 살았다. 초등학교 5학년 때던가, 고등학생이던 사촌 형과 함께 산에 올라간 적이 있었다. 바위가 많은 꽤 험준한 산이었다. 바위를 건너뛰어야 하는데 겁을 먹고 머뭇거리는 나를 보고 형이 말했다.

"지상아, 사나이는 한 번 죽지, 두 번 죽는 게 아니야."

아, 그 말을 하던 사촌 형이 얼마나 멋져 보이던지. 전쟁 중에 태어나 억세게 살아남아 가난하고 헐벗은 1960년대 후반에 청소년기를 보낸 사촌 형 또래들에게는 '사나이다움'이 있었다. 친구 간의 의리를 중요시했고 '깡'이 있었으며 '소영웅주의' 같은 게 있었다. 즐겨 보던 영화도 전쟁영화나 미국의 서부영화였다. 그런 영화를 보고 나오는 젊은 사내들의 얼굴에는 비장함이 서렸고 발걸음은 씩씩했다. 이미 고등학교 시절에 한강을 헤엄쳐서 건넜다는 사실을 떠벌리는 형들이 있었다. 그렇게 만용을 부리다 목숨을 잃기도 했는데 그들 나름의 통과의례다.

프랑스는 그런 시대의 분위기를 이미 수십 년 전에 겪었던 것 같다. 작가들은 글뿐만이 아니라 말과 행동을 일치시키며 영웅적으로 살아갔다. 생텍쥐페리뿐만이 아니라 앙드레 말로 역시 스페인 내전에서 공화파를 위해 싸웠고, 헤밍웨이도 스페인 내전 참전 경험을 소설 속에 담아냈다. 그렇게 살아보지 못한 나는 이 행동주의 작가들의 삶 앞에서 주눅이 든다. 그리고 작품 못지않게 그들의 삶에 대해서 궁금해진다. 생텍쥐페리의 실제 삶과 그의 생각에 대해서 잘 알 수 있는 작품이 「인간의 대지」다.

서른한 살에 「야간 비행」을 쓰고 마흔셋에 『어린 왕자』를 쓴 생텍쥐페리는 그 중간인 서른아홉 살에 「인간의 대지」를 썼다. 「인간의 대지」에 나오는 이야기들은 허구가 아니라 실화에 바탕한 것이다. 용감한 생텍쥐페리도 첫 비행이 두려워 동료이자 선배인 기요메를 찾아가는데, 그때 기요메는 묘한 지리학 강의를 들려준다. 그는 스페인의 어떤 들판에 대해서 이야기하며 들판 가장자리에 서 있는 세 그루의 오렌지 나무를 조심하라고 한다. 또, 산기슭에 자리 잡은 농가의 주인에게 도움을 받을 수 있으며, 비상 착륙장 풀숲 아래에 서른여 송이의 꽃이 있는데 그 꽃에 물을 대는 개천에 비행기가 처박힐 수 있다고 말한다. 언덕 기슭에 있는 호전적인 양 서른 마리가 공격해올 수 있으니 조심하라는 충고도 한다. 기요메의 이야기에 따라 곳곳을 표시해놓은 생텍쥐페리의 지도는 차츰차츰 묘한 동화의 나라로 변해간다. 이런 글을 읽다 보면 『어린 왕자』는 단순한 상상이 아니라 생텍쥐페리가 실제로 비행하면서 체험했던 세상의 모습일 거라는 생각이 든다.

비행에 낭만만 있는 것은 아니었다. 생텍쥐페리는 비행을 하기 위해 차디찬 새벽 3시에 고물 합승버스를 타고 비 오는 거리를 가던 중 감독관들이 속삭이는 소리를 듣는다. 돌아오지 못한 조종사가 있다는 것이었다. 그것은 죽음을 의미했다. 비행은, 특히 야간 비행은 낭만이 아니라 삶과 죽음이 교차하는 모험이었다.

동료 조종사 기요메 이야기는 너무도 감동스럽다. 기요메는 겨울철에 안데스 산맥을 횡단하다 실종된다. 50시간이 지난 후 동료들이 두 대의 비행기로 닷새 동안 그 산맥을 뒤지지만 아무것도 발견하지 못한다. 가장 높은 산이 7천 미터에 달하는 그 어마어마한 산맥은 비행 100개 중대가 5년 동안 비행한다 해도 다 탐색할 수 없을 만큼 광대하다. 현지 구조대원들은 기요메가 추락해서 목숨을 건졌다 해도 영하 40도의 겨울철

중년
독서

에 하룻밤도 버티지 못했을 거라며 비관적으로 바라본다. 그런데 기요메는 7일 만에 구조되었다. 그 소식을 듣자마자 생텍쥐페리는 비행기를 탔고, 이내 도로에서 후송 중인 차를 발견하고 착륙했다. 평소에 냉철했던 사내들이 서로 얼싸안고 울었다. 몸이 딱딱하고 새카맣고 노파처럼 왜소해진 기요메는 울며 말했다.

"내가 해낸 일은 맹세컨대, 그 어떤 짐승도 하지 못했을 일이야."

안데스 산맥에서 하강 기류에 휩쓸린 기요메는 고도 6천 미터에서 3500미터까지 구름을 뚫고 추락했는데 두 시간 동안 죽을 고생을 하며 곡예 비행을 하다가 간신히 착륙했다. 그 후 피켈이나 로프, 식량도 없이 해발 4, 5천 미터의 고산지대를 걷고 또 걸었다. 눈보라 속을 걷다 보면 낭떠러지를 만나고, 돌아서 가다 보면 가파른 산맥이 나타났다. 무시무시한 추위와 어둠 속에서 졸음을 쫓으며 걸었다. 손과 발이 얼고 퉁퉁 부은 발이 구두에 들어가지 않으면 칼로 구두 속을 깎아가면서 버텼다. 잠이 들면 곧 죽기에 잠시라도 눈을 붙일 수 없었다. 모든 것을 포기하고 눈을 감고 싶었지만 아내와 동료들을 생각하면서 "만일 내가 걷지 않는다면 난 개 같은 놈이 되는 거야"라고 다그치면서 쉬지 않고 걸었다.

그러던 며칠째, 너무 춥고 졸리고 탈진한 그는 모든 것을 포기하기로 한다. 보험증서가 있으니 아내가 가난은 면할 것이라는 생각을 했다. 그러나 자신의 실종이 법적 사망 처리가 되려면 4년이나 기다려야 하고, 그 4년 동안 아내가 살아갈 길이 걱정되었다. 그러자 그는 다시 죽을힘을 다해 50미터 앞의 높은 바위산을 향해 걷게 된다. 눈에 파묻히더라도 저 산 위에서 죽으면 여름에 자기가 쉽게 발견될 거라는 희망을 안고. 그렇게 이를 악문 그는 결국 죽지 않기 위해 이틀 밤 사흘 낮을 더 걷다가 7일 만에 구조되었다.

이런 이야기를 읽다 보면 가슴 속에서 외침이 들린다.

"봐라, 이것이 인간이다."

짐승이라면 자연에 순종해 곧 죽었을 것이다. 하지만 인간이기에 그는 죽어서도 책임을 다하려고 했다. 생텍쥐페리는 말한다. 인간은 정신이며, 너덜너덜한 육체에 집착하면 그저 왜소한 존재가 된다고.

생텍쥐페리도 사막에서 죽음의 고비를 넘긴 적이 있다. 1935년 12월, 서른다섯 살의 그는 정비사 프레보와 함께 파리와 사이

공 간의 비행기록 갱신 수립을 위해 장거리 비행을 시도한다. 그러던 중 리비아와 이집트 국경 사이에 있는 리비아 사막에 불시착한다. 그들에게 남은 것은 백포도주 2분의 1리터, 커피 2분의 1리터, 마들렌 과자와 포도 약간이었다.

그들은 사막을 탈출하기 위해 동쪽, 서쪽, 북쪽으로 걸었지만 멀리 갈 수는 없었다. 수십 킬로미터를 걷다가 다시 비행기로 돌아오는 가운데 수많은 신기루를 본다. 거대한 호수를 보았고 밤에는 램프 불도 보았다. 손짓하는 사람들은 다가가면 검은 바위였고, 자고 있는 베두인은 깨우려고 하면 검은 나무토막이었다. 식량과 물이 다 떨어지자 비행기 날개를 헝겊으로 닦은 후 페인트와 기름이 뒤섞인 이슬을 잔 바닥에 고일 만큼 받아서 마신다. 밤이 되면 얼음장 같은 추위가 몸속을 파고들었다. 덜덜 떨다가 구덩이를 파서 눕고 모래를 덮은 채 버텼다. 결국 비행기를 포기하고 북동쪽을 향해 걷다가 낙타를 몰고 가던 베두인을 만나 구출된다.

내가 리비아 사막을 여행한 것은 생텍쥐페리가 불시착한 지 57년이 지난 1992년 초였다. 이집트 알렉산드리아에서 버스를 타고 우선 '시와' 오아시스까지 갔다. 리비아와 이집트 국경 지대에 펼쳐진 리비아 사막은 바로 근처에 있었다. 생텍쥐페리가 불시착한 곳이 리비아 영토인지 이집트 영토인지는 모르겠지만 내가 이집트 국경 쪽에서 본 리비아 사막의 풍경과 비슷했을 것이다.

사막 근처에 있는 시와 오아시스는 동서 길이가 약 82킬로미터에 서쪽 폭이 9킬로미터, 동쪽 폭이 28킬로미터에 이를 만큼 거대하다. 약 24만 그루의 대추야자 나무와 2만 5천 그루의 올리브 나무가 있으며, 300여 군데의 샘물에서 계속해서 물이 솟구치는 풍요로운 오아시스다.

리비아 사막은 시와 오아시스에서 자전거로 30분 정도면 갈 수 있었다. 오아시스의 대추야자숲이 끝나는 곳에 바다처럼 거대한 모래사막이 펼쳐졌다. 한낮의 기온이 40도에서 50도를 넘는 곳이지만 아침에는 선선했다. 나는 사막으로 걸어 들어갔다. 오아시스의 숲이 가물거리는 지점까지 가자 더 이상 갈 수 없었다. 숲이 안 보이면 기준이 없어져서 방향을 잃고 실종되는 것이다. 두려웠다. 구름에 가려진 해는 어디 있는지도 모르겠고 음산한 모래벌판을 달리는 바람의 흔적은 사막을 기어오는 수백 수천 마리의 뱀처럼 보였다.

그곳에 주저앉은 채 얼마간 시간을 보냈다. 눈앞의 모래바다와 지평선, 바람, 구름 그리고 절대 침묵과 고독이 평안하게 나

중년
독서

를 감쌌다. 그런데 만약 사막에서 실종된다면? 상상만 해도 끔찍했다. 생텍쥐페리는 그 고통을 뚫고 마침내 살아났지만, 그 후 비행을 계속하던 중 1944년 지중해 상공에서 실종된다. 아마도 독일 전투기에 의해 격추당했을 것이다. 그의 나이 마흔네 살 때였다.

우리 시대는 생텍쥐페리가 살았던 시대가 아니다. 개인의식은 더 강해졌고 영웅주의는 쇠퇴했다. 인터넷이 발달하면서 군중심리가 더욱 강해졌고 말과 행동이 집단 열기에 휩쓸린다. 왜소해진 군중은 익명성 속에서 자유를 즐기고 책임과 의무보다는 권리를 더 내세운다. 정신보다 육체의 쾌락과 물질, 편안함을 추구하는 세상이다.

그런데 인간 정신의 고귀함을 믿고 살았던 생텍쥐페리는 「인간의 대지」에서 이렇게 말한다.

나를 고통스럽게 하는 것, 서민들의 수프로는 그것을 치유하지 못한다. 나를 고통스럽게 하는 것, 그것은 움푹 들어가거나 푹 꺼진 것도 아니고, 그 누추함도 아니다. 그것은 저 사람들의 내면에서 살해당한 모차르트이다. 오직 정신만이, 그 바람이 진

흙 위로 불어올 때에만 비로소 인간은 창조된다.

—「인간의 대지」, 「인간의 대지」 210쪽

지금도 그의 외침은 나를 긴장시킨다. 고귀한 정신이 위축되고 모두 속좁은 인간이 되어가는 시대지만, 우리의 탈출구는 다시 그 영역에서 발견될 것 같다. 육체가 아닌 정신에서.

행복으로 가는 통로,
비밀스러운 두 번째 세계

오르한 파묵
『이스탄불: 도시 그리고 추억』

'이스탄불의 작가'로 알려진 오르한 파묵의 자전적 에세이 『이스탄불: 도시 그리고 추억』은 성급한 마음으로 읽으면 이해하기 힘든 책이다. 별다른 사건이 없는 가운데 작가의 심리와 회상이 촘촘하게 펼쳐져서 몰입하기가 쉽지 않았다. 그러나 천천히 필사해가며 읽다 보니 작가의 방황, 실패한 사랑, 불안한 미래들이 섞인 그의 '두 번째 세계'에 어느덧 푹 빠져 들어갔다. 아울러 25년 전 겨울, 처음 이스탄불에 갔을 때의 추억이 오버랩되면서 시간 여행을 하는 기분이 들었다.

이스탄불이 고향인 오르한 파묵은 자신의 작품과 인생이 모두 이스탄불과 연결되어 있다고 한다. 감수성이 예민한 그는 '삭풍에 떠는 잎사귀 없는 나무들, 검은 외투와 재킷을 입고 종종걸음으로 귀가하는 사람들, 도시의 빈곤을 덮는 희미한 가로등 밑에 시처럼 내려앉은 어둠'을 좋아한다고 고백한다.

　이 책의 이야기는 작가의 다섯 살 적 추억부터 시작된다. 그는 이스탄불 외곽에 있는 현대적인 5층짜리 아파트에서 살았다. 아파트 한 동 전체를 '파묵 아파트'라고 이름 짓고 할머니와 부모의 형제자매들까지 다 모여 각 층에서 살았다. 부유했지만 행복한 삶은 아니었다. 아버지가 바람을 피워 부모가 별거를 했고, 어린 오르한 파묵은 이모 집으로 보내지고 형은 할머니 집에서 살기도 했다. 그의 유년 시절은 이스탄불의 겨울 풍경과 흑백사진만큼이나 쓸쓸했다. 정서적으로 불안했던 그는 독특한 상상 속으로 빠져들었다.

> 저녁에, 전등 빛 아래서 가족이 모였을 때 할머니의 집을 거대한 배의 선장실이라 상상하곤 했다. 우리는 폭풍 속에서 전진하는 이 배의 선장이며 선원인 동시에 승객이었으며, 파도가 높아질수록 걱정이었다. (……) 이 상상에서 배와 우리 모두의 운명이 내게 달려 있다는 것을 자랑스러워하곤 했다.
>
> ─「이스탄불 : 도시 그리고 추억」 35쪽

그의 상상은 끝없이 펼쳐진다. 이 거리 어딘가에 자기와 같은 아이가 살고 있다거나, 할머니 집 거실에 잠수함이 있다거나, 집안의 가구들을 만화책에 나오는 커다란 산으로 보면서 그곳에 다른 문명이 있다고 상상한다. 할머니 집 양탄자에 새겨진 토끼, 잎사귀, 뱀, 사자들의 무늬를 보면서 그 숲으로 들어가 온 갖 모험을 하기도 한다. 파묵은 그것이 자신의 헐벗은 '첫 번째 세계'를 위로해주는 '두 번째 세계'였다고 말한다.

1952년생인 오르한 파묵이 회상하는 1950, 60년대의 이스탄불은 우울해 보인다. 중동, 동유럽, 중앙아시아, 북아프리카를 다스리던 오스만터키 대제국은 멸망했고 낡은 유산을 물려받은 터키 사람들은 가난과 패배감, 좌절감에 위축되었다. 그는 그런 이스탄불의 분위기를 '휘친'이라는 단어로 표현한다. 휘친은 아랍어에서 온 말로, 우리말로 하면 비애, 침울, 우수, 깊은 슬픔이라는 뜻이라고 한다. 그는 한 사람이 느끼는 슬픔은 '멜랑콜리'지만 수백 명의 사람이 공통으로 느끼는 암담한 느낌, 슬픔은 '휘친'이라고 말한다. 불황기에 하루 종일 추위에 떨며 손님을 기다리는 늙은 책방 주인, 실업자들로 가득 찬 찻집, 술 취한 관광객을 찾아 거리를 어슬렁거리는 포주, 밤마다 돌아오지 않는 남편을 기다리는 여자들, 안개 속에 울려 퍼지는 뱃고동 소리, 갈라타 다리에서 낚시를 하는 남자들…… 오르한 파묵은 이런 풍경을 모두 '휘친'으로 묘사했다.

나는 첫 터키 여행인 1992년 2월에 이런 풍경을 보았다. 갈라타 다리에서 낚싯대를 드리운 사내들의 표정은 우울했고, 변두리 골목길의 찻집에 모인 사내들의 옷차림은 남루했다. 버스를 타고 눈 덮인 거리를 달리는 동안 밀려드는 어둠은 쓸쓸했으며, 그 버스에서 울려 퍼지는 여인의 노랫소리는 흐느끼는 것만 같았다. 우리의 정서인 한과 통해서일까? 노래를 듣다 보면 콧등이 시큰거릴 때도 있었다. 10년 후쯤 두 차례 더 터키를 찾았을 때도 비슷했다.

오르한 파묵은 개인적으로도 우울한 청년 시절을 보냈다. 부모는 늘 싸웠고, 할머니가 돌아가시자 재산 싸움으로 친척들이 다 원수가 되었다. 그는 중산층의 속물적 행태에 실망했고, 전공인 건축학에도 흥미를 못 느꼈다. 다행히 집에 돈이 있어서 아파트 한 채를 마련해놓았는데 그곳은 그가 숨을 수 있는 장소였다. 그는 그 집의 방에서 그림을 그리며 모델로 삼았던 여자와 사랑에 빠져든다. 낭만적인 사랑으로 보였지만 이내 갈등이 닥쳐온다. 여자의 아버지는 '미래의 가난뱅이 화가'에게 딸을 뺏기기 싫었다. 결국 그녀는 아버지의 강요로 스위스 유학을 떠난다.

파묵의 어머니는 학교생활에 흥미를 잃고 안으로 움츠러들면서 그림에 빠져드는 아들에게 이렇게 말한다.

"이스탄불은 화가를 대접해주는 프랑스의 파리가 아니야. 터키에서는 어느 누구도 그림을 그려서 먹고살 수 없어."

어머니는 오래전 남편과 함께 친구에게 줄 그림을 사기 위해 이스탄불에서 가장 유명한 화가를 찾아간 적이 있었다. 늦은 밤이었고 실례인 것 같아서 조심스러웠다. 그런데 돈 앞에서 너무도 공손하게 구는 화가의 모습이 비굴하게 보여서 실망을 했다. 자기 아들이 그런 꼴이 되는 것을 참을 수 없었다. 어머니는 아들에게 제발 화가가 아닌 건축가가 되어달라고 말한다. 자기 아들이 가난뱅이 화가가 되려고 한다는 사실이 주변에 알려질까 봐 두렵기까지 했다.

젊은 오르한 파묵은 "엄마의 그 새대가리 상류사회 친구들이 나에 대해 어떻게 생각하는지는 내가 상관할 바가 아니에요"라며 흥분한다. 그러나 그는 이 경멸스러운 현실과 매력적이고도 더럽고 사악한 도시의 거리에서 자신이 도피할 '두 번째 세계'가 머릿속에 이미 자리 잡고 있었다고 고백한다. 그는 "화가가 되지 않겠어요. 난 작가가 되겠어요"라는 말로 이 책을 끝낸다.

파묵은 스물세 살에 대학을 그만둔 이래 방에 틀어박혀 7년간 글을 썼으며, 서른 살이 되던 1982년에 첫 소설을 냈다. 3년 후에 『하얀 성』으로 세계적인 명성을 얻기 시작하여 그 후 『검은 책』 『새로운 인생』 『내 이름은 빨강』 등을 발표했다. 『새로운 인생』은 터키 문학 사상 가장 많이 팔린 소설이며, 『내 이름은 빨강』은 2002년 프랑스 '최우수 외국문학상'을 받았다. 그 외에도 많은 문학상을 탄 그는 대중적이면서도 실험적인 작가로 인정받았다. 작가 데뷔 25년 만인 2006년에는 문명 간의 충돌, 이슬람과 세속화된 민족주의 간의 관계 속에서 새로운 상징들을 발견했다는 평가를 받으며 노벨상을 받았다. 이때 그의 나이 쉰넷이었다.

그는 돈과 명예를 얻었다. 그러나 말이 7년이지 남들은 직장을 얻고 결혼하며 정상 궤도를 달리는 이십 대에 혼자서 막막한 백수생활을 하던 심정은 어땠을까? 비록 집은 부유했지만 서서히 가세가 몰락해가고 있었다. 바람을 피우고 가정을 파탄낸 아버지, 돈과 명성에 집착하는 어머니를 보며 여자친구도 잃은 채 '미래의 가난뱅이 작가'를 꿈꾸었던 7년간은 회색빛이었을 것이다.

그런 고통과 상처, 소외감 속에서도 '쓸데없는 인간'으로 살다가 죽어버릴지도 모른다는 두려움을 이겨낸 그의 용기가 존경스럽다. 나 역시 그런 두려움을 안고 살아왔다. 막막한 여행을 하고 돌아와 뚜렷한 기약도 없이 한 권 한 권 책을 쓰는 가운데 출판사에서 수많은 거절을 당했고, 혹시나 했는데 역시나 안 팔리는 책들도 보아야 했다. 그렇게 한 달, 한 해를 어떻게 버틸지 걱정하면서 살아온 삶은 결코 쉽지 않았다.

오르한 파묵이 끝없이 글을 쓸 수 있었던 힘은 어디에서 왔을까? 그가 말한 두 번째 세계에서 온 게 아닐까? 첫 번째 세계는 우리가 공유하는 현실이다. 학교에 다니고, 직장을 얻고, 결혼을 하고, 아이를 낳고, 돈을 버는 세계다. 그 세계는 무시할 수 없는 현실이지만 인간을 종종 효율성과 경쟁 속에서 지치게 하고 수많은 관계 속에서 고통을 주기도 한다. 또 뻔한 궤도 위의 삶이기에 권태롭기도 하다. 반면에 두 번째 세계는 어린이의 동심, 상상, 모험과도 같은 '쓸모없음'의 세계다. 그 쓸모없는 두 번째 세계가 상처받고 헐벗은 그의 첫 번째 세계를 위로해주었을 것이다.

나의 두 번째 세계는 여행과 글이었다. 돈과 상관없는 그 무용성의 세계에서 기쁨이 샘솟았다. 그런데 두 번째 세계에 대한 글을 쓰고 돈을 버는 활동이 이어지면서 기쁨이 줄어갔다. 프리랜서 여행작가로서 생존하기 위해 두 번째 세계와 첫 번째 세계 사이를 오가며 눈치 보고 타협해야만 했다.

이제 첫 번째와 두 번째가 짬뽕처럼 섞인 세계에서 어떻게 즐거움을 찾아낼까?

나는 첫 번째 세계와 타협하면서도 때로는 저항하며 고민했다. 첫 번째 세계에서 오는 피로를 달래기 위해 종종 여행을 떠났지만 여행은 더 이상 나를 위로해주지 않았다. 어딜 가나 사람과 정보가 넘쳐나는 여행지는 나에게 더 이상 두 번째 세계가 아니었다.

문득 나는 '세 번째 세계'가 필요함을 깨달았다. 그것이 어떤 세계인지 아직 선명하지는 않지만 희망이 자라나고 있다. 개인적인 세계를 넘어 인간의 무의식 속에 깃든 원형의 세계에 대한 탐구 같은 것이 아닐까?

삶은 우리에게 끊임없이 알에서 깨어나기를 요구한다. 우리가 가끔 좌절하는 이유는 낡은 알 껍질 속에 갇혀 있기 때문인지도 모른다. 알을 깨면 자꾸 새로운 세계가 열린다. 그 열림이 나이 들어가는 나에게 여전히 기쁨을 주고 있다.

사는 게 지치면
무진이 그리워진다

———————————

김승옥
『무진기행』

김승옥의 「무진기행」을 처음 읽은 것은 대학 시절이다. 중간고사나 기말고사가 끝나는 날이면 학교 도서관에서 책을 잔뜩 빌려서 집으로 왔다. 피곤해진 뇌를 식히는 데는 소설책이 최고였다. 현실 도피 심정으로 읽어서일까, 많은 책 중에서 가장 기억에 남는 것은 김승옥의 단편소설 「무진기행」이다.

> 무진에 명산물이 없는 게 아니다. 나는 그것이 무엇인지 알고 있다. 그것은 안개다. 아침에 잠자리에서 일어나서 밖으로 나오면, 밤사이에 진주해온 적군들처럼 안개가 무진을 뼁 둘러싸고 있는 것이었다. 무진을 둘러싸고 있던 산들도 안개에 의하여 보이지 않는 먼 곳으로 유배당해 버리고 없었다. 안개는 마치 이승에 한이 있어서 매일 밤 찾아오는 여귀가 뿜어내 놓은 입김과 같았다.
>
> —『무진기행』 8쪽

이런 글을 읽으며 무진을 상상했다. '밤사이에 진주해온 적군들처럼' 안개가 둘러싼 마을, '이승에 한이 있어서 매일 밤 찾아오는 여귀가 뿜어내 놓은 입김'과도 같은 안개 속에서 일어나는 사랑, 죽음, 도피의 무대 무진은 무기력하고 침울하지만 왠지 모르게 푸근한 곳으로 상상되었다. 중년이 되어서 또 읽었을 때는 위로받는 기분조차 들었다.

그러나 이 소설에 나를 위로해주는 내용은 별로 없다. 등장인물들은 다 속물이고 나의 현실과는 상관없는 옛날 이야기이며 큰 사건도 없고 결말도 무기력하다. 그런데도 왜 위로받는 기분이 들었을까?

나도 주인공처럼 삶에 지쳤기 때문이 아닐까? 한창 젊은 시절에는 앞으로 더 멋진 삶이 펼쳐지리라 기대하거나 스스로 괜찮은 인간이라고 생각하면서 앞으로 앞으로 전진한다. 그러다 문득 자신이 별것 아닌 속물이며 남은 삶도 크게 기대할 것 없다는 사실을 깨닫는 순간이 온다. 그때 주눅 든 인간을 위로해주는 것은 높은 곳에서 내려오는 좋은 말보다도 있는 그대로의 삶이 펼쳐지는 현장이다. 나는 가끔 그런 곳에 가서 나를 잊고 싶었다.

소설 「무진기행」의 무진은 현실 세계에서 순천에 해당한다. 어느 가을 오전, 순천행 버스를 탔을 때 나는 안개를 떠올렸다.

하지만 작가가 「무진기행」을 쓴 1960년대 초반의 순천은 가끔 안개에 휩싸이긴 했겠지만 '안개가 명산물'이라고 할 정도는 아니었다고 한다. 순천에 안개가 자주 끼기 시작한 것은 1991년, 주암댐과 인공호수인 주암호가 생기면서부터다. 새벽이 되면 약간 높은 수온의 호수가 하늘의 찬 공기와 만나면서 안개가 피어오른다. 그러니까 작가의 상상력이 먼저 순천을 '안개 나루터' 무진霧津으로 만들었고, 그 상상력은 30년이 지난 후 현실이 되었다.

소설 속 주인공이 무진에 간 것은 1960년대 초반 6월이었다. 그때 열린 차창으로 들어오던 초여름 바람은 수면제라도 탄 듯 졸음을 몰고 왔지만, 약 50년이 지난 후 그곳으로 가는 내가 탄 버스는 창문을 열 수조차 없었다. 꽉 닫힌 차창만큼 낭만도 사라진 고속버스였다.

버스에서 내리니 초가을 순천의 공기가 상쾌했고 하늘도 청명했다. 소설 속에서처럼 해풍은 느끼지 못했지만 밝은 햇살 아래서 마음이 느긋해지기 시작했다. 순천종합버스터미널은 자그마했다. 대합실 앞에 두세 군데의 식당과 다방이 있었고 길거리에는 여느 지방도시처럼 낮은 건물들이 이어져 있었다. 점심을 먹으려고 근처 중국집으로 들어갔다. 나는 지방에 오면 종종 짜장면을 먹는다. 외국에 나가면 '맥도날드 햄버거'로 나라마다 맛의 차이를 엿보듯이 국내에서는 짜장면을 통해 도시의 맛을 엿본다. 표준화된 것처럼 보여도 차이가 있다. 순천의 짜장면은 맛있었다. 잘게 썬 당근, 감자, 돼지고기가 꽤나 정성스럽게 담겨져 나왔고 혀에 착 감겼다. 짜장면집의 풍경도 푸근했다. 구석에서 책상다리를 하고 발 하나는 옆 의자에 얹어놓은 할머니가 맞은편에 앉은 할머니와 수다를 떨며 짜장면을 먹고 있었다. 사람도 거리도 모두 한산했다.

1박 2일의 순천 여행. 시간은 많지도 적지도 않았다. 어디부터 먼저 갈까? 순천만으로 가기 전에 우선 드라마 촬영장으로 갔다. 마침 버스가 왔기 때문이다. 20분 정도 달리다 아파트 단지에서 내려 걸어가니 허름한 벽에 옛날 텔레비전 드라마의 포스터 그림들이 그려져 있었다.

표를 살 때 매표원이 친절한 설명을 곁들여주었다. 원래 그곳에는 군부대가 있었는데 부대가 다른 곳으로 옮겨가면서 2005년도에 촬영 세트장이 조성되었고, 언덕의 달동네는 서울 봉천동 달동네가 철거되면서 생겨난 자재를 그대로 갖고 와 만들었다고 했다.

들어가니 40, 50년 전의 풍경이 펼쳐졌다. 1980년대 서울 변두리 분위기를 풍기는 거리에 추억의 음악실, 상점, 조그만 극장들이 보였다. 옛날 영화 간판이 걸린 극장 앞에서 여고생 교복을 빌려 입은 중년 부인들이 사진을 찍고 있었다. 골목길마다 옛날 빵집, 미장원, 이발소, 정육점, 쌀집들이 보였고 영화 〈허삼관〉을 촬영한 집과 옛 가옥들, 개천도 있었다. 영화를 봐서 익숙하기도 했지만 예전에 실제로 내가 살던 풍경이었다. 국밥집, 왕대폿집도 있었는데 영업을 하고 있었다.

　언덕길 달동네는 나의 유년 시절을 떠올리게 했다. 언덕마다 촘촘히 들어선 집들 사이 좁은 골목길에 들어서니 인적이 뚝 끊겼다. 텅 빈 길을 걸어 올라가는 동안 나의 '국민학교' 시절이 펼쳐졌다. 1960년대에 나는 서울 흑석동의 언덕 위 판잣집에서 살았다. 이 달동네만큼은 아니지만 비슷한 풍경이었다. 작고 낡은 집들의 텅 빈 마루와 방은 방금 전까지 사람들이 살다 떠나간 것 같은 쓸쓸함이 깃들어 있었다. 우물터를 지나 언덕 위에 오르니 교회가 보였다. 문 앞에 매달린 조그만 종을 신나게 두드렸다. 뎅그렁, 뎅그렁…… 파란 하늘로 가벼운 종소리가 울려 퍼졌다. 서늘한 바람이 볼을 스치면서 나는 소년이 되어가고 있었다.

소설 속 주인공이 거닐었던 바닷가 순천만의 다대포구를 가려다 시간이 늦어 그날 저녁은 낙안읍성에서 묵기로 했다. 택시를 타고 순천시에서 약 20킬로미터 떨어진 그곳에 도착하니 성벽에 꽂힌 빨갛고 노란 깃발들이 어둠에 잠겨가고 있었다. 낙안읍성은 왜구의 침입을 막기 위해 조선 초에 만들어진 곳으로 성벽 안에 여전히 조선시대의 모습이 남아 있다. 초가집들과 연자방아를 돌리는 소 모형, 임경업 장군 사당, 옥사 체험장 등을 지나니 옛날 주막 같은 음식점들이 이어졌다. 옛 지방 관청인 동헌과 누각, 장승도 보였다. 성벽에 올라가 내려다보니 어둠에 잠겨가는 초가집들이 평화로웠다.

인터넷을 뒤져 낙안읍성에 있는 민박집에 전화를 거니 할머니가 받았다. 위치 설명을 듣고 찾아갔더니 할머니가 요즘 몸이 불편해 손님을 받지 않는다며 옆집을 소개해주었다.

"즈그 친정 엄마가 죽어서 혼자 와 살어……."

불쌍하다는 표정을 지으며 말했다.

새로 찾아간 민박집에는 방이 두 개인가 세 개였는데 그날은 나 혼자만 묵었다. 읍성 안에서 살아가는 주민들도 있었지만 7시가 넘자 식당마다 불을 끄고 퇴근해서 거리가 적막했다. 성 밖 식당에서 청국장을 먹고 들어오다 편의점에서 막걸리와

멸치, 아몬드를 샀다. 낙안읍성에 있는 어느 음식점 툇마루 기
둥에 기대어 막걸리를 마셨다. 인적이 뚝 끊긴 성안의 돌담길이
가로등 빛 아래서 푸르스름하게, 노르스름하게 빛났다. 종종걸
음으로 텅 빈 길을 따라 귀가하는 소녀를 바라보니 내가 유령
이 된 것 같았다. 시간이 홀연히 증발하며 다른 세상에 온 느
낌이 들었다. 민박집으로 돌아오니 칠십 대 초반의 주인 할머니
가 방에서 노래를 부르고 있었다.

"당신과 나 사이에 저 바다가 없었다면……."

구성진 남진의 노래가 끝나자 '삼각지 로터리……'로 시작되
는 배호의 노래가 이어졌다. 저 노래가 유행할 때는 내가 초등
학교 때였다. 순천에 와서는 계속 과거가 펼쳐지고 있었다. '홍
도야 우지 마라, 오빠가 있다'가 끝난 후 할머니가 혼잣말을 웅
얼거렸다.

"들어오지 마, 들어오지 마……."

잠시 후 방문을 닫는 소리가 들렸다. 누구보고 들어오지 말
라는 거지? 나보고? 아니면 귀신에게? 소름이 끼쳤다. 아까 본
할머니는 말을 생각 없이 막 뱉어내는 것 같았다. 약간의 치매
기가 있는 것일까? 잠시 후 할머니는 누군가와 통화하는 것 같
았다.

"아이고, 걔가 너무 불쌍해. 남자친구가 헤어지자니까 죽으려고 한강 다리에 갔다가 그만 핸드폰을 떨어트렸잖아. 그런데 남자친구가 통 연락이 되지 않아 경찰서에 신고해서 잡아왔는데, 이제 정신병원에 들어가게 생겼대. 너무 불쌍하네. 가볼 수도 없고…… 가볼 수도 없고…… 그래, 잘 자거라."

여기에는 표준말로 옮겨 적었지만 고저 장단이 유려한 전라도 사투리로 쏟아내는 할머니의 말이 전화 말인지 혼잣말인지 알 수 없었다.

다음 날 새벽 6시, 문을 열어보니 「무진기행」에서처럼 밤새 여귀가 찾아와 안개를 토해낸 것일까. 산도, 초가집도, 담도 안개에 잠겨 있었다. 민박집을 살그머니 빠져나와 성곽에 오르니 세상은 안개에 잠겨버렸고 초가집 지붕들만 흐릿하게 보였다. 안개에 의해 쓱쓱 지워진 세상의 어느 집에서 노란 불빛이 장작불처럼 피어오르고 있었다. 낙안읍성은 「무진기행」의 배경이 아니지만 그곳에서 나는 안개 속의 무진을 보았다.

버스를 타고 순천 시내로 오는 길에도 안개가 자욱했다. 7시가 조금 지났는데 산등성이를 타고 올라온 해는 낮달처럼 희미했다. 길가의 나무와 숲이 늪 속에서 불쑥 솟아오른 혼령들 같았다. 구불구불 이어진 길을 달리는 버스에서 나는 가방을 꼭 끌어안았다. 혼령들로 가득 찬 세상을 탈출하는 기분이었다.

이른 시간인데도 버스에 승객이 꽉 찼다. 시골 사람들은 부지런하다. 자연 속의 생물들은 어둠이 내려앉으면 잠자고 해가 뜨면 깨어난다. 그러나 도시인들은 밤늦게까지 잠들지 않고 게으름을 피우는 경우가 많다.

「무진기행」의 주인공이 그랬다. 고향을 찾아온 '나' 윤희중은 게으르다. 더러운 옷차림과 누런 얼굴로 골방에서 뒹굴며 과거의 부끄러운 기억들을 돌아본다. 그는 전쟁 때 아들의 징집을 면하게 하려는 어머니에 의해 무진의 골방에 숨어 지냈다. 그후 폐결핵에 걸렸을 때는 바닷가에서 요양을 했다. 결혼을 잘해 제약회사 사장의 사위가 되었고, 그 후 가끔 도시생활이 피곤하거나 머릿속을 정리하고 싶을 때 무진을 찾았다. 안개가 모든 것을 감싸는 무진에서 그는 편안함을 느낀다. 사장의 사위라는 이유로 서른세 살 나이에 전무로 승진하게 되는데, 승진 발표를 앞두고 아내가 그에게 무진에 내려가 쉬기를 권유한다.

무진에 내려온 그는 하인숙이란 여인과 짧은 사랑을 나눈다. 윤희중, 그는 속물이다. 그와 하룻밤 사랑을 나눈 무진중학교의 음악 선생 하인숙도 역시 속물이다. 그녀는 자신을 짝사랑하는 같은 학교 국어 선생이자 윤희중의 후배인 '박'으로부터 받은 편지를 '조'에게 보여준다. 박과 조를 저울질하는 것이다. 윤희중의 중학교 동창인 조는 고등고시에 패스해 무진의 세무서장이 된 인물이다. 그는 하인숙을 마음에 두고 있으면서도 그녀의 집안이 가난해서 결혼 상대로는 안 된다고 생각하는 속물이다. 소설에는 속물들의 모습이 우울하게 그려지고 있다.

서울에서 살던 하인숙은 조그만 촌 무진이 미칠 것처럼 싫다며 윤희중에게 자신을 서울로 데려가 달라고 부탁한다. 윤희중은 서울에서의 생활은 '책임, 책임'뿐이라고 말하고, 하인숙은 무진에서의 생활은 '책임도 무책임도 없는 곳'이라고 대답한다. 지금은 좀 의아하게 들리겠지만 남성 위주에다 돈과 권력과 인맥이면 다 통하는 세상이었던 그 시절, 제약회사 상무는 여인 하나쯤은 책임져줄 수 있는 자리였다.

안개에 파묻힌 몽환적인 분위기는 그들의 속물성과 무책임을 합리화시켜준다. 하인숙을 서울로 데려가겠다고 약속했던 윤희중은 이제 돌아오라는 아내의 전보 앞에서 자신의 일탈에 대해 죄책감을 느낀다. 하인숙과의 약속을 지킬 것인가? 그는 스스로에게 다짐한다.

"한 번만, 마지막으로 한 번만 이 무진을, 안개를, 외롭게 미쳐

중년
독서

가는 것을, 유행가를, 술집 여자의 자살을, 배반을, 무책임을 긍정하기로 하자. 마지막으로 한 번만이다. 꼭 한 번만, 그리고 나는 내게 주어진 한정된 책임 속에서만 살기로 약속한다."

그는 하인숙에게 편지를 쓴다. 갑자기 떠나게 되었지만 서울에서 준비가 되면 당신을 데려가겠다고. 그는 '딱 한 번만' 자신의 일탈을 인정해주기로 했다. 그러나 이내 편지를 찢는다. 그는 한때의 사랑과 약속을 지키기에는 거대한 제도와 권력과 부에 약한 속물이었다. 윤희중은 무진을 떠나며 심한 부끄러움을 느낀다.

이 소설은 6·25전쟁이 끝난 후 산업화, 도시화가 이루어지던 1960년대에 쓰여졌다. 작가는 당시 고향을 등지고 도시로 나가던 사람들의 피곤함, 고독, 소외감 그리고 현실에 타협할 수밖에 없는 무기력함을 보여주고 있다.

「무진기행」에서 윤희중이 하인숙의 손을 잡고 걷던 방죽, 자살한 술집 여인의 시신이 발견된 다대포구는 이제 '순천만 자연생태공원'이라는 이름으로 관광지가 되어 있었다. 멀리 산이 보였고 들판에는 갈대숲이 무성했으며 바다 쪽으로는 드넓은 습지가 펼쳐졌다. 겨울에는 허공에서 펼쳐지는 철새 떼의 군무가 기가 막힌 곳이라 했다.

아침부터 자욱했던 안개는 낮이 되자 걷히고 갈대숲이 가을 바람에 넘실거렸다. 갈대숲에 난 길을 따라 사람들이 들판을 가로질렀다. 들판 한복판에는 「순천만」이란 시가 적힌 커다란 깃발이 바람에 펄럭이고 있었다. 외로움에 지친 사람들이 순천만에 오면 더 오래된 외로움이 안아준다는 내용이 감동적이었다. 시인의 이름이 적혀 있지 않았다. 그래서 시가 더 빛났다.

들판 끝에 있는 언덕길을 올라 몇 십 분 걸어가니 '용산 전망대'가 나왔다. 땅과 바다 사이 습지가 연한 초록빛을 띠었다. 습지 위쪽으로 뱀처럼 S자로 휘어져 흐르는 무채색 강이 햇살을 받아 하얗게 빛났다. 멀리 아스라하게 떠 있는 섬과 강과 습지와 대지의 경계가 희부연 무채색 속에 뒤섞여 있었다. 그곳에 하염없이 앉아 있으니 어느샌가 해가 서서히 가라앉았다.

순천의 색깔은 회색빛이었다. 낙안읍성의 안개에 싸인 집들도, 산도, 다대포구의 하늘도, 용산전망대에서 바라본 습지도 「무진기행」의 풍경처럼 흐릿했다. 그 부연 풍경 속에서 묘한 푸근함을 느꼈다. 모든 것을 명쾌하게 가르는, 너무도 밝은 세상에 지쳤기 때문일 것이다. 정신없이 살다 보면 가끔 기진맥진한 기분이 들었고, 때로는 내가 속물이 되었다는 생각에 힘이 빠

중년
독서

지기도 했다. 다시 나를 바로 세우자고 채찍질도 했지만 지친 나에게 너무 가혹하다는 생각이 들어 처연할 때도 있었다. 「무진기행」의 주인공처럼 잠시 쉬며 자신을 방기할 수 있는 푸근한 고향도 없는 나는 평생 나그네 신세인가 하여 슬프기도 했다.

그래서 내가 책을 좋아한 것 같다. 잃어버린 고향을 찾는 기분으로 책을 읽고 또 읽었다. 「무진기행」을 읽지 않았다면 순천은 단지 관광지였겠지만, 「무진기행」과 어우러진 순천은 나에게 고향 같은 곳이 되었다. 안개와 갈대숲과 흐릿한 습지의 풍경이 나의 고단했던 과거와 부끄러운 기억과 상처를 품어줄 것만 같았다.

집에 돌아와 「무진기행」을 다시 읽었다. 작가보다 17년 늦게 태어났지만 그래도 청년 김승옥이 살았던 시절을 조금은 기억하는 나이기에 다시 빠져 들어갔다. 지금도 사는 게 지치면 무진이 그리워진다.

도망가거나,
숨거나
_____

린다 리밍
『부탄과 결혼하다』

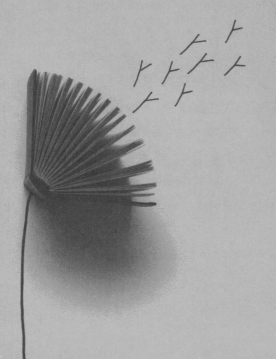

가끔 다른 나라에 가서 살고 싶을 때가 있다. 그때마다 떠오르는 나라 중 하나가 부탄이다. 인도와 티베트 사이 히말라야 산중에 있는 이 '은둔의 왕국'은 2010년 유럽 신경제재단이 발표한 행복지수 순위에서 세계 1위를 차지했다. 1인당 국민총생산이 3천 달러도 안 되는 조그만 나라인데, 국민총생산보다 국민총행복을 더 우선한 정책에 따라 모든 학비와 병원비가 무료라고 한다.

그런데 비판의 소리도 들려왔다. 다른 단체의 발표를 보면 부탄의 행복지수는 낮았고 실업률이 30퍼센트며 힌두교를 믿는 소수민족 네팔인들을 무력탄압했다. 전 국민이 무상의료 혜택을 받지만 질이 낮아서 부유한 사람들은 사설 병원을 이용하는데 외부 세계와 격리되어 있기 때문에 국민들이 행복하다고 착각하는 것일 뿐이라는 이야기도 들렸다.

과연 현실은 어떨까? 궁금해서 읽은 책이 린다 리밍의 『부탄과 결혼하다』였다.

린다 리밍은 여행하며 글을 쓰는 미국의 프리랜서 작가다. 그녀가 부탄을 처음 방문한 것은 1994년, 서른아홉 살 때였다. 2주일 동안 부탄을 여행하고 난 그녀는 부탄에 푹 빠져버렸다. 그후 매년 홀린 듯이 부탄을 여행하다가 1997년 결단을 내린다. 인생을 완전히 바꾸어보기로.

그녀는 미국생활을 완전히 접고 홀로 부탄으로 왔다. 작은 미술 학교에서 무보수로 영어를 가르치다가 불교미술을 하는 부탄 남자를 사귀었다. 2000년에 결혼을 했고, 그로부터 5년 후에 이 책을 썼다. 그녀는 담배를 끊고 명상을 시작했으며, 더 적게 일하고, 더 적게 소유하고, 더 자주 소풍을 떠나며 행복하게 살고 있다고 한다.

어린 시절부터 줄이 그어진 공책조차 싫어했던 자유분방한 린다 리밍에게 부탄은 편안하고 느긋한 나라였다.『부탄과 결혼하다』에 따르면, 부탄 사람들은 일을 열심히 하지 않는다. 겨울철에는 특히 더 그렇다. 오전 9시가 출근시간이지만 대개 9시 45분에 사무실에 도착한다. 식구들을 학교나 일터에 데려다주고 오기 때문이다. 출근해서 티타임을 즐기는 데만 보통 45분 걸리고, 그 후 인도 드라마에 대한 잡담을 나누면서 업무를 본다. 점심시간은 1시부터지만 미리 나가 전기 요금을 내거나 타이어에 바람을 넣거나 한다. 점심은 집에 가서 먹거나 시내 식당에서 친구들과 함께하며 한 시간 반 동안 휴식을 즐긴 후 2시 반이나 3시경에 사무실로 돌아와 또 티타임을 갖는다. 그러다 보면 잠시 후 하루 일과를 마칠 시간이다.

린다 리밍은 부탄 사람들의 생활 방식을 희화화시킨 것 같아 미안하지만, 적어도 10년 전의 부탄이라면 이 모든 것이 사실이었다고 한다(이 책이 나온 시기가 2011년이니 그때로부터 10년 전이라면 2000년도쯤까지는 그랬다는 이야기인 것 같다).

부탄 사람들은 오전 10시에 만나기로 약속하면 한 시간 전인 9시부터 두 시간 후인 12시까지가 모두 약속시간에 해당한다고 한다. 이것은 조선시대 때 "자시子時에 만나세"라거나 "달이 저기 나뭇가지에 걸릴 때쯤 보세"와 같은 말 아닌가?

부탄은 환경 문제에 관해서는 선진국 수준이다. 플라스틱 용기는 눈에 띄지 않고 담배를 피우면 징역을 산다. 히말라야 산림은 잘 보호되어 항상 푸르다. 공해 없이 수력발전으로 전기를 생산해 인도에 수출하는데 이것이 외화벌이의 큰 몫이라고 한다.

이런 부탄을 우연하게 여행할 기회가 생겼다. 그전에도 마음만 먹으면 갈 수 있었지만 호텔비, 식비, 차량비, 가이드비 모두 포

함해서 1일 체류비로 200에서 280달러를 현지 여행사에 내고 안내를 받아야 하니 배낭여행자에게는 매력적인 나라가 아니었다. 그런데 여행사를 경영하는 후배가 프로그램 개발차 가는 길이라며 나에게 동행하기를 권유했다. 8월 중순부터 9월 초까지 약 3주간의 일정이었는데 실제로 부탄을 여행한 것은 5박 6일이고, 그 후 인도 히말라야 산맥을 여행했다.

뉴델리에서 비행기를 타고 바그도그라에 도착해 인도 쪽의 국경도시 자이가온까지 가는 여정은 인도다웠다. 자유로운 땅이지만 더럽고 혼잡했다. 그러나 부탄 게이트를 통과해 푼촐링에 들어가니 다른 세상이 펼쳐졌다. 깨끗한 거리에 사람들이 전통의상을 입고 있었다. 여자 옷은 '키라', 남자 옷은 '고'라고 불리는데 마치 두루마기처럼 생겼다. 출입국 관리소와 건물 곳곳에는 아직도 살아 있는 4, 5대 국왕 부부의 사진이 걸려 있었다. 은둔의 왕국에 왔다는 실감이 났다.

지프차를 타고 푼촐링에서 해발 2300미터의 수도 팀푸까지는 여덟 시간이나 걸리는 먼 길이었다. 가면 갈수록 멋진 풍경이 펼쳐졌다. 장마철이 끝난 후라 산에 울창한 수목이 우거져 있었다. 푸른 들판에는 강이 유유히 흐르고, 하얀 집들이 점점이 흩어져 있는 풍경이 몹시 낭만적이었다. 그야말로 한 폭의 그림이었다.

인구 10만 명 정도가 산다는 팀푸는 포근하고 아늑했다. 파란 하늘에서 따스한 햇살이 쏟아졌고, 5층 미만의 목조 건물들은 부탄 전통양식으로 지어져 고풍스러웠다. 사람도 별로 안 다니는 한적한 거리에서 교통 경찰관이 수신호로 교통정리를 했으며, 근처 차도에서는 개 세 마리가 팔자 좋게 드러누워 있었다. 오가는 차들이 부딪치지 않도록 만든 커브길 완충지였지만 분명히 차도였다. 티베트 불교를 믿는 부탄 사람들은 살생을 금하고 도축도 하지 않다 보니 동물도 사람이나 차를 무서워하지 않는 것 같았다.

오후 5시쯤 시내 한복판에 있는 국립기념탑이라는 불교 탑으로 갔다. 수많은 사람들이 탑돌이를 하며 옴마니반메훔이란 티베트 불교 진언을 외고 있었다. 가이드에 의하면 학교나 직장에 가기 전 이곳에서 탑돌이를 하며 소원을 비는 게 팀푸 시민들의 일상이라고 했다. 부탄에는 건물이나 자연에도 그들의 종교적 염원이 깃들어 있었다.

그 후 돌아본 부탄은 국토 전체가 환상적으로 아름다웠다. 해질 무렵 푸나카의 사원 위 하늘에 떠오른 쌍무지개와 그 밑을 걸어가던 자주색 승복의 스님들, 해발 3140미터의 깎아지를 듯한 절벽과 절벽 한켠에 달라붙은 유명한 탁상 사원, 동부의 절벽 길을 수 시간 달려 도착한 포브지카 계곡 등 어딜 가나 매혹적인 풍경이 펼쳐졌다. 이런 풍경에 취해서 부탄에서 봉사 활동을 하며 살아가는 서양인들과 일본인들이 있다고 했다.

린다 리밍은 부탄에서 살기 위해 큰 대가를 치러야 했다. 우선 부탄 사람이 쓰는 말인 종카어를 배우기가 너무도 어려웠다. 또 부탄은 물이 풍족하지만 전체적으로 수도 시설이 열악했고 전기도 맘껏 쓸 수 없었다. 신혼 집은 일주일에 3일 정도만 물을 쓸 수 있었고, 전력은 형광등을 켤 만큼은 되어도 드라이기로 머리를 말릴 때면 다른 전력을 모두 차단해야 했다. 목욕을 하기 위해서는 양동이의 물을 가스 불로 데워야 했다. 린다가 이런 곳에서 살아갈 수 있었던 것은 자상한 남편의 배려와 사랑의 힘 덕분이었다. 남편은 독실한 티베트 불교 신자로 낙천적인 사람이었다. 린다는 결혼했을 때 이미 사십 대 중반으로 아이 갖는 문제를 고민했는데 그때 남편은 이렇게 말하며 간단히 걱정을 덜어주었다.

"여보, 아기는 다음 생에 태어나서 가집시다."

그리고 그들은 부탄의 어린 여자아이를 양녀로 받아들였다.

린다의 남편은 인생을 길고 폭넓게 보며 매사에 차분했다. 그런 그도 린다와 함께 난생처음 부탄을 떠나 문명 세계를 보며 놀라워한다. 미국에 가며 잠시 들른 방콕의 공항에서는 비행기가 이착륙하는 광경에 얼이 빠졌고, 미국 테네시주에 있는 린다 리밍의 친정 마을에서는 엄청나게 많은 마트와 상품들을 보고 놀란다. 엘리베이터를 보고 놀라고 수많은 치즈 종류에 놀라며, 진공청소기와 식기세척기, 쓰레기압축기, 자동판매기에 충격을 받는다. 그는 소유욕이 없어서 보는 것만으로 만족했지만 진공청소기만은 예외였다. 아내의 집에서 진공청소기로 자꾸만 청소를 하며 신기해하던 그는 부탄으로 돌아가는 길에 결국 그것을 샀다.

반면에 린다는 미국생활이 피곤하고 낯설게 느껴졌다. 부탄으로 돌아온 그녀는 몇 달 후 팀푸 외곽의 작은 집으로 이사한다. 욕실에서 물이 언제나 콸콸 나오고 집 옆으로 강물이 흐르는 곳이었다. 린다는 강물 소리를 들으며 시원한 바람을 쐬는 시간이 행복했다. 편지를 보내기 위해 봉투와 우표, 그리고 접착제를 사느라 하루 대부분을 쓰고, 수제 봉투를 만드는 곳에서 차 한잔하며 대화를 나누는 '슬로 라이프'에 깊은 만족감을 느꼈다. 그녀는 자기 인생을 통틀어 지금보다 더 가난한 적이 없었지만 이보다 더 안전하고 행복한 때를 기억할 수 없다고 고백한다. 그리고 독자들에게 이런 조언을 한다.

"자신이 진정 누구인지, 무엇으로 만들어졌는지, 무엇을 인내할 수 있는지 알고 싶다면 두 가지를 추천한다. 도망가거나 숨는 것이다."

그녀는 미국에서 도망가 부탄에 숨었다.

나도 부탄에 와서 숨을까? 가이드에게 비자 문제며 집값, 물가 등에 대해 꼼꼼히 물어보니 한다면 할 수 있을 것도 같았다. 단, 린다 리밍과 달리 이미 결혼을 한 나로서는 혼자 결정할 문제가 아니었다.

그런데 부탄은 많이 변하고 있었다. 유럽 신경제재단의 행복지수 발표를 보니 2010년 1위를 기록했던 부탄이 2016년에는 56위로 추락했다. 개방화의 부작용이었다. 부탄의 경제 사정은 조금이나마 나아졌겠지만 주관적인 행복도는 떨어진 것이다.

나는 그 징후를 부탄 여행을 마칠 무렵에 엿보았다. 부탄을 떠나기 전날인 토요일, 우리 일행은 가이드의 안내를 받아 파로 지역 젊은이들이 '노는 곳'을 두루두루 방문했다. 제일 처음 간 곳은 나이트클럽이었다. 허름한 무대 위에서 전통복 키라를 입은 여인들이 춤을 추고 있었는데 마치 어린이들의 학예회 율동을 보는 것 같았다. 술이나 음료수 가격도 매우 저렴했고 전체적으로 소박한 분위기였다. 그다음에 간 가라오케는 수십 명이 빙 둘러앉아 정면의 큰 화면을 보면서 다 같이 노래를 부르는 건전한 분위기였다. 그러나 밤이 깊어지자 홀에 나와 춤을 추는 젊은이들이 분위기를 달구기 시작했다. 젊은이들은 모두 청바지나 미니스커트를 입고 있었다. 마지막으로 간 파티홀은 옛날 우리의 고고장이나 디스코장 같은 분위기였다. 번쩍거리는 불빛 속에서 부탄의 젊은 남녀들이 열광적으로 몸을 흔들었고 구석의 빈방은 담배 연기가 자욱했다. 분명히 법적으로는 금지된 흡연이었다. 금기가 무너져가고 있는 현장이었다. 다른 나라였다면 평범한 모습이었겠지만 부탄에서 본 그런 광경은 내가 상상한 부탄과 달라서 조금 충격적이었다.

부탄은 인구가 약 80만 명에 면적이 한국의 40퍼센트에 이르는 나라다. 1999년에야 최초로 텔레비전 방송국이 설립될 정도로 그동안 정책이 폐쇄적이었다. 원래 티베트계인 부탄 사람들은 17세기에 모국인 티베트와 처절한 전쟁을 벌였다. 종파가 서로 달랐기 때문이다. 그 후 주변 국가와 단절된 채 살았는데 영국군의 티베트 침공을 도와준 덕택으로 부탄의 왕정은 영국의 전폭적인 지원을 받는다. 그 후 부탄의 왕들은 영국과 인도하고만 교류하면서 근대화 정책을 취했다. 그러다 4대 왕은 차차 개방화를 추진했고 2003년에는 의회 선거를 실시하여 입헌군주국으로 만들었다. 그리고 아들에게 왕위를 물려준 4대 왕은 현재 소박하게 지내고 있다.

4대 왕의 개방화는 부탄을 활력 있게 만들었지만 부작용도 생기기 시작했다. 외국 문화에 들뜬 젊은이들을 보며 노인들은 파괴되는 전통을 걱정했다. 부탄의 밤 문화는 특히 외국 관광객을 안내하는 가이드와 운전기사들이 선도한다는데, 유흥업소에서 우리의 가이드는 다른 가이드들과 인사하느라 바빴다. 가이드들이 다 거기에 모여 있었다.

다음 날 국경도시 푼촐링까지 달리는 동안 가이드로부터 속 깊은 이야기를 들을 수 있었다. 부탄의 시골에서는 평화스럽게 농사를 지을 수 있지만 젊은이들이 시골을 떠나 도시로 모여든다고 했다. 그리고 갈수록 이혼이 유행처럼 번지고 있다 했다. 대부분의 부탄 사람은 여전히 순박하지만 이제 그들에게도 거대한 욕망의 물결이 밀려오고 있었다. 팀푸의 아파트에 산다는 가이드도 자식 교육을 위해 돈을 많이 벌고 비즈니스를 크게 일구고 싶은 열망을 갖고 있었다.

중년
독서

5박 6일간 부탄을 여행했지만 나는 여전히 부탄에 대해서 잘 모른다. 여행하는 동안은 눈이 시릴 것 같은 파란 하늘과 푸른 산하에 감동했지만, 만약 내가 6월에서 8월 사이 우기에 갔다면 만날 쏟아지는 장대비를 보며 '사람이 살 곳이 못 된다'고 생각했을 것이다. 린다 리밍도 그 기간에는 모든 게 고통스럽다고 말한다. 모든 게 습기에 젖고, 축축한 셔츠는 몇 시간 후면 곰팡이가 슬며, 집중호우 때는 우유, 달걀, 쌀까지 부족해지고 여기저기 도로가 무너진다.

그런데 린다 리밍은 안락함은 행복과 아무 상관이 없다고 한다. 오히려 약간의 육체적인 고통과 금욕이 필요하다고 주장한다. 내가 보기에 그녀의 행복은 부탄의 아름다운 자연과 함께 고통과 불편함을 달게 받는 태도와 예민한 감수성에서 오는 것 같았다. 초겨울의 찬란한 빛, 히말라야에서 흘러내리는 강물, 메마른 공기 속에서 그녀는 '영원한 찰나'를 느끼며 유유히 흘러가는 강물로부터 배우고, 모든 사물은 끊임없이 변한다는 불교의 제행무상諸行無常에 대한 성찰을 한다. 그리고 이런 이야기를 한다.

포기하는 것, 물 흐르듯 내버려두는 것, 밀어내는 것, 벗겨내는 것, 추려내는 것이 당신을 더 행복하게 만들 것이다. (······) 다른 어느 누구도 당신을 행복하게 만들 수 없다. 당신 스스로 행복을 추구해야 한다.

—『부탄과 결혼하다』 234쪽

그동안 흔하게 들어온 말이지만 이 책에서 특별히 생생하게 와 닿는 이유는 실제로 그런 삶을 살아온 사람의 말이기 때문이다. 포기한다는 것, 물 흐르듯 내버려두는 것······ 젊은 시절에는 이런 말이 별로 와 닿지 않았다. 왜 포기한단 말인가? 끝까지 치열하게 노력해야지. 왜 내버려두는가? 어떻게 해서든 의지를 관철해야지. 이런 적극적인 태도는 한 시절 필요했고 나에게 성취의 기쁨을 주었지만 언제부턴가 피곤하게 느껴졌다. 자칫하면 그런 마음가짐이 내 불행의 원인이 될 수도 있다는 것을 깨달아가면서 마음을 비우기 시작했다.

이제 부탄에서 살아보고 싶다는 열망은 사라졌다. 린다 리밍이 행복하게 여기는 행위들, 이를테면 꽃과 나무에 깊이 몰입하고, 파란 하늘과 구름을 바라보고, 바람을 느끼고, 소풍을 가고, 행복한 우연을 기대하고, 운명에 순종하고, 약간의 고통을 이겨내고, 자신의 몸과 마음을 단순화하는 것은 당장 여기서

중년
독서

할 수 있는 것들이다. 그녀는 부탄으로 도망가서 숨었지만 나는 '지금, 여기'에 숨기로 했다.

물론 나는 늘 다른 곳에서 살아가는 꿈을 꾼다. 한국이든, 다른 나라든, 도시든, 시골이든, 어딜 가든 거기서도 역시 '지금, 여기'서의 마음가짐으로 현재에 충실하자는 각오를 한다.

그래도 언젠가 부탄에 다시 가보고 싶다. 특히 미세먼지 낀 혼탁한 날이면 정말 그곳이 그립다. 공기가 어찌나 맑은지 하늘로 둥둥 떠오를 것 같은 곳이었다.

인생을
잘 산다는 것
————

서머싯 몸
『달과 6펜스』

한동안 '잘나가던 일을 그만두고 떠난 사람이 쓴 여행기'란 홍보 문구가 유행했다. 요즘에는 그런 이들이 너무 많아졌는지 어느 출판사 편집자가 '제발 그런 이력을 자랑하는 원고는 보내지 말아주세요'라고 하소연하는 것을 보았다.

그런데도 여전히 하던 일을 접고 여행을 떠나는 이들을 본다. 여행책을 써서 큰돈을 번다거나 여행을 통해 새로운 삶을 찾는다는 환상도 힘이 빠져가는 시대인데 말이다. 아마도 '살아 있는 것처럼' 살고 싶다는 바람 때문이 아닐까? 기차를 타든, 비행기를 타든 어디로든 떠나는 순간에는 가슴이 두근거리면서 삶이 모험처럼 다가온다. 앞날이 어찌 되었든 '지금 이 순간'이 너무도 행복하게 다가온다.

그런데 구도자나 예술가들이 새로운 길을 택하는 것에는 여행과 달리 비장함이 있다. 단지 행복을 위해서가 아니라 운명처럼 자기 삶을 선택하는 것이다. 앞길이 막막해도 '그 무엇'이 그들을 홀리게 하기 때문이다. 소설『달과 6펜스』에서 나이 마흔에 처자식을 버리고 가출한 주인공은 그림에 미친 이였다.

영국 작가 서머싯 몸의 『달과 6펜스』는 프랑스의 후기인상파 화가 폴 고갱을 모델로 한 소설이다. 소설인 만큼 실제 인물과 소설 속의 주인공은 다르다. 우선 폴 고갱은 프랑스인이고, 소설의 주인공 찰스 스트릭랜드는 영국인이다. 둘 다 증권중개인으로 일했지만 고갱은 가족에게 버림받았고 스트릭랜드는 가족을 버렸다.

스트릭랜드는 17년 동안 한 번도 싸우지 않고 살아온 부인과 자식들을 남기고 갑자기 집을 떠난다. 짧막한 편지에는 떠남에 대한 아무 이유도 적혀 있지 않았다. 다들 그가 여자와 눈이 맞아 도망을 친 것으로 알았지만 사실은 그림을 그리기 위해서였다. 스트릭랜드 부인의 부탁을 받고 파리로 간 소설가 '나'는 스트릭랜드를 찾아가 설득한다. '나이 마흔에 그림을 시작해보았자 삼류 이상은 될 수 없다'고. 그러자 스트릭랜드는 단호하게 말한다.

나는 그림을 그려야 한다지 않소? 그리지 않고서는 못 견디겠단 말이오. 물에 빠진 사람에게 헤엄을 잘 치고 못 치고가 문제겠소? 우선 헤어나오는 게 중요하지. 그렇지 않으면 빠져 죽어요.

— 『달과 6펜스』 69쪽

중년
독서

예전에도 그랬지만 지금도 이 대목을 볼 때 소름이 돋는다. 안 그리면 죽을 것 같고, 안 쓰면 숨막힐 것 같은 사람들이 있다. 성공이냐 실패냐를 재기 이전에 살기 위해서 그러는 것이다.

『달과 6펜스』는 지금으로부터 130여 년 전의 이야기다. 평균 수명이 낮아서 오륙십 대에 많이 죽던 그 시절에 마흔 살은 지금의 예순 살 정도가 아니었을까? 그 나이에 화가의 길을 가겠다며 처자식을 버리고 무일푼으로 가출하는 심정이란 어떤 것일까? 비장하면서도 황홀했을 것이다.

나의 젊은 시절이 떠올랐다. 삼십 대 초반, 직장을 그만둘 때 얼마나 고민했는지 모른다. 사표를 가슴에 품고 다니던 한 달 동안 퇴근길에 캄캄한 어둠 속에서 빛나는 아파트 불빛을 보면 마음이 꺾였다. 1988년도 가을이었다. 그 시절, 여행작가니 여행가니 하는 타이틀도 생소했다. 집을 뛰쳐나가 낯선 땅을 떠도는 것은 어릴 적 품어온 간절한 꿈이었지만, 막상 시도할 수 있는 상황이 되니 겁이 났다. 다시는 저 불빛 어린 아파트, 따스한 세상으로 돌아올 수 없을 것 같았다. 그럼에도 떠난 이유는 숨이 막혀서였다. 마침내 떠나는 순간에는 이제 '죽어도 좋아'라는 황홀감이 온몸을 휩쓸었다.

당시 나는 삼십 대 초반 싱글이었지만 스트릭랜드는 처자식을 둔 마흔 살 가장이었다. 집을 떠난 스트릭랜드의 삶은 파란 만장하게 펼쳐진다. 생계를 위해 막일을 하면서도 열정적으로 그린 그림을 남에게 보여주지도, 팔지도 않는다. 예술가적 자존심은 대단했지만 아무도 그를 인정해주지 않는다. 딱 한 사람, 더크 스트로브라는 화가만은 그의 천재성을 인정해주고 많은 도움을 준다. 그러나 스트릭랜드는 오히려 스트로브의 착한 아내를 뺏는다. 비정한 스트릭랜드에게 실망한 '나'는 그와 헤어지는데 그게 두 사람의 마지막이었다.

스트릭랜드의 흔적을 다시 보게 된 것은 태평양의 타히티섬으로, 그와 헤어진 지 15년, 그가 죽은 지 9년 만이었다. '나'는 그곳에서 만난 사람들을 통해 그의 삶을 알게 된다. 스트릭랜드는 타히티섬에서 젊은 현지 여인과 함께 살며 그림에 몰두했다. 3년간 그가 살던 집은 낙원 같은 곳이었다. 울창한 나무에 둘러싸였으며 향긋하고 싸늘한 바람이 불어오는 곳이었다고 묘사된다. 그러나 말년에 스트릭랜드는 문둥병에 걸려 죽음을 맞는다. 그는 죽기 전 혼신의 힘을 기울여 오두막집 안에 낯설고도 신비한 최고의 작품을 그려 넣는다. 하지만 모두 태우라는 유언을 남겼고, 그의 젊은 아내는 유언대로 오두막집을 불태워버린다.

이 대목이 대학 시절 처음 이 작품을 읽었을 때 가장 인상에 남는 장면이었다. 자신의 작품을 모두 태워버리라는 스트릭랜드는 예술가를 넘어 한바탕 유희를 펼치고 떠나는 초인 같은 모습이었다.

세상 한켠에 은둔해서 자기 세계에 몰입하는 스트릭랜드에게 '나'는 이런 말을 한 적이 있다.

"무인도에서도 글을 쓸 수 있을까라는 생각을 한 적이 있습니다. 제가 쓴 글을 저밖에 읽을 사람이 없는 게 확실한 상태에서."

그 말에 스트릭랜드의 두 눈이 야릇하게 빛난다. 그는 외로운 섬에서 신비스러운 나무들에 둘러싸여 아무도 모르게 조용히 산다면 자신이 바라던 것을 찾을 수 있을 것 같다고 대답한다.

이런 삶이 가능한 것일까? 글도 그림도 타인과의 소통을 전제로 하는 행위 아닌가? 젊을 때는 이런 스트릭랜드의 말이 비현실적으로 들렸다. 그런데 요즘은 점점 그의 말에 끌린다. 사람은 들어주는 사람이 없어도 혼잣말을 하고, 읽어주는 사람이 없어도 일기를 쓰는 존재다. 자기 자신을 표현하고 싶은 욕구가 있는 게 틀림없다. 성적인 욕망이 단지 아이를 낳기 위해서만 발현되는 것이 아니듯이.

서머싯 몸은 평론가들로부터 대중적인 작가로 폄하받았는데 그의 마음 한구석에는 스트릭랜드 같은 고고한 예술가가 되고 싶은 욕망이 있었는지도 모른다. 서머싯 몸은 『달과 6펜스』를 쓰기 위해 타히티섬을 방문해 취재를 했고, 고갱이 살던 오두 막집 창문에 그려진 '벌거벗은 이브가 사과를 들고 있는 그림' 을 창문 통째로 구입하기도 했다.

실제 화가 폴 고갱의 삶은 소설의 주인공보다 더 불행했다. 고 갱이 태어난 1848년의 파리는 불안했다. 혁명의 소요가 들끓었 고 루이 나폴레옹이 쿠데타를 일으켜서 황제로 등극했다. 위험 을 느낀 고갱의 아버지는 페루로 향했지만 도중에 배 안에서 병으로 죽고 만다. 고갱은 어머니와 함께 페루의 수도 리마에 있는 친척집에서 몇 년간 살다가 다시 프랑스로 온다. 학교에 다니다 중퇴한 뒤로는 상선의 견습선원으로 남아메리카에서 북유럽까지 항해하기도 했다. 스물세 살에 어머니가 돌아가시 자 지인의 소개로 파리의 증권거래소에서 일하게 된다. 이즈음 안정적인 생활을 하면서 덴마크 태생의 여인과 결혼한 후 다섯 아이를 갖는다.

그런데 1883년 서른다섯 나이에 고갱은 전업 화가가 되기로 결심한다. 당연히 현실은 냉혹했다. 그는 이내 빈곤해졌고 작품을 인정받지도 못했으며 아내를 따라간 코펜하겐에서도 외면당했다. 결국 아들 하나만 데리고 파리로 돌아와 빈곤한 삶을 계속한다. 생활고 속에서도 계속 그림을 그리며 독특한 화풍을 개척하지만 여전히 인정은 받지 못한다. 한때 남프랑스의 아를르에서 고흐와 함께 그림을 그리기도 했다. 고흐가 자기 귀를 자른 뒤 고갱은 그와 헤어지고 3년 뒤 모든 것을 등지고 남태평양의 타히티섬으로 떠난다. 그의 나이 마흔셋일 때였다.

그는 타히티에서 보낸 2년간의 이야기를 『고갱의 타히티 기행 Noa Noa』이라는 책에 적었다. 원제인 'Noa Noa'는 '향기로운'이라는 뜻의 타히티어다. 제목만 보면 그가 타히티에서 행복한 생활을 누린 것처럼 보이지만 사실 그렇지 않았다.

고갱은 그 시절 프랑스의 식민지로 유럽화되었던 타히티의 중심도시 파페에테에서 실망을 하고 오지의 오두막집으로 들어간다. 그곳에서 그림을 그리며 지내다 어느 날 우연히 들른 마을에서 '우리 딸을 데리고 가라'는 말을 듣고 열세 살 소녀를 아내로 맞이한다. 고갱은 이 타히티 소녀를 사랑했고, 그림에 몰두했다. 그의 표현에 의하면 '시간의 흐름도 잊고, 선과 악도 의식하지 않으며, 다만 아름다움 속에서' 작품에 몰두했다. 그

리고 2년 후 프랑스로 돌아온 그는 타히티인들이 자신에게 삶
과 행복의 기술을 가르쳐주었다고 말한다.

그러나 고갱의 실제 모습은 가브리엘레 크레팔디가 쓴 『고갱:
원시를 향한 순수한 열망』에 잘 그려져 있다. 고갱은 타히티에
서 돈이 없어 고생했고 다시 프랑스로 돌아왔을 때 겨우 4프랑
밖에 없었다. 타히티에서 그린 그림들도 시민들에게 외면당해
비탄에 빠졌다. 그러던 중 뜻밖에 숙부의 유산을 받으면서 형
편이 풀리게 된다. 그러나 주변 사람들은 그의 새로운 연인과
에로틱한 그림을 걸어둔 이국적인 작업실을 보고 그에게 등을
돌린다. 인도네시아 출신의 어린 연인은 결국 그의 물건을 훔쳐
도망치고 덴마크에 있던 아내도 그를 떠나버린다.

외로워진 고갱은 1895년 다시 타히티로 간다. 당시 그는 발목
골절, 심장병, 피부 발진에다 거리 여인과의 관계에서 얻은 매독
으로 고생한다. 또 타히티에서 재결합한 젊은 아내도 그를 완전
히 떠나버린다. 심한 좌절감에 빠진 고갱은 다음 해 다량의 진
통제를 먹고 자살을 시도하나 실패한다. 할 수 없이 생계를 위
해 식민지 행정관으로 일하지만, 돈이 좀 생기자 그만두고 식민
지 관리와 교회를 비판하며 마찰을 일으킨다.

갈 곳이 없던 그는 1901년, 타히티에서 얻은 두 번째 여인과

함께 타히티에서 1400킬로미터쯤 떨어진 마르키즈제도의 도미니카섬으로 간다. 그 후 또 다른 어린 소녀와 동거하면서 딸을 낳았다. 이즈음 드로잉과 조각을 했는데 그의 걸작 상당수가 이때 제작되었다. 고갱은 약 2년간 여기에 머물다 1903년 5월 8일, 심장발작으로 생을 마감한다. 그의 나이 쉰다섯이었고, 마지막까지 그의 곁을 지킨 사람은 늙은 마오리족 주술사와 개신교 목사였다고 한다.

고갱이 떠나고 86년이 지난 1989년, 소더비 경매장에서 그의 작품 〈백합 사이에〉는 1천만 달러에 팔렸고, 타히티에서 그린 〈타히티인〉은 1996년에 약 100만 달러에 팔렸다. 생전에는 고작 100프랑 정도에 거래되었던 작품들이다.

『달과 6펜스』의 스트릭랜드를 통해 고갱의 모습을 상상했을 때는 그가 꽤 멋있었다. 그러나 실제 고갱의 삶을 알고 나니 가슴이 먹먹해졌다. 그는 늘 가난에 시달리며 작품이 팔리기를 바랐다. 바람이 좌절되면 세상을 원망하고, 비탄에 젖고, 실의에 빠졌다. 아내를 실망시켰고 아버지의 의무를 다하지 못했다. 여자관계도 복잡했고 성병까지 걸렸다. 고갱은 『고갱의 타히티 기행』에서 타히티섬을 낙원처럼 묘사했지만, 사실 그곳에서 실망도 많았고 결국 다른 섬으로 도피했다. 파리가 싫어서 떠났지만 또 파리를 그리워했다.

고갱은 별로 호감 가는 인물은 아니지만 예술가로서는 존경스럽다. 자신의 삶을 한계선 너머까지 밀어붙이고 추락하는 가운데도 끝없이 작품에 매진하는 것은 누구나 할 수 있는 일이 아니다.

"예술, 예술가란 무엇인가? 삶이란 무엇이며, 어떻게 살아야 하는가?"

『달과 6펜스』와 폴 고갱에 관련된 책들을 읽는 내내 머릿속을 따라다닌 화두다. 꼭 예술에 대한 갈망이 아니더라도 사람들은 가끔 궤도 이탈을 꿈꾼다. 안 하던 짓도 해보고 어린 시절의 꿈도 다시 떠올려본다. 그림을 그리고, 글을 쓰고, 악기도 배운다. 직장을 그만두고 세계일주를 떠나기도 한다.

나도 그중의 하나였다. 이탈은 내게 달콤한 자유를 안겨주었다. 그러나 달콤함은 한때일 뿐 눈앞에 놓인 긴 삶은 만만치 않았다. 생계를 위해 돈을 버는 행위는 고상하지도, 자유롭지도 않았다. 젊은 날의 객기는 중년이 되자 시들해졌고, 무책임하게 살다가는 곧 추락할 것 같았다. 고통과 고뇌를 인내하며 이겨내야만 했다. 그러나 그렇게 찾아온 약간의 안정을 누리며 나는 한계선 앞에서 주저앉은 느낌이 들었다.

『달과 6펜스』에는 그런 나를 위로해주는 이야기도 있었다. '나'의 동창생 아브라함은 우등생으로 의대를 졸업하여 병원의 정식 의사가 될 예정이었다. 그런데 지중해 여행을 떠났다가 돌연 사직서를 보내고 홀연히 사라져버렸다. 10년쯤 지난 뒤 '나'가 그를 다시 만난 곳은 알렉산드리아 항구였다. 그제야 '나'는 아브라함이 왜 사라졌는지 알게 된다. 지중해 여행을 마치고 런던으로 돌아오던 그는 배가 알렉산드리아에 정박했을 때 부두를 내려다본다. 푸른 하늘, 눈부신 햇살, 각양각색의 피부 빛깔과 옷차림의 사람들, 그 풍경을 보면서 순간적으로 남은 인생을 이곳에서 보내야겠다는 결심을 한다. 그는 그렇게 뚜벅뚜벅 새로운 삶으로 걸어 들어갔다. 하루 묵을 곳을 찾아 생전 처음 밟는 땅을 걷는데 왠지 옛 기억을 더듬는 기분이었다. 마침내 눈에 익은 집을 발견했고, 그 후 보건국 관리로 일하며 그리스 여인과 결혼해 가정을 이루었다. 아브라함은 한 번도 자신의 선택을 후회한 적이 없으며 현재에 만족한다고 '나'에게 말했다.

훗날 '나'는 아브라함이 사라진 덕분에 그의 자리를 꿰찬 운 좋은 동창생을 만난다. 그 동창생은 높은 연봉을 받으며 살고 있었고, 사라진 아브라함을 어리석은 인간이라며 경멸했다. 하지만 '나'는 스스로에게 묻는다.

> 자기가 바라는 일을 한다는 것, 자기가 좋아하는 조건에서 마음 편히 산다는 것, 그것이 인생을 망치는 일일까? 그리고 연수입 일만 파운드에 예쁜 아내를 얻은 저명한 외과의가 되는 것이 성공인 것일까?
>
> —『달과 6펜스』 259쪽

나는 아브라함 같은 사람이 부럽다. 세상의 평판과 부귀와 영화를 뒤로한 채 소박하고 평화롭게 사는 것이야말로 부러운 삶이다. 꿈과 예술도 중요하지만 자기 발밑의 삶은 더 중요하게 여겨지기에.

그러나 소설 속에 언급되듯이 '자기가 태어난 곳을 낯설게 여기고 어딘지 모를 곳에 있는 고향 같은 곳을 그리워하며, 영원한 것을 찾아 헤매는 사람들'이 있다. 한때 나 역시 그랬고, 아직도 가슴 한구석에 그런 마음이 깃들어 있다. '자기 발밑의 삶'이 꼭 여기여야 할 필요는 없을 것이다. 여전히 나는 어디론가 떠나는 꿈을 꾼다.

중년
독서

타히티섬은 아직 가보지 못했지만 그동안 다녀본 여행지들을 떠올리면 그곳의 풍경이 얼추 그려진다. 태평양의 사이판섬, 보르네오섬의 키나발루, 그리고 필리핀의 보라카이섬에서 본, 바다와 하늘을 시뻘겋게 물들이던 낙조 풍경, 뉴질랜드 어느 곳에서 만난 드넓은 초원, 신비한 계곡, 장대한 기골에 용맹해 보이던 마오리족이 눈앞에 선하다. 그들은 고갱이 그린 타히티 사람들과 비슷했다.

신혼여행 중 영국의 바스라는 도시에서 '달과 6펜스'라는 식당에 들어간 적이 있다. 근교에 '스톤헨지'라는 거대한 고인돌이 있는 바스는 중세풍 건물들과 아름다운 자연이 어우러진 도시다. 그곳에서 와인을 곁들인 식사를 하며 작가 서머싯 몸을 생각했다.

그는 '달'의 세계, 즉 예술의 세계만이 아니라 흔해빠진 동전 '6펜스'가 상징하는 속물의 세계도 이해했다. 그는 돈을 부정하지 않았고 경제적인 풍요를 즐기는 것에 당당했으며 아흔이 넘어 세상을 떴다. 험한 삶을 살다가 쉰다섯에 위대한 작품을 남기고 떠난 폴 고갱의 삶도 우리를 숙연하게 하지만, 91세를 살면서 터득한 인간과 세상에 대한 서머싯 몸의 식견도 나는 경청하고 싶다.

증발되지 않기 위한
관계의 모색

레나 모제
『인간증발』

일본에서는 매년 10만 명의 사람이 증발한다. 프랑스의 저널리스트 레나 모제는 그 소식을 듣고 의문을 갖는다. 도대체, 왜, 어느 날 출근하는 것처럼, 장보러 가는 것처럼, 학교에 시험 치러 가는 것처럼 나간 사람들이 돌아오지 않는 것일까? 그들은 신분을 숨긴 채 어딘가에 숨어서 몇 년, 몇 십 년을 지내다 어느 날 가족을 찾아오기도 하고 영원히 실종되기도 한다. 빚을 지고 야반도주하는 것이야 그렇다 쳐도 직장생활에서 스트레스를 받았다면 일단 사표를 내면 될 것이고, 가정생활에 실망했다면 이혼을 하거나 새 삶을 모색하면 되지 않을까? 그런데 그들은 아무 흔적도 남기지 않고 갑자기 사라진다. 그래서 증발이란 단어를 쓴 것 같다. 물이 수증기가 되어 허공에 흩어지는 것처럼 그들은 사라진다.

레나 모제는 사진작가 스테판 르멜과 함께 일본으로 건너가 그런 사람들을 취재한 후 『인간증발』이란 책을 냈다. 이 책에서는 증발의 이유를 '타인에게 폐 끼치지 않는' 일본인 특유의 습성에서 찾는다. 누군가에게 고민을 털어놓거나 도움을 청하지 못한 채 스트레스가 극대화되었을 때 절망 속에서 스스로를 삭제하는 것이다.

이 책을 읽고 나면 우울해진다. 읽는 동안 머릿속에서 우리 주변의 노숙자 문제, 가족해체 문제 등이 꼬리를 물고 이어졌다.

1989년, 일본은 주식과 부동산 가격이 폭락하면서 극심한 불황의 늪에 빠졌다. 실업자, 노숙자가 생겨나고 일가족 전체가 자살하는 사건도 이어졌다. 호황기 때 고리대금업자에게 돈을 빌려 사업을 벌였던 이들이 특히 고통스러웠다. 연 백 퍼센트 넘는 과도한 이자율을 감당하지 못해 야쿠자들의 협박을 받자 그들은 야반도주를 했다. 1990년대 중반에는 이런 사람이 연간 12만 명이나 되었다.

이런 내용을 소재로 한 텔레비전 드라마 〈야반도주 본점夜逃げ屋本舗〉은 1990년대 말 일본에서 최고 시청률을 기록했다고 한다. 〈야반도주 본점〉은 빚더미에 빠진 사람들에게 자살하지 말고 새로운 삶을 시작하라면서 '야반도주'를 도와준다. 그 시절 일본에는 실제로 야반도주를 사업 아이템으로 삼은 사람들이 있었다. 그들은 '심야 이사'라는 명목으로 약 40만 엔의 야반도주 비용을 청구했다. 일반 이사비보다 세 배나 비쌌지만 샐러리맨,

대학생, 주부 등 수많은 부류가 이용했다고 한다.

내가 일본 여행을 주로 한 시기는 1988년에서 1992년 사이로 호황기와 불황기에 걸쳐 있었다. 1988년 처음 일본에 갔을 때 나는 문화적인 충격을 받았다. 오사카, 교토, 도쿄 시내가 어질어질할 정도로 호화찬란했다. 멋진 건물들, 휘황찬란한 밤 거리, 놀라운 기능의 전자제품과 섬세한 디자인의 온갖 상품들, 편리하고 쾌적한 교통 체계, 선진국다운 시민 예절 등에서 서울과 엄청난 차이가 났다. 그때 사촌 형이 교토에 살고 있어서 나는 한 달씩 교토에 두 번 머물며 주요 도시를 여러 차례 여행했고 그 후에도 JR 패스를 이용해 전국을 돌아보았다.

그런데 언제부턴가 도쿄, 오사카 등지의 지하철 역사나 공원에서 종이 상자를 펴놓고 자는 사람들이 보이기 시작했다. 그 중에는 지적이고 선량해 보이는 사람들도 있었다. 오십 대 후반의 사내가 지하도 통로에 종이 상자를 펴놓고 앉아 있던 모습이 지금도 눈에 선하다. 싸늘한 늦가을 공기에 행인들의 발길이 뜸한 밤늦은 시간이었다. 희미한 불빛 아래서 문고판 책을 읽고 있어서 더 쓸쓸해 보였다. 부자 나라 일본에 왜 저런 사람들이 있을까?

우리와는 상관없는 일인 줄 알았는데 1997년 11월 IMF라는 국가 부도 사태를 맞이한 이래 한국에도 그런 풍경이 펼쳐졌다. 그 시절 집값이 폭락하고 대량 해고 사태가 발생하는 가운데 세상이 암울해졌다. 낮에 우리 집 뒷산에 올라가면 신문지를 깔고 누워 있는 사람들이 보였다. 누군가와 통화를 하는 그들의 목소리는 절박했다.

"야, 나 지금 빚쟁이한테 쫓겨서 피해 다니고 있어. 죽고 싶은 심정이다."

의지가 강한 사람들은 어떻게든 살아보겠다고 발버둥을 쳤다. 집 근처를 거닐다 보면 말쑥하게 차려입은 부부가 호떡을 구워 팔았고, 집에서 살림만 해봤을 것 같은 가정주부가 어색한 표정을 지으며 붕어빵을 팔았다. 그때껏 볼 수 없었던 낯선 풍경이었다. 그 풍경 앞에서 몇 년 전 지하도에서 본 일본인 노숙자의 아픈 심정이 느껴졌다. 지적으로 보이는 남자였다. 그 남자도 번듯한 직장에 다녔을 것이다. 그랬던 그가 지하도에서 바라본 세상은 얼마나 냉혹했을까?

그 후 2008년 금융위기를 맞아 한국은 다시 패닉 상태에 빠져들었다. 인터넷에는 '이제 자본주의는 무너졌다. 나라가 망하고 세상이 망할 것이다'라며 불안에 떤 외침이 난무했다. 주변

중년
독서

에는 무기력에 빠진 사람들이 속속 나타났다. 가족해체 현상도 가속화되었다.

그로부터 10년이 지난 지금 『인간증발』을 읽고 나니 우리 사회도 그런 사람들이 많지 않을까 하는 생각이 들었다. 언젠가 택시를 타고 가는데 육십 대 초반의 개인택시 기사가 이런 이야기를 했다.

"예전에는 저기 보이는 노숙자들이 나와 다른 사람이라고 생각했어요. 그런데 지금은 나도 아차 하면 거리에 나앉겠구나 하는 생각에 공포심이 들더라구요."

어디 그 기사만 그럴까? 나도 그렇다. 특히 은퇴한 후 긴 세월을 버텨야 하는 중년들, 대학을 졸업해도 실업자 신세가 된 젊은이들은 더 막막할 것이다. 직장에 다녀도 과로에 시달리고 언제 해고될지 몰라 불안에 떠는 사람도 많다. 이것이 우리의 현실이다.

일본인들이 증발하는 데는 돈, 사랑, 과도한 스트레스, 가족 간의 불화 등 여러 가지 이유가 있다. 가족과 함께 야반도주를 하는 경우에는 똘똘 뭉쳐 어딘가에서 '새로운 삶'을 시작한다. 문제는 홀로 증발하는 사람들이다. 그들은 대개 몰락한다.

이를테면 안정된 삶을 살던 교사가 은퇴 후 주식투자로 돈을 잃는다. 그의 아내는 저축한 돈이 남아 있으니 편안한 노후를 보낼 수 있다고 남편을 안심시킨다. 그러나 남편은 홀연 증발한다. 어느 중년 부인은 남편이 일하는 정육점 사장에게 사랑을 고백받고 홀로 괴로워하다가 사라진다. 그 후 그녀는 도쿄의 바에서 일하며 살다가 15년 만에 집에 연락하여 아들을 만나 그간의 사연을 듣는다. 정육점 사장이 자살하면서 그녀와 그녀의 남편에게 재산을 넘긴다는 유언장을 남겼고, 그녀의 남편은 전해에 교통사고로 세상을 떠났다. 그녀는 혼자 남은 아들에게 너무도 미안했지만 화해하기 힘든 상황이었다.

어떤 남자는 동네가 재개발에 들어가면서 야쿠자들로부터 집을 비우라는 협박을 받는다. 공포심을 느낀 그의 아내는 친정집으로 피신하고, 남자는 숲으로 들어가 자살을 시도하다가 누군가에게 발견되어 구출된다. 그는 집으로 돌아가지 못한 채 세탁소나 공사판을 전전하며 일한다. 그 후 10년도 훌쩍 지나 처갓집을 찾아간다. 그제야 자신의 부모님이 돌아가셨고 10년 넘게 그를 찾아다녔던 아내는 남편으로부터 끝내 소식이 없자 사망신고를 한 후 재혼했다는 것을 알게 된다.

장애를 앓는 여덟 살짜리 아들을 버리고 가출한 엄마도 있었다. 그날은 아들의 음악 연주회가 있는 날이었다. 엄마는 맨 앞줄에서 관람하겠다 약속했지만 연주회장에 나타나지 않고 사라져버렸다. 그 외에도 시험 결과가 두려워 지레 겁먹고 시험도 치지 않은 채 사라진 청년도 있었고, 생산성과 효율성을 강조하는 회사 분위기에 눌려 증발한 사람들도 있었다. 북한에 납치되어 사라진 것으로 의심되는 이들도 있었는데, 얼추 500명에서 2천 명 정도가 북한에 납치된 것으로 본다고 했다.

읽다 보니 좀 황당한 생각이 들었다. 주식투자로 돈 좀 잃었다고 증발을 하다니! 먹고살 만한 돈은 남아 있다고 아내가 위로를 하는데도. 야쿠자에게 협박받았다고 10년 동안이나 증발한 채 살아가다니! 남은 아내는 어떻게 하라고. 장애를 앓는 아이를 버리고 가출해버리면 그 아이와 남편은 어떻게 살아가라고. 하지만 드러난 이유는 하나의 계기였을 뿐 그동안 스트레스가 쌓이고 쌓였던 것이 아닐까? 부부관계가 평소에 원만치 않았다거나 깊은 우울증에 시달렸다거나 하지 않았을까?

실종된 사람을 추적하는 사설 탐정은 일본 열도가 '압력솥 같다'고 표현한다. 압력솥 같은 사회에서 스트레스를 받고 또 받다가 견딜 수 없을 정도가 되면 수증기처럼 증발한다는 것. 그러니까 증발한 사람들은 그 이전부터 엄청난 압력에 짓눌려

왔을 것이다. 그들은 갑자기 사라진 것이 아니라 서서히 사라진 것일지도 모른다.

도쿄에는 '산야山谷'라는 곳이 있다. 범죄자와 부랑자, 노숙자, 빈민들이 득실거리는 지저분한 소굴로 알려진 곳이다. 산야는 에도시대에는 역참으로 번성했고, 사형수들의 목을 베던 곳이기도 했다. 전후 부흥기부터 노동 수요가 높아지자 '요세바'로 발전했는데 요세바는 일용직 노동자들이 단골로 잠만 자는 공간이다. 그 후 인력 시장이 쇠퇴하고 노동자가 고령화되면서 요세바는 차차 쇠퇴했지만 여전히 가족 없고 오갈 데 없는 노인, 실종자들이 이 산야의 싼 숙소촌에 남았다고 한다. 『인간증발』의 저자 레나 모제와 사진작가 스테판 르멜은, 이곳의 비좁고 냄새나는 방에서 하루하루 연명하며 서서히 죽어가는 '이름 없는 사람들'을 인터뷰한다.

나는 산야에 가보지는 못했지만 레나 모제가 실종자들의 '안식처 같은 곳'이라 한 캡슐 호텔에는 묵어보았다. 도쿄의 숙소 중 가장 싼 곳으로 1박에 2천 엔이었다. 숙박 대행 사이트에 등록도 되어 있어서 외국 배낭여행자들이 이용하기에도 편리했다.

도쿄 우에노역 근처에 있는 '사우나 캡슐 호텔' 안에는 커다란 사우나탕과 넓은 휴게실이 있었다. 안쪽 아래층에는 2층 침대들이 죽 이어져 있었는데 하나하나의 모양이 캡슐 혹은 벌집과 비슷했다. 나름대로 편리했다. 2박을 했는데 매일매일 수건과 가운을 주었고, 배낭은 따로 라커룸에 넣을 수 있었다. 짐이 너무 크면 보관 장소에 놓아둘 수도 있었다. 돈을 냈다는 영수증만 갖고 있으면 하루 종일 들락날락할 수 있으니 한국의 찜질방과는 좀 달랐다. 사우나탕은 따로 돈을 내지 않고도 언제든 이용할 수 있었다. 캡슐 안은 몸 하나는 충분히 뉠 수 있고 작은 배낭도 같이 둘 수 있는 크기였다. 조그만 텔레비전이 달려 있었고 이어폰과 알람시계도 있었다. 휴대폰 충전도 할 수 있었다. 들어가서 입구 문을 완전히 닫으면 누에고치 속처럼 아늑했지만 더워서 문을 조금 열어야 했고 공기가 썩 상쾌하지는 않았다. 그래도 알뜰한 여행자들이 큰 불편 없이 하루이틀 묵을 만한 곳이었다.

그런데 이곳에는 여행자보다 일본 노인들이 많이 묵고 있었다. 노동이나 잡일을 하는 사람들, 혹은 집 없는 노인들 같았다. 노숙자들보다 형편이 좋은 그들은 저녁이면 휴게실 의자에 반쯤 누워 텔레비전을 보았다. 서로 말을 하는 사람이 드물었다. 가끔 아래층으로 내려가는 계단에서 무릎이 아픈지 절룩거리다 의자에 앉아 쉬는 노인도 보였다. 금연이라 써 붙였지만 담배 냄새가 복도에 배어 있었다. 담배를 피우다 걸리면 벌금을 물린다는 쪽지가 이곳저곳에 붙어 있었다. 다들 사연이 많아 보였지만 타인에게 관심을 갖지 않았다. 남을 쳐다보거나 사소한 말을 건네지도 않았다. 적막한 기운만 감돌았다.

그곳에 머무는 이틀 동안 자판기에서 빼온 맥주를 캡슐 안에서 마셨다. 아무에게도 간섭받지 않아 편안했지만 돌아갈 곳 없이 매일매일 그곳에서 보내는 노인들은 어떤 기분일까? 문득 내가 그 노인들 신세가 된 것 같아 우울해졌다.

증발의 주요 원인은 무엇일까? 단지 빚이나 가족관계의 불화, 생활고만은 아닐 것이다. 가장 큰 원인은 관계가 단단하지 않았기 때문이 아닐까? 스트레스를 이겨내게 뒷받침해주는 따스한 관계가 있었다면 어떻게든 살 수 있지 않을까?

우리는 어떨까? 가난하던 1960, 70년대에 청소년기를 보낸 나는 그 시절을 기억한다. 우리 어머니도 친척들에게 돈을 꾸었고 식료품을 살 돈이 없으면 가겟집에서 외상을 했다. 학창 시절에 친구들과 술을 마시면 돈 있는 사람이 냈고 다음에는 다른 사람이 샀다. 남에게 사줄 때도 있었고 얻어먹을 때도 있었다. 가난이 별로 무섭지 않았다. 그 시절에는 '산 입에 거미줄 치지 않는다'는 막연한 배짱과 믿음이 있었다. 전후의 가난한 시대에는 체면보다도 생존이 더 중요했기에 쉽게 좌절하지 않고 끈질기게 살아냈다.

그런데 언제부턴가 변하기 시작했다. 경제가 발전했지만 관계는 삭막해졌다. 친구지간에도 계산속으로 만나고, 가족이나 친척에게 돈을 꾸지 않고 은행에서 대출을 받는 시대가 되었다. 우리도 이제 주변 사람에게 폐를 끼치는 게 너무도 힘든 시절이 되었다. 고민을 남에게 털어놓지 못하고 혼자서 삭이는 외로운 사람들이 점점 늘어나고, 가족 간에도 소통이 힘들어졌다.

2003년부터 OECD 국가 중 한국이 계속해서 자살률 1위를 기록하고 있다. 일본 못지않게 우리도 '압력솥'이 된 것이다. 다만 일본인은 증발을 선호하는 반면, 우리는 화끈하게 자살을 선택한다는 게 차이 아닐까? 어쩌면 우리나라도 증발되는 사람들이 늘어날지 모른다. 이제 '인간증발'은 일본만의 이야기가 아닌 것 같다.

우울한 사례만 보여주는 『인간증발』이지만 희망적인 이야기도 있다. 실종자들을 찾는 노력이 정부 차원에서 미비하다 보니 실종자 가족을 무료로 도와주는 단체가 생겼다. 그중 하나는 '도진보'라고 불리는 '자살 절벽' 근처의 가겟집을 근거지로 활동하는 자원봉사 단체다. 그들은 7년 동안 248명의 자살자를 구했다고 한다. 그들이 하는 일은 절벽을 거닐다가 자살할 기미가 보이는 사람에게 다가가 따스한 말을 건네는 것이다. 저자는 자살하려고 그곳을 찾았다가 다정하게 말을 건네주는 사람에 의해 구조된 이의 이야기를 이렇게 전하고 있다.

"그렇게 친절하게 누군가가 제게 말을 걸어준 게 정말 오랜만이었습니다. 평생 제 꿈은 오직 하나, 돈을 버는 것뿐이었습니다. 결혼해서 아이가 하나 있었지만 이기심 때문에 가족을 버렸지요."

도쿄에서 택시기사로 일하던 하루키 씨는 65세에 사고로 팔에 마비가 오자 직업을 잃고 아무런 도움도 받지 못했다. 목을 매려고 했으나 밧줄이 헐거워 실패한 후 그는 '도진보 절벽'에 와서 자살하려다가 구조대원을 만나 마음을 돌렸다.

"결국 다른 사람을 돕는 것이 어떤 의미인지 이해하게 되었습니다."

하루키 씨도 지금은 절벽을 누비며 자살하려는 사람에게 건네 줄 떡을 준비하고 있다.

—「인간증발」198쪽

자원봉사자 대부분이 자살을 꿈꾸었던 사람이기에 죽으려는 사람들의 심정을 잘 안다. 죽음 직전까지 갔던 그들이지만 타인의 따스한 말과 관심 앞에서 삶의 의욕을 찾았다. 절망적인 삶을 살던 어느 젊은이도 음식을 건네주는 아주머니의 따스한 눈빛과 말에 힘을 얻고 남에게 도움을 주는 사람으로 거듭났다는 이야기도 나온다.

돈만 있으면 모든 게 해결될 것 같지만 돈이 아무리 많아도 '따스한 관계'가 없으면 삶의 의욕을 잃는다. 그 관계를 되살리는 자원봉사자들의 활동이야말로 비생산적이지만 가장 숭고한 일처럼 보인다.

하지만 관계를 맺는 데는 고통과 갈등 그리고 비용이 들기도 한다. 그래서 많은 이들이 비용이 별로 안 드는 SNS를 통해 관계를 확장한다. 그러나 이런 관계는 진실되지 못하고 겉돌게 마련이다. 또 대개는 자기 자랑이나 홍보를 위한 관계이기 쉽다. SNS를 들여다보고 있으면 남들은 만날 맛있는 것 먹고 여행을 즐기는데 나만 왜 이렇게 힘들게 사나 하는 소외감도 든다. 한편, 요즘에는 개나 고양이 같은 반려동물을 키우며 관계의 결핍을 극복하는 이들도 있다.

그런데 가장 시급한 것은 따스한 가족관계라고 본다. 아무리 인간관계가 번잡해도 피를 나누고 같이 살아가는 가족과의 관계가 안 좋으면 힘이 빠진다. 나는 몇 년 만에 만난 지인의 얼굴이 전에 없이 환해진 것을 보고 놀란 적이 있다. 예전에는 어딘지 까칠해 보이던 그녀가 자신감이 넘치고 사랑스럽게 변해 있었다. 이유를 물어보니 가족관계가 회복되었다는 것이다. 삼십대 중반의 그녀는 부모님과 불화해 독립해서 살던 중 채식을 하면서 몸과 마음에 변화가 생겼다고 한다. 왠지 모르게 너그러워지면서 부모님께 먼저 다가가게 되었고, 부모님도 매우 기뻐하면서 딸을 긍정적으로 받아들였다. 지금은 관계가 아주 좋아져서 다시 부모님과 함께 사는데 하루하루가 즐겁다고 했다.

글쎄, 채식이 좋은 영향을 미쳤을 수도 있고 나이가 들어가며 너그러워졌을 수도 있다. 어쨌든 자식이 먼저 부모에게 화해의 손을 내밀자 부모가 기뻐하면서 자식을 품어주는 선순환이 일어났다는 것은 분명하다. 자식이 부모에게든, 부모가 자식에게든, 혹은 부부지간이나 친구지간에든 자신이 '먼저' 관용과 애정을 표시하는 것이 중요한 것 같다. 그 '먼저'를 행함에는 결국 자기성찰과 자기희생, 인생관과 세계관의 변화가 선행하게 된다. 쉽지는 않겠지만 가장 보람 있는 일 중 하나인 것 같다.

거인처럼 멀리 보고,
거리 두기

조나단 스위프트
『걸리버 여행기』

우리의 근현대사는 충돌과 갈등으로 점철되어 있다. 좌우 이데올로기의 갈등은 물론, 붕괴되는 전통과 밀려드는 새로운 생활 양식이 충돌하면서 갈등은 심화되었다. 거기에다 인터넷을 통해 온갖 사건을 세세하게 접하면서 우리의 신경은 극도로 팽팽해진 상태다.

이런 상황에서 어떻게 살아야 하는가? 나는 조나단 스위프트의 『걸리버 여행기』를 읽으면서 세상을 바라보는 태도에 대해 작은 깨달음을 얻을 수 있었다. 작가 조나단 스위프트의 삶이나 『걸리버 여행기』에 그런 메시지가 담겨 있는 것은 아니다. 작가는 분노와 조롱의 마음으로 자신이 살던 시절의 영국 정치 현실을 비판했지만, 그것을 통해 나는 세상을 대하는 태도에 대해 성찰할 수 있었다.

어린 시절 읽은 어린이용 『걸리버 여행기』는 소인국과 거인국만 나와 있어서 동화책인 줄만 알았다. 그런데 중년이 되어 완역한 작품을 읽어보니 작가의 의도를 알 수 있었다. 작가는 당시의 영국 정치 현실을 신랄하게 비판하고 있었다. 조나단 스위프트의 부모님은 영국인이지만 조나단은 아일랜드의 더블린에서 나고 자랐다. 그래서 영국 작가이면서도 아일랜드 작가로 알려져 있다. 그런데 또 다른 아일랜드 작가인 제임스 조이스, 윌리엄 예이츠, 오스카 와일드 등도 한때 영국 출신으로 알려졌다. 이렇게 된 데는 연유가 있다.

아일랜드는 17세기 무렵 영국으로부터 탄압과 착취를 당하다 1801년 영국에 완전히 합병되었다. 그 후 147년 동안 영국의 통치를 받다가 1948년에 독립한다. 그래서 식민지 시절에 활약한 문인들은 영어로 작품을 발표했고 다른 나라에는 영국인으로 알려졌던 것이다. 만약 우리나라의 일제강점기가 100년 넘게 지속되었다면 시인 이상이나 윤동주도 외국에는 일본 시인으로 알려졌을지 모른다.

조나단 스위프트가 살았던 아일랜드는 식민지가 되기 전으로 영국의 탄압이 극심한 시절이었다. 아일랜드의 가톨릭교도들은 탄압에 반발해 1641년, 아일랜드에 들어온 영국 개신교도들을 학살했다. 이에 대한 보복으로 영국 청교도의 지도자 올리버 크롬웰은 1649년, 아일랜드를 침공해 가톨릭교도들을 엄청나게 학살했다. 그 후 아일랜드 지주의 토지를 몰수해 영국과 스코틀랜드계 이주민들에게 분배했다. 이 사건으로 인해 아일랜드는 빈곤하게 되었고 지금도 아일랜드인들은 크롬웰을 증오한다. 크롬웰이 죽은 후 찰스 2세가 즉위하면서 청교도 공포 정치가 끝나는데 조나단 스위프트는 왕정복고 7년째 해인 1667년에 태어났다.

그 후에도 영국의 정치 현실은 혼란스러웠고 당파 싸움이 심했으며 프랑스와의 전쟁이 일어났다. 조나단 스위프트가 『걸리버 여행기』를 발표한 것은 이런 시기를 다 경험하고 난 후인 1726년, 쉰아홉 살 때였다. 이 소설은 나오자마자 엄청난 인기를 끌었다. 그런데 작가는 처음에 본명을 밝히지 않은 채 출판업자의 집 앞에 몰래 원고를 던져놓았다고 한다. 현실 정치를 비판하는 내용 때문에 출판업자도 부담을 느껴 내용의 일부를 삭제하고 책을 냈다. 그 후 1735년에 기존 원고가 모두 실린 책이 나오면서 우리는 그의 온전한 작품을 읽을 수 있게 되었다.

『걸리버 여행기』에서 풍자된 정치 현실은 매우 우스꽝스럽다. 소인국의 왕은 실력이 아니라 줄타기 곡예를 잘하는 대신들을 공직에 임명했고, 대신들은 당파 싸움을 심하게 했다. 현 황제의 할아버지가 계란의 넓은 쪽을 깨서 먹다가 손을 벤 뒤로 앞으로 계란은 뾰족한 쪽을 깨서 먹으라는 칙령을 발표했다. 하지만 분노한 국민들이 반란을 일으킨 후 이 나라는 계란의 넓은 쪽을 깨서 먹자는 '큰모서리파'와 뾰족한 쪽을 깨서 먹자는 '작은모서리파'로 나뉘어 싸운다. 또한 높은 굽의 구두를 신느냐, 낮은 굽의 구두를 신느냐는 문제를 놓고 싸우기도 했다.

여기서 큰모서리파는 가톨릭교회, 작은모서리파는 청교도를 의미했다. 높은 굽의 파는 보수적인 왕당파인 토리당, 낮은 굽의 파는 의회파인 휘그당을 상징했다. 소인국의 일로 비유되니 희극적으로 보이지만 당파 싸움이 매우 치열했다. 영국 역사가 트리벨리언의 표현에 따르면 "프랑스 혁명이 두 사회 계급 간의 싸움이고 아메리카 혁명이 두 지역 간의 싸움이라면 영국의 내란은 두 당파 간의 싸움이었다".

거인국에서도 조나단 스위프트의 영국 비판은 거침이 없다. 거인국의 왕은 음모와 반란, 위선과 배신으로 얼룩진 영국 정치 현실에 대한 이야기를 듣고 나서 "너희 나라 사람들은 자연의 벌레 중에서 가장 악독한 해충들이다"라고 말한다. 작가가 얼마나 영국 정치인들이 미웠으면 왕의 입을 통해 이렇게 말했을까?

표류하던 바다에서 도르래에 달린 의자를 타고 올라간, 하늘을 떠다니는 라퓨타섬에서는 영국의 학술원을 풍자한다. 이 세계의 사람들은 항상 사색에 잠겨서 걷는 바람에 절벽 아래로 떨어지거나, 기둥에 머리를 부딪치거나, 하수구에 빠질 염려가 있었다. 그때마다 늘 따라다니는 하인들이 도리깨처럼 생긴 막대기 끝에 붙어 있는 바람 주머니로 주인을 쳐주면서 경고를 했다. 라퓨타섬에서는 학자들이 얼음으로 화약을 만들거나, 지붕부터 시작해서 거꾸로 집을 짓거나, 인간의 배설물을 음식으로 만드는 등 비실용적이고 비현실적인 실험에 몰두하고 있었다.

마지막으로 휘넘국, 즉 마인국馬人國에서는 아예 인간 자체에 대한 혐오감을 드러낸다. 이곳에서 인간들은 '야후'라고 불리는데, 야후는 벌거벗은 채 모여 사는 야만적인 동물로 성격이 포악하고, 교활하고, 배신을 잘하고, 복수심이 많으며, 거만하고, 비굴하다. 반면에 '휘넘'이라고 불리는 말들은 매우 고귀하고 이성적인 존재들이다. 욕심을 부리지 않고 절제한다. 공동체의 삶을 중시하며 우정과 자비가 넘쳐 흐르고 질투하지 않는다. 암수 차별도 없다. 걸리버는 이런 말들을 존경하고 사랑하면서 급기야 말처럼 걷고 말처럼 발음하려고 한다. 그는 인간 세계로온 후에 인간이 싫어서 마굿간에 들어가 살 정도였다.

물론 여기서도 영국의 현실을 신랄하게 비판한다. 영국은 빈부 격차가 심해 부자와 빈자의 비율이 1대 1천이며, 수많은 노동자들이 비참하게 살고 있고, 부자들은 사치와 무절제, 허영심에 빠져 살아가고 있다고 말한다. 또한 젊은 귀족들은 게으르고 사치를 부리며, 방탕한 여자들 사이에서 체력을 소진하기 때문에 병들고 초췌하며 누르스름한 안색이 귀족 혈통의 특징이라고 비꼰다.

조나단 스위프트가 그토록 영국의 정치인과 귀족을 증오하며 비판한 이유는 그들에게 상처를 받았기 때문이다. 아일랜드에 살았지만 영국인이었던 작가는 영국 국교회의 사제였다. 그는 고위직으로 진출하기 위해 보수파 토리당 정치인들과 인연을 맺지만 권모술수에 휘말려 실패하고 만다. 그 후 작가는 '재미있게 읽기보다는 분노하면서 읽어달라'고 할 정도로 분명한 목적 의식으로 이 책을 썼다.

이 책은 처음에는 재미있다가, 차차 심각해지다가, 마침내 우울해진다. 너무도 많은 비판적인 이야기가 인간 혐오로까지 이어지기 때문이다. 그런데 그토록 비관적으로 현실을 보았던 작가는 마굿간으로 도피하지 않았다. 다른 나라로 망명하지도 않은 채 아일랜드에서 살아가며 이 작품을 썼다. 우리가 그의 말 대로 분노만 할 수 없는 까닭이다. 작가가 작가의 삶을 살아갔 듯이 우리는 우리의 삶을 살아가야 하지 않는가.

과연 조나단 스위프트가 비난한 것처럼 영국의 정치 현실은 추 악하고 부패하기만 했을까? 작가가 세상을 뜬 1745년 이후 영 국은 양당정치가 발전한다. 토리당은 귀족과 지주계급의 이익 을 대표하는 보수당으로 변신하고, 휘그당이 사라진 후 상공업 자와 시민들의 이익을 대표하는 자유당이 등장한다. 그 후 보 수당과 자유당은 양당 체제를 이어가다가 20세기 들어 자유당 대신 노동당이 등장하여, 현재 영국의 정치는 보수당과 노동당 이 이끌고 있다. 그리고 산업혁명을 이룬 후 식민지를 크게 확 장하면서 대영제국을 만든 영국은 한때 민주주의의 모범이 되 는 나라, 신사의 나라로 불렸다.

　만약 조나단 스위프트가 살아나 이 현실을 보았다면 어떤 이 야기를 할까? 그럴싸하게 보이는 이미지 뒤에 서려 있는 추악 한 현실을 여전히 파헤칠까? 내부의 모순을 해외 식민지에서의 수탈로 완화시키고, 중동과 미얀마 등지에 분쟁의 씨앗을 심은 영국의 교활하고 이중적인 식민지 정책을 비판할까? 아니면 자신이 살았던 시대를 민주주의 발전과정에서 거쳐야 했던 과도기라고 수정할까? 거미줄처럼 복잡하게 얽힌 세상에서 답은 명쾌하지 않지만 무조건 분노만 하면서 세상을 바라볼 수 없다는 생각이 든다.

『걸리버 여행기』에는 현대를 예언하는 것 같은 이야기도 있다. 걸리버가 하늘을 날아다니는 라퓨타섬에서 지상으로 내려와 방문한 럭넥섬에는 '스트럴드블럭'이라 불리는 불로장생인들이 있었다. 보통 사람들은 팔십 대에 이르면 죽지만 이들은 결코 죽지 않으며 다만 법적으로 사망한 것으로 간주된다. 불로장생인들은 공공비용으로 부양된다. 그들은 하는 일도 없이 병을 앓고 우매해지지만 죽지 않기에 고통을 견뎌야 한다. 그러다 보니 고집이 세고 탐욕스럽고 말이 많아진다. 친구도 못 사귀고 사랑도 못 하고 쾌락도 사라진다. 아흔 살이 되면 치아와 머리카락이 다 빠지고 맛도 느끼지 못하면서 그냥 먹고 마신다. 그리고 후대의 언어를 이해하지 못하게 되고 200년이 지나면 몇 마디 외에는 대화가 불가능해지면서 모든 사람에게 경멸과 증오의 대상이 된다. 걸리버는 이 모습을 보면서 불로장생에 대한 의욕이 가라앉았다고 고백한다.

중년
독서

이 책을 읽으며 한숨이 나왔다. 이런 현상은 이 세계에 이미 벌어지고 있다. 앞으로 계속해서 전개될 고령화 사회의 우울한 모습이 아닌가? 이미 100세를 넘어 150세 시대라고 한다. 유전자조작이니, 사이보그의 등장이니 하면서 과학은 급속도로 발전하고 있다. 불로장생은 불가능하겠지만 인간의 수명은 점점 더 늘어날 것이다. 그때 부딪칠 문제들은 결코 낙관적이지 않다. 여러 문제가 있겠지만 가장 걱정스러운 것은 세대 간에 말이 달라져서 의사소통이 점점 힘들어진다는 것이다. 사실 지금도 이미 느끼는 문제다. 말이 달라진다는 것은 생각과 가치관이 달라진다는 것이 아닌가. 생각과 가치관이 달라지면 그 안에서 엄청난 갈등과 소외가 발생할 것이다.

책을 덮을 때쯤 다행히 희망을 보았다. 걸리버가 의도한 메시지는 아니지만 똑같은 현실도 어느 지점에서 어떤 마음으로 바라보는가에 따라 달리 보인다. 걸리버가 거인국에 가서 '작은 인간'이 되어 바라본 인간은 매우 추악했다. 아름답게 치장한 궁정 여인들의 얼굴에 박힌 주근깨는 엄청나게 컸고, 시장에서 본 여인의 가슴에 난 종양의 구멍은 걸리버가 기어 들어갈 수 있을 정도로 거대했다. 그들의 옷에 기어다니는 커다란 이들은 기괴스러웠으며, 거인들의 어마어마한 식사는 혐오스러웠다. 반면에 소인국에서 '큰 인간'이 된 걸리버의 눈에는 여인들의 피부가 엄청나게 곱고 아름답게 비쳤다.

'거리' 때문이다. 우리는 일상생활에서 그런 경험을 많이 한다. 좁은 집, 아파트, 사무실이라는 공간에 갇혀 정교한 시스템과 관계에 얽매여 살다 보면 세상의 모든 것을 너무 가깝고 세밀하게 들여다보게 된다. 그러다 보면 신경이 예민해지고 타인과 세상의 결점이 크게 다가온다. 멀쩡해 보이는 피부도 현미경으로 들여다보면 진드기가 기어다니고 있지 않은가? 현대인들은 늘 스마트폰을 바싹 들여다보며 온갖 정보에 머리가 과열되면서 좁쌀 인간이 되어가고 있다. 거인국에 가야만 작은 인간이 되는 것이 아니다. 너무 바싹 다가앉아 세상을 바라보면 세상은 거인국처럼 다가오고, 거대한 시스템에 짓눌리게 됨을 느낄 것이다.

반면에 적당한 거리를 두고 거시적인 관점으로 세상을 바라보고 인간을 대하면 세상은 소인국이 되고 자신은 큰 인간이 된다. 사람도 띄엄띄엄 만날 때 더 애틋해지고 장점도 많이 보인다. 지나간 과거의 상처도 세월이 흐르고 나면 아름다운 추억이 된다. 공간과 시간과 관계의 거리를 확보하면 마음이 여유로워진다.

　그래서 내가 종종 여행을 떠났던 것 같다. 내가 살던 세상과 인간을 멀리서 바라보면 큰 인간이 되는 기분이 들어서였을 것이다. 그러나 사람은 항상 여행만 하면서 살 수는 없다. 그러므로 한곳에 정착하여 큰 인간으로 살기 위해서는 세상과 적당한 거리 두기가 필요하다.

　마인국에서 돌아온 걸리버처럼 인간을 혐오하며 마굿간으로 달려갈 수는 없지 않은가?『걸리버 여행기』는 희망의 메시지를 던지지는 않지만 내게 인간과 세상을 돌아보게 할 기회를 주었으니 고마운 책이다.

너 자신을 알라

플라톤
「소크라테스의 변론」

눈만 뜨면 온갖 뉴스와 정보가 눈앞에 달려든다. 가짜 뉴스는 물론 자극적인 이야기와 의도적으로 편집된 정보에 수없이 낚이기도 한다. 낚인 채 한동한 홍분했다가 시간이 지나고 나면 자신이 홀렸었다는 느낌이 들 때도 있다.

책도 그렇다. 날마다 수많은 신간이 쏟아져 나오니 선택하기도 힘들지만, 신중히 선택한 책의 내용에 의심이 갈 때도 많다. 저자는 신뢰할 만한 사람인가? 어떤 의도로 쓴 것일까? 저자의 글과 삶이 일치할까? 번역자는 믿을 만한가?

언어가 '있는 그대로'가 아닌 부분적인 것을 표현하는 기호라는 것을 알아가면서 그 모든 글자를 조심스럽게 대하기 시작했다. 글자뿐만이 아니라 생각에 대해서도 거리 두기를 시작했다. 자기 생각이 자기 것이 아니고, 문득 밖에서 오는 '그 무엇'의 아바타가 되어 놀아나는 느낌이 들 때도 있었다. 그것을 깊이 느낄수록 내용보다는 생각의 형성과정, 인식의 메커니즘에 대한 관심이 깊어갔다.

소크라테스라는 인물에 관심을 갖게 된 것은 그 무렵부터였다. '너 자신을 알라'로 유명한 소크라테스는 석공 아버지와 산파였던 어머니 사이에서 태어났다. 그는 눈에 띄는 추남이었다고 한다. 키가 작고, 눈은 흐리고, 들창코에 배가 불룩하고, 두터운 입술에 입이 컸다. 옷도 아무렇게나 걸쳐 입고 맨발로 거리를 다녔다.

하지만 그는 매우 지혜로웠다. 삼십 대 후반과 사십 대 중반에는 펠로폰네소스 전쟁에서 용맹하게 싸워 주변 사람의 존경을 얻었다. 쉰 살 무렵에 스물다섯 살쯤 차이 나는 여인 크산티페와 결혼했고, 일흔 살에 처형당할 때는 세 명의 자식이 있었다. 역사학자 베터니 휴즈는 『아테네의 변명』이란 책에서 장남과 둘째, 셋째와의 터울이 커서 전처가 있었을 것으로 추정한다.

소크라테스는 스스로 책을 쓴 적이 없다. 제자들이 그의 말을 옮겨 적어 책을 엮었는데 그중에서 플라톤이 가장 많은 글을 썼다. 플라톤의 책을 내가 처음 본 것은 삼십 대 중반이었다. 철학 지식이 없다 보니 내용이 너무 어렵게 다가왔다. 그런데 10년 후에 다시 보니 달랐다. 플라톤의 이야기는 지금의 우리와 비슷했던 처절한 현실 속에서 나왔다는 생각이 들었다.

플라톤이 소크라테스에 관해 쓴 작품으로는 「에우튀프론」

「소크라테스의 변론」「크리톤」「파이돈」「향연」 등이 많이 알려져 있다. 그중에서 나에게는 「소크라테스의 변론」이 가장 흥미롭게 다가왔다. 「소크라테스의 변론」은 소크라테스가 사형 선고를 받기 전 법정에서 자신을 변론하는 내용이다. 플라톤의 다른 작품들처럼 플라톤 자신의 철학적 생각을 곁들이지 않고 철저히 사실에 입각해 객관적으로 쓴 것이다. 그래서 소크라테스의 육성이 가장 잘 드러나는 책으로 알려져 있다.

플라톤의 글에 묘사된 소크라테스는 매우 지혜로운 사람이다. 그러나 아리스토파네스가 쓴 희극 「구름」에서 묘사된 소크라테스는 사악한 인간이다. 한 농부의 아들이 경마에 빠져 파산에 이르자 농부는 아들에게 옆집에 사는 소크라테스를 찾아가 채권자들을 따돌리는 방법을 배우라고 권한다. 여기에 나오는 소크라테스는 '벼룩은 자기 발의 몇 배를 뛸 수 있는가'를 연구하고, 공중에 매달린 광주리 안에서 태양에 관해 명상하는 기괴한 인물이다. 이 인물은 제우스신이 아니라 구름의 여신들을 믿으며, 배가 고파서 남의 겉옷을 훔친 적도 있다. 농부의 아들은 이런 소크라테스에게 언변을 배워 채권자들을 물리치는 한편, 아버지를 폭행한 후 어릴 적에 아버지가 자신을 '사랑하고 염려해서' 때렸듯이 자신도 그런 마음으로 아버지를 때렸다는 궤변을 늘어놓는다. 농부는 아들을 이렇게 만든 소크라테스에게 분노하며 그의 집을 불태워 버린다.

아리스토파네스는 40여 편의 희극을 쓴 영향력 있는 작가인데 소크라테스는 그의 작품 「구름」으로 인해 훗날 큰 곤경에 빠진다. 그 당시 돈을 받고 웅변술과 해괴한 논리를 가르치는 소피스트를 위험시한 아리스토파네스는 소크라테스도 소피스트로 오해하고 왜곡했던 것이다.

반면에 소크라테스의 제자이며 군인이자 역사가인 크세노폰이 쓴 『소크라테스 회상』에는 소크라테스가 존경스러운 스승으로 그려진다. 소크라테스는 아고라에서 사람들과 대화를 했지, 돈을 받고 지혜를 가르친 적은 없다. 그는 신을 믿었지만 인간이 지혜로 해결할 수 있는 것까지 신에게 의존하는 것은 어리석다며 이성을 소중히 여기는 인물이었다.

이런 여러 가지 면을 종합해볼 때 소크라테스는 존경과 비난을 동시에 받았던 역사적 인물이지만, 플라톤의 문학적 작품을 통해서 재구성된 인물이라는 평가를 받고 있다.

스승 소크라테스에 대해 많은 글을 남긴 '저자 플라톤'은 어떤 인물일까? 플라톤은 아테네 귀족 가문 출신으로 정치가를 꿈

꾸었다. 본명은 '아리스토클레스'이고, '플라톤'은 '어깨가 넓은'이
란 뜻의 별명이었다. 당시 이런 별명을 가진 사람이 아테네에
무려 서른한 명이 있었다고 한다. 플라톤은 레슬링 선수였다.
그 시절 귀족 젊은이들은 유명한 운동선수가 되어 대중적 인기
를 누린 후 이를 바탕으로 정계에 입문했다고 한다. 그러나 플
라톤은 올림픽 경기에 우승하지 못했고 극작가의 꿈을 키웠지
만 실패한 후 스무 살 때부터 소크라테스의 제자가 되었다.

플라톤이 살던 시대는 아테네의 혼란기였다. 기원전 431년,
민주파가 지배하는 민주주의 도시국가 아테네와, 과두파 즉 귀
족들이 지배하는 독재국가 스파르타 사이에 27년간의 펠로폰
네소스 전쟁이 터진다. 전쟁 시작 4년 후에 태어난 플라톤은 23
년 동안 계속되는 전쟁 시대를 살았다.

도널드 케이건의 『펠로폰네소스 전쟁사』에 자세하게 나와 있
는데, 해군이 강한 아테네는 수많은 전투에서 승리하며 한때
전세를 유리하게 이끌기도 했다. 하지만 내부 갈등과 대중을 선
동하는 과격한 민주파, 그 체제를 뒤엎기 위한 과두파의 음모,
알키비아데스라는 장군의 배신 등 여러 요인으로 혼란에 빠진
다. 그러다 결국 결정적인 전투에서 패배하며 스파르타에 의해
무너지고 만다.

전쟁에서 패한 후 국외에 망명해 있던 과두파 인사들이 아테네로 귀국하여 전승국 스파르타의 지원을 받는 '30인 과두정치 체제'를 만든다. 이들은 귀족 세력으로서 민주파 정적들을 탄압하고 살해했는데 그 중심 인물이 크리티아스였다. 그는 플라톤 어머니의 친척이었지만 플라톤은 그들의 공포정치에 환멸을 느낀다. 그 후 민주파가 저항하면서 30인 과두정치 체제는 8개월 만에 무너지고 민주파가 다시 정권을 장악한다. 민주파는 과두정치에 참여한 사람들 중에서 중요한 사람들만 처벌하고, 그 밖의 사람들은 대사면령을 내려 처벌하지 않았다. 그러나 플라톤은 민주파 정치가들에게 선동당한 군중이 스승 소크라테스에게 사형 판결을 내리자 정치에 환멸을 느끼고 국외로 도피한다. 그의 나이 스물여덟 살 때였다.

플라톤은 남이탈리아 지역을 여행하다 피타고라스 학파 공동체에서 철학을 공부하고, 시켈리아섬(지금의 시칠리아)으로 가서 군주를 설득해 자신의 정치 철학을 실현하려고 한다. 그는 군주나 귀족에 의한 폭압정치도 옳지 않으며, 선동당하는 군중에 의한 민주주의도 잘못된 정치라고 보았다. 그가 꿈꾸는 이상 국가는 철학자들이 지배하는 세상이었다. 그러나 그 이상은 실현할 수 없었다. 시켈리아의 군주에게 박대당하던 그는 해적에게 잡혀

노예로 팔려갈 뻔한 적도 있었다. 훗날 아테네로 돌아와 아카데미아를 만들어 후학을 양성하던 플라톤은 80세에 세상을 떴다.

현실에서 실패한 플라톤은 자신의 이상을 작품에서 실현했다. 철학자 화이트헤드는 '서양 철학사는 플라톤의 각주'에 불과하다는 말을 했다. 서양철학사에서 다룬 수많은 개념들이 이미 플라톤의 저서에 담겨 있기 때문이다.

『소크라테스의 변론』을 보면 소크라테스를 고발한 이는 멜레토스라는 젊은 시인이며, 공동 고소인은 변론학자 리콘과 정치인 아뉘토스였다. 이들 셋 중에서 주도한 인물은 아뉘토스였다. 그는 30인 과두정권에 피해를 입은 민주파 정치인으로 가죽 공방을 운영하는 사업가이자 정치가였다. 그는 정적들에 대한 복수심에 불탔지만 대사면령이 내려진 후라 직접적인 보복을 할 수는 없었다. 이때 딱 걸려든 사람이 소크라테스였다.

군중을 선동하는 민주파 정치인들은 소크라테스를 싫어했다. 소크라테스는 늘 선동가들을 조롱하며 그들의 무지를 비판했기 때문이다. 거기다 과두파의 우두머리인 크리티아스와 조국을 배신한 알키비아데스도 한때 소크라테스의 제자였다. 알키비아데스는 그 시절 아테네에서 '공공의 적'이었다. 젊고 미남이었던 그는 귀족 출신 장군으로, 배를 타고 시켈리아로 가던 중 그전에 저지른 죄에 의해 기소되자 적국인 스파르타로 탈출한다. 그 후 적국을 돕는 행위를 하다가 스파르타의 왕비를 유혹하는 바람에 위험에 처하자 페르시아로 도망간다. 훗날 스파르타와 싸우기 위해 페르시아의 도움이 필요했던 아테네는 알키비아데스의 힘을 빌려 페르시아와의 관계를 개선하고자 했다. 결국 아테네는 그의 죄를 사면하고 다시 받아들인다. 그러나 그 후 알키비아데스는 자신이 지휘하던 전투에서 패해 도주했다가 자객에 의해 살해당했다고 전해진다.

이런 이유 때문에 소크라테스는 과두파 인물로 오해받았다. 제자 크세노폰은 『소크라테스 회상』에서 그의 억울함을 이야기한다. 소크라테스가 유명하다 보니 '이런저런' 사람들이 모여들었고, 그런 '정치꾼'들은 소크라테스에게서 지혜를 배운 것이 아니라 자신에게 필요한 기술만 얻고 나면 성급하게 떠났다고 한다. 즉, 그들의 잘못된 처신은 그들 탓이지, 소크라테스의 탓이 아니라는 것이다.

충분히 이해가 가는 이야기다. 원래 유명한 인물 곁에는 온갖 사람이 모여든다. 그들은 자기 편리한 대로 '누구의 제자'라고 떠들고 다니지만 또 쉽게 스승에게 등을 돌리지 않던가.

소크라테스는 평생 돈벌이와 집안일에 소홀했으며 정치에도 관심이 없었다. 그는 군중을 선동하는 민주파 정치인들을 비판했고, 귀족들의 독재와 이치에 맞지 않는 명령도 거부했다. 또한 군중에게 아부하지도 않았다. 소크라테스는 아무 편도 아니었고 그 무엇도 두려워하지 않았다. 다만, 사람들에게 덕德을 기르라고 권했을 뿐이다.

이런 소크라테스가 고소당한 죄목 중에서 대표적인 것이 불경죄였다. 국가가 인정하는 신들을 믿지 않고 새로운 신을 끌어들였다는 것이다. 소크라테스는 평소에 내면에서 '다이몬'의 소리가 들려온다는 말을 했지만 국가의 신을 부정한 것은 아니었다. 또 다른 죄는 청년들을 타락으로 이끌고 국가에 반항하도록 사주했다는 것이다. 민주파의 고소인들은 정치적인 의도를 숨긴 채 이렇게 교묘하게 다른 이유를 들어 소크라테스를 고소했다.

아테네 민주정 재판에서 선고는 판사가 아닌 배심원들의 투표로 결정되었다. 이날 참가한 배심원은 500명으로 그들의 직업은 농부, 늙은 장군, 치즈 제조업자, 도로공사 인부 등 다양했다. 서른 살이 넘은 아테네 시민은 제비뽑기를 해서 배심원이 될 수 있었으며 그들은 재판에 참여하는 대가로 약간의 돈을 받았다.

엄격한 논리로 접근하는 법조인이나 엘리트 집단이 아니라 감정에 휩쓸리는 군중들이 심판하는 재판이었다. 이 사실을 잘 알았던 소크라테스는 아리스토파네스의 희극 「구름」에 묘사된 자신의 잘못된 이미지를 사람들이 진짜라고 오해하고 있다는 점을 지적한다. 오늘날 인터넷에 떠도는 가짜 정보에 의해 피해를 받았다는 점을 밝히는 것처럼.

그리고 국가에서 지정한 신을 믿지 않고 청년들을 타락시켰다는 죄목에 대해서 논리적으로 해명한다. 청년들이 자기를 흉내 내면서 어른들을 조롱한 것에는 다음과 같은 연유가 있었다고 한다.

소크라테스의 친구이자 열렬한 추종자인 카이레폰이 델포이의 아폴론 신전 신탁소에서 '아테네에서 소크라테스보다 더 현명한 사람이 있는지'를 물었다. '없다'는 대답을 듣자 그것을 소문으로 퍼트린다. 소크라테스는 그 말을 이해할 수 없었다. 그래서 자신보다 지혜롭다고 생각하는 사람들을 찾아다니며 대화를 나눈다. 처음에 찾아간 이는 정치인이었다. 그 정치인은 자신이 지혜롭다고 여기고 있었지만, 소크라테스는 그렇지 않다는 것을 발견하고 이렇게 말한다.

> 저는 돌아오면서 마음속으로 이렇게 생각했습니다. "이 사람보다는 내가 더 지혜가 있다. 왜냐하면 이 사람이나 나나 좋고 아름다운 것에 대하여 아무것도 모르는 것 같은데, 이 사람은 모르면서도 알고 있다고 생각하고 있지만, 나는 모르고 또 모른다고 생각하고 있기 때문이다. 이 조그마한 일, 즉 모르는 것을 모른다고 생각하는 점 때문에 내가 이 사람보다 더 지혜가 있는 것 같다."
>
> ―「소크라테스의 변론」, 「플라톤의 대화편」 51쪽

소크라테스는 그 후 다른 사람을 찾아가지만 유명할수록 거의 모두 사려가 부족하고 오히려 보잘것없어 보이는 사람들이 더 사려가 깊다는 사실을 발견한다. 이름난 시인들은 훌륭한 말을 많이 하지만 예외 없이 그 뜻이 무엇인지도 모르면서 잘난 체했고, 장인 수공업자들은 기술 조금 있다고 세상의 다른 큰일들까지 다 아는 척하며 자만했다고 소크라테스는 말한다. 결국 소크라테스는 자기가 무얼 모르는지도 모르는 그들보다 자신

이 지혜롭다는 것을 인식했고, 그 후 '너 자신을 알라'라는 말이 널리 퍼진다. 그 말은 소크라테스의 말이 아니라 델포이의 아폴론 신전 기둥에 새겨진 옛날부터 내려오는 말이었다.

그런데 젊은이들이 소크라테스 흉내를 내면서 어른들을 만나 조목조목 따지고 그들의 허점을 파고들면서 조롱하자 사람들은 소크라테스가 청년들을 타락시켰다고 비난하게 된 것이다. 소크라테스는 자신이 청년들을 타락시킨 것은 아니라고 주장하지만, 잘난 체하는 사람들과 위선적인 사람들을 불편하게 하고 괴롭힌 점은 인정한다. 심지어 그는 몸집 좋고 혈통은 좋지만 둔한 말처럼 살아가는 아테네 시민들을 일깨우기 위해 자신이 '등에' 역할을 하는 것은 신이 자신에게 부여한 임무라는 식으로 이야기한다.

소크라테스의 이런 말은 배심원들에게 나쁜 영향을 주었다. 배심원 500명은 1차 재판에서 유죄를 선고한다(유죄 280, 무죄 220). 다음에 남은 것은 형량을 정하는 2차 재판이었다. 원고와 피고가 각각 제시한 형량 가운데 배심원들이 하나를 선택하도록 되어 있었는데 원고는 사형을 제시했다.

그런데 피고인 소크라테스는 선처를 호소하기는커녕 자신은 아테네 시민의 영혼을 교육시켰으니 표창을 받고, 귀빈관에서 식사를 제공받아야 한다고 말한다. 또, 혹시라도 추방형을 내리면 받아들이지 않겠다며 '음미되지 않는 삶은 살 가치가 없다'고 말한다. 즉 사람들과 대화하고 교류하고 배우면서 살아가는 삶이 아니라면 의미가 없다는 것이다. 그러나 양보를 해서 벌금형 정도는 받아들이겠다는 말을 한다.

이런 소크라테스의 태도는 배심원들의 심기를 더 거스르고 말았다. 무죄에 표를 던졌던 배심원 중에서도 80명이 태도를 바꿔 원고가 제안한 사형 선고에 표를 던지고, 결국 사형이 확정된다(유죄 360, 무죄 140).

소크라테스는 감옥에 갇혔으나 금방 죽지 않았다. 플라톤의 「크리톤」에는 감옥에 갇힌 소크라테스에 대한 이야기가 나온다. 신성한 종교 의식을 거행하기 위해 아폴론의 탄생지인 델로스섬으로 떠났던 배가 돌아와야 사형 집행이 되기에 한 달간의 시간이 남아 있었다. 그동안 제자들과 대화하던 소크라테스는 사형 전날 도주를 권유하는 친구 크리톤에게 이렇게 말한다.

이렇게 생각해보게. 내가 여기서 탈주하려고 할 때, 국법과 국민 공동체가 "오오, 소크라테스, 너는 무슨 일을 하려는 건가? 네가 하려는 일은 멋대로 법률과 나라 전체를 파괴하는 것임을 모르는가? 너는 한 나라에서 한 번 내려진 판결이 아무 효력도 없고 개인에 의하여 번복될 수 있다고 생각하는가?" 오오 크리톤, 여기 대해서, 또 이와 비슷한 물음에 대해서 뭐라고 말할 것인가?

— 「크리톤」, 『플라톤의 대화편』 104쪽

한때 소크라테스가 '악법도 법이다'라는 말을 했다고 알려졌지만 소크라테스는 그런 말을 한 적이 없다. 그렇다고 자기 마음에 안 든다고 법이나 판결을 거부하지도 않았다. 소크라테스는 이분법적인 시각으로 쉽게 판단할 수 있는 인물이 아니다. 그는 억울한 판결조차도 받아들였지만 동시에 사리에 어긋난 행동이나 잘못된 법 집행 앞에서는 죽음을 무릅쓰고 항거하기도 했다.

그는 공직을 거의 맡지 않았지만 딱 한 번 부족을 대표해 평의회 의원으로 의결에 참여한 적이 있다. 민주파가 정권을 잡았던 시절이었다. 해전을 치른 후 죽은 병사들의 시신을 구조하지 않았다는 이유로 장군들에 대한 처형 판결이 내려졌는데 이때

오로지 소크라테스만이 반대를 들고 나섰다.

　이런 사정은 도널드 케이건의 『펠로폰네소스 전쟁사』에 잘 나와 있다. 아테네 해군은 스파르타군에게 승리했지만 스파르타의 역습에 대비해 8명의 장군은 적군을 끝까지 쫓아갔고, 2명의 선장은 남아서 시신과 물에 빠진 병사를 구조하기로 했다. 그런데 갑작스런 폭풍우가 몰려와 병사들을 구조하지 못하고 시신도 유실된다. 아테네 장군들의 판단은 전쟁 중에 합리적인 것이었고, 병사들을 구출하지 못한 결정적인 이유는 '폭풍우' 때문이었다. 그렇지만 흥분한 아테네 군중들에게는 희생양이 필요했다. 결국 군중들에 의해 지배당한 아테네 민회는 시신을 구조하지 않고 스파르타군을 쫓아간 8명의 장군을 처형하기로 결정한다. 이때 소크라테스만이 반대했다. 소크라테스는 많은 사람들이 흥분하여 한 방향으로 휩쓸려가더라도 군중의 대세에 따르는 인물이 아니었다.

　한편, 정권이 바뀐 후 30인 과두 정부가 소크라테스에게 '레온'이란 인물을 잡아오라고 명령했을 때 레온에게 죄가 없다고 생각한 소크라테스는 명령을 어기고 집으로 가버렸다. 그 당시 공포정치를 펼치던 정부였기에 만약 30인 과두 정부가 빨리 망하지 않았다면 소크라테스는 명령불복종으로 사형을 당했을

지 모른다.

이처럼 그는 민주파나 과두파 등 어느 파에도 속하지 않았고, 군중들의 외침과 상관없이 양심에 따라 행동하는 인물이었다. 소크라테스는 신을 모독하거나 젊은이를 타락시키는 행위에 대해 처벌하는 법을 악법이라고 여기지는 않았다. 다만 판결이 잘못되었다고 생각했지만 그 판결 역시 받아들였다. 자신은 이미 국외추방을 거부하겠다는 의사를 밝혔고 죽음이 두렵지 않다고 말했는데, 이제 와서 도주한다면 그것은 언행이 불일치한 행위였기 때문이다. 소크라테스는 법 논란 이전에 언행일치를 중요시했으며, 자신의 개인적인 행동을 전체 공동체의 관점에서 생각하는 인물이었다.

플라톤의 또 다른 작품 「파이돈」에는 소크라테스가 죽기 전까지 제자들과 영혼의 존재에 대해 끝없이 토론하는 장면이 등장한다. 소크라테스는 죽음이 깊은 잠이라면 좋은 것이고, 새로운 여행이라면 더욱 좋은 것이라고 생각한다. 그는 슬퍼하는 동료들을 위로하며 담담하게 독배를 마신 후 감옥 안을 천천히 걷다가 독 기운이 퍼지자 자리에 누워 친구에게 말한다.

오오 크리톤, 아스클레피오스에게 닭 한 마리 빚진 것이 있네.

기억해두었다가 갚아주게.

—「파이돈」, 「플라톤의 대화편」 219쪽

한때 이 말은 소크라테스가 아스클레피오스라는 사람에게 닭을 빚진 것으로 알려졌다. 그러나 아스클레피오스는 '의약의 신'으로 병이 나으면 이 신에게 닭을 바치는 것이 관례였다고 한다. 즉, 소크라테스는 죽음을 통해 모든 인간적인 병에서 해방되므로 아스클레피오스 신에게 감사의 뜻으로 닭 한 마리를 바치라고 한 것이다.

오래전에 소크라테스의 감옥에 가본 적이 있다. 아테네 한가운데 우뚝 솟은 언덕 아크로폴리스 근처의 동굴 앞에 영어로 '소크라테스 감옥'이라고 쓰여진 팻말이 있었다. 사람 하나 들어가면 꽉 찰 정도로 작았다. 기록에 의하면 동굴 감옥 안에 친구들이 모여 이야기를 나눌 정도로 컸으니 그곳이 실제 감옥은 아니었을 것이다. 세월이 지난 후 인터넷을 통해 사진을 보니 달랐다. 동굴 감옥이 세 칸에다 꽤 커 보였는데 관광객들을 위해 상징으로 새롭게 만들어놓은 것 같았다. 그러나 수천 년 전 그 근처 어딘가에 감옥이 있었던 것은 분명하다.

아테네에는 여전히 소크라테스가 거닐며 젊은이들과 대화를 나누었던 아고라가 폐허로 남아 있었다. 돌무더기가 그득했지만 2400년 전에는 번잡했을 것이다. 아테네 시민들은 여기서 정치적, 철학적 문제로 토론을 벌였고 일상생활에 필요한 물품을 사기도 했다. 현재 온전히 남아 있는 것은 헤파이토스 신전뿐, 그 시절에 있었다는 제우스 신전이나 아폴론 신전은 흔적조차 없었다. 대신 근처 플라카 지역에는 좁은 골목길, 기념품 가게, 식당들이 들어서 있어서 현대의 아고라 같은 느낌이 들었다.

삼십 대 중반, 긴 여행길 중에 들렀을 때는 잘 몰랐지만 요즈음 책을 보면서 회상하니 그곳에서 소크라테스가 맨발로 거닐던 모습이 생생하게 그려진다.

소크라테스는 매우 꼼꼼하고 치밀해서 타인을 피곤하게 만드는 사람이었을 것이다. 그는 먼저 자신을 겸손하게 낮춘 후 모르는 척하며 질문을 던지고 듣는다. 그리고 상대방이 스스로 정의를 내리도록 유도하거나 서로 합의를 하여 일단 정의를 추출한다. 그 후 그것을 구체적인 귀납적 사례를 통해 검토한 후 아니라는 것이 밝혀지면 다시 보편적인 진리를 찾아갔다.

내가 만든 쉬운 예를 든다면 '행복하기 위해서는 부자가 되어야 한다'라고 누군가 주장하면, 소크라테스는 대화를 통해 구체적인 사례를 검토한다. 그런 가운데 부자 중에도 '행복하지 않은 사람이 있다'는 사실을 밝히고 수많은 사례를 찾아가면서 새로운 정의를 찾는다. 이를테면 건강한 사람이 행복한가, 쾌락을 즐기는 사람이 행복한가 등등. 이런 과정에서 행복이란 눈에 보이는 물질에서 찾을 수 없다는 것을 스스로 깨닫게 하고, 아포리아 상태 즉 결론을 쉽게 찾을 수 없는 상태로 만든다.

그렇게 상대방이 잘못된 개념을 갖고 있음을 스스로 깨닫게 한 후 계속해서 대화를 통해 행복에 대한 바른 개념을 이끌어 낸다. 그래서 소크라테스의 대화법을 아기가 잘 태어나도록 돕는 '산파술'이라 부르기도 한다. 그런 대화법은 상대방을 불쾌하게 만들기도 했는데, 결국 소크라테스를 죽음으로 몰고 간 원인 중 하나가 되었다.

진리를 찾기 위한 대화법은 모욕을 당한 이들에게는 남을 곤혹에 빠뜨리는 말장난처럼 여겨졌을지 모른다. 소크라테스는 그 시절 횡행했던 소피스트들 중 하나로 오해받았지만 '말발' 센 사람의 말이 진리라는 상대적 진리관을 갖고 있던 소피스트와 달리 소크라테스는 절대적 진리를 추구한 인물이었다.

소크라테스가 살았던 약 2400년 전 아테네의 현실은 매우 혼란스러웠다. 아테네뿐만이 아니라 전 그리스 도시국가들이 그랬다. 아테네의 장군이었던 투퀴디데스가 파면을 당한 후 쓴 『펠로폰네소스 전쟁사』에 그 상황이 잘 나타나 있다. 27년간의 전쟁 과정에서 수많은 도시가 파괴되었고 포로들은 잔혹하게 죽었다. 어떤 섬에서는 자기들끼리 내전이 벌어졌고 승리한 세력은 동료 시민들을 일주일 내내 살육했다. 과격파는 언제나 신뢰받았고, 가족이 정치로 인해 분열되었고, 누군가 훌륭한 제안을 하면 반대파는 그것이 실현되지 못하도록 온갖 계책을 세웠다. 또, 한쪽의 정파 지도자들은 군중의 정치적 평등을 외쳤고, 다른 쪽에서는 귀족정치를 내세우며 그럴듯한 정치 강령을 표방했다. 하지만 이 모든 것의 근원은 권력욕이었다. 일단 투쟁이 시작되면 광기를 내뿜으며 반대파에게 잔인하게 보복했다. 어느 편에도 가담하지 않은 중립적인 사람들은 양 극단주의자들에 의해 희생되었다. 자신들이 어려움에 처하면 보편타당한 법에 따라 구원받기를 바라면서도 남에게 보복할 때는 그 법을 무시했다. 부자들은 게으르고 사치스러워졌으며, 빈자들은 폭동을 일으켰고, 청년들은 나이 든 사람에게 무례했으며, 종교는 조롱당했다. 또한 모든 계층이 돈을 벌고 관능적 즐거움을 즐기려는 공통된 욕망에 따라 움직였다고 한다.

플라톤도 "예로부터 내려온 법률, 습관, 제도가 붕괴되는 속도가 너무 빠르고 끝이 없어 현기증을 느낄 정도다"라는 말을 남겼다.

소크라테스는 이런 분위기 속에서 사람들에게 '똑바로 살아라' '너 자신을 알라'를 외치다가 죽어갔다. 어슬렁거리면서 관념적인 철학 이야기를 즐긴 것이 아니었다. 엎치락뒤치락하는 정치적 격변기에 선동당하는 군중들의 무지와 오해와 흥분이 휩쓰는 상황에서 그는 아무 편에도 서지 않은 채 그런 말을 했다. 그것은 매우 위험스러운 일이었다.

소크라테스의 시대와 지금의 우리 시대가 너무도 비슷하지 않은가?

식민지 시절, 전쟁, 가난, 급속한 산업화, 민주화, 정보화, 세계화 시대 등의 변화를 거치며 우리는 혼란스럽다. 모두가 욕망에 휩쓸리고, 편이 갈린 채 온갖 주장을 한다. 젊은 시절, 인생이라는 산을 오르며 한쪽에서 오는 바람만 맞을 때는 내 생각이다 옳아 보였고 내 입장만 생각했다. 그러나 중년의 언덕에 오르니 바람이 사방에서 불어오고 예전과 다른 면이 보이기 시작한다.

그때 '생각 자체'를 생각하게 된다. 과연 안다는 것은 무엇일까?

나이가 들어갈수록, 많이 알아갈수록, 경험이 깊어질수록, 차분하게 생각해볼수록 사실은 아는 게 없다는 것을 점점 느끼게 된다. 세상에 떠도는 것들에 대한 판단보다도 생각이 형성되고 사물과 세계를 인식하는 과정에 대한 탐구가 더 중요하게 다가온다. 그 영역에는 서로 배척할 일이 없다. 함께 토론하고 돕고 성찰하는 것만 있을 뿐.

소크라테스를 알아갈수록 그가 존경스러워진다. 펠로폰네소스 전쟁과 그 시절의 아테네 상황을 깊이 알아가니 그 시절은 바로 우리의 현실과도 같았다. 그런 상황에서 그는 아무 편도 아니었고, 군중에 휩쓸리지도 않았고, 누구에게도 아부하지 않았다. 다만 생각하는 방식에 대해 깊이 탐구하며 죽음도 의연하게 받아들인 인물이었다.

이 시대에 '소크라테스 형님' 같은 분이 있다면 얼마나 의지가 될까? 그가 그립다. 그는 갔지만 그가 강조한 '너 자신을 알라'는 평생 나의 화두가 될 것이다.

이 글을 쓰기 위해서 예전에 읽은 책들을 다시 읽고, 새 책을 사거나 도서관에서 빌려 보기도 했다. 번역본마다 달라서 이것 저것 비교해보기 위해서였다. 쌀쌀한 겨울 바람을 맞으며 도서 관에서 책을 빌려 집으로 걸어오는 길이 행복하고 감사했다. 2400년 전 소크라테스와 플라톤의 말을 직접 읽을 수 있다는 게 얼마나 기적 같은 일인가? 그들의 지혜를 생생하게 느낄 수 있다는 것은 얼마나 행복한 일인가? 세상으로부터 거리를 두고 차분히 자신의 인식 방식에 대해 탐구하는 시간은 얼마나 보람 된 일인가?

소크라테스와 플라톤에 감사했고, 출판사 사람들에게 고마 웠고, 그 책을 우리말로 옮긴 번역가들에게 머리가 숙여졌다. 수많은 책들을 분류하고 독자들에게 정성껏 안내해주는 도서 관 사서들도 고마웠다. 그리고 나이 들어서도 소크라테스에 관 한 책을 읽으며 감동하는 나 자신이 대견했다.

행복을 위해
중용을 찾아가는 길

아리스토텔레스
「니코마코스 윤리학」

오십 대 중반쯤 들어서니 내 인생이 불행하게 보였다. 육체적으로 병이 들었고 사회적으로도 서서히 밀려나고 있었다. 이 시대를 휩쓸고 있는 언행들도 생소하게 다가왔다. 세상이 온통 낯설게 보였다.

행복해지고 싶은데 자꾸 불행한 현실이 전개되었다. 사회 탓도 해보았지만 내 마음을 먼저 다스리고자 이런저런 '행복론'을 읽었고, 행복하다는 사람들의 책을 찾아 읽어보았다. 그런 와중에 아리스토텔레스의 『니코마코스 윤리학』을 읽지 않을 수 없었다. 행복에 대한 고전이라고 알려진 책이다. 그런데 읽기가 매우 힘들었다.

> 만약 '행위될 수 있는 것'들의 목적이 있어서, 우리가 이것은 그 자체 때문에 바라고, 다른 것들은 이것 때문에 바라는 것이라면, 또 우리가 모든 것을 다른 것 때문에 선택하는 것은 아니라고 한다면, 이것이 좋음이며 최상의 좋음^{ariston, 최고 선}일 것이라는 사실은 명백하다. (……) 만일 그렇다고 한다면 우리는 적

어도 개략적으로나마 과연 이것이 무엇인지, 또 어떤 학문에, 혹은 어떤 능력에 속하는 것인지 파악하도록 노력해야 할 것이다.

— 『니코마코스 윤리학』 14쪽

초반에 이런 글이 나오는데 골에 쥐가 나는 것 같았다. 다시 읽고 또 읽는데 뱃속에서 짜증까지 일었다. 아, 이걸 계속 읽어야 하나? 누가 나에게 읽으라고 강요한 것도 아니고, 이 책을 읽고 어디에다 자랑할 일도 없었다. 휴우, 한숨을 푹푹 내쉬면서 읽고 또 읽다가 내 식대로 한번 고쳐보았다.

"어떤 행위들에 있어서, '이것'은 그 자체 때문에 추구하고 다른 것들은 '이것'을 위해서 선택한다면 '이것'이야말로 '최고 선'이라는 사실은 명백하다."

더 간단하게 줄인다면 이런 말이 아닐까?

"모든 행위들의 목표가 '이것'을 향해 간다면 '이것'이야말로 '최고 선'일 것이다."

즉, 행복은 최고 선으로서 모든 행위들의 궁극적인 목표라는 말이다.

이 말을 왜 이리도 복잡하게 빙빙 돌려서 표현했을까? 번역

중년
독서

문장이 우리에게 익숙하지 않은 탓도 있겠지만, 아무래도 고대 그리스 시절의 문체나 사고방식이 그렇고, 꼼꼼한 논리 전개를 위해 엄밀한 언어를 구사하다 보니 그랬을 것이다. 포기할까? 250여 쪽의 글이 다 이런 식이니 앞이 캄캄했다. 문체만 그런 것이 아니라 수많은 사례를 들어가며 꼼꼼하게 논리를 전개하고 있었다.

그런데 조금씩 읽다 보니 깊이 공감되는 구절이 종종 나왔다. 결국 고민하다가 독서방법을 바꿨다. 한 단락을 읽고 나서 다시 읽기를 하며 컴퓨터로 필사를 했다. 필사가 끝나면 그 내용을 머릿속에 정리해보고, 의문이 생기면 아리스토텔레스에게 질문하는 상상도 했다. 내용을 백 퍼센트 이해하지 못해도 괜찮았다. 방법을 바꾸니 2400년 전의 아리스토텔레스와 대화하는 기분이 들었다. 그렇게 아침부터 저녁까지 책을 붙들고 한 달 정도를 읽었다. 묘했다. 처음 읽었을 때 안 잡히던 개념들이 머릿속에 들어왔다.

책을 덮을 때쯤 한 가지 메시지가 다가왔다. 행복을 위해서는 품성을 닦는 것이 중요하고 중용의 상태가 되어야 한다는 것. 그런데 중용의 상태는 쉽게 알 수 없으며 수많은 시도 속에서 스스로 찾아내야 한다는 것이었다. 평범한 메시지 같았지만 깊이 공감했다.

아리스토텔레스는 그리스의 북동부 지역에서 태어났다. 마케도니아 왕실의 진료를 맡았던 의사 아버지 덕분에 부유한 생활을 했지만 아버지가 일찍 세상을 뜨자 후견인에 의해 양육된다. 열일곱 살에 아테네에 있는 플라톤의 아카데미아로 들어가 20년 동안 공부한다. 플라톤이 죽고 나서는 그곳을 떠나 아소스에서 아카데미아의 분교를 설립한다. 플라톤의 조카가 아카데미아의 새 원장이 되자 뜻이 안 맞았던 것 같다. 결혼생활을 하면서 학문에 정진하던 그는 마흔둘에 마케도니아로 가서 알렉산더 대왕을 가르쳤고, 7년 후 아테네로 돌아와 학원을 세웠다. 그의 학원은 아폴론 신전의 경내인 '리케이온'에 있었는데 산책을 하면서 토론하는 게 습관이었다고 한다.

이때부터 약 10년간, 즉 아리스토텔레스의 오십 대는 황금기였다. 제자 알렉산드로스 대왕이 전 그리스와 세계를 지배하던 시절이라 아리스토텔레스는 마음껏 자신의 학문을 펼칠 수 있었다. 하지만 기원전 323년, 대왕이 죽고 나자 아테네의 정치 환경은 급속하게 바뀐다. 알렉산드로스 대왕의 지배력에서 벗어난 아테네 시민들은 아리스토텔레스를 '대왕과 긴밀한 관계

중년
독서

를 맺었다'는 이유로 기소한다. 정치보복을 한 것이다. 소크라테스처럼 위기에 처한 아리스토텔레스는 예순한 살이 되던 해에 아테네를 떠났고, 이듬해인 기원전 322년 세상을 떠났다.

아리스토텔레스는 플라톤의 가르침을 이어받되 자신의 철학을 펼침으로써 서양 철학과 문화의 토대를 닦았다. 그는 플라톤과는 달리, 현실 속의 사물을 절대 세계에서 존재하는 이데아의 그림자로 보지 않았다. 오히려 이데아는 구체적인 사물 속에 깃든 것들을 추상화시킨 보편적인 성질이라고 보았다. 즉, 하늘 위에 있던 이데아를 땅으로 끌어내린 것이다.

그가 전개한 학문은 철학, 미학, 시학, 윤리학, 정치학, 수사학, 생물학, 심리학 등 방대했지만, 고대 그리스가 몰락한 후 잊혀졌다. 그 후 십자군 전쟁이 있었던 12세기 무렵, 유럽인들은 이슬람 세계에서 아랍어로 번역된 그의 저술들을 발견한다. 다른 문명권에서 발견한 그의 유산이 그때부터 라틴어로 번역되었다. 아리스토텔레스는 차차 유럽에서 재발견되었고, 토마스 아퀴나스는 아리스토텔레스의 철학과 기독교를 결합시켜 스콜라 철학을 크게 번성시켰다.

아리스토텔레스의 철학은 서양의 학문을 일으키는 데 큰 기여를 했다. 하지만 어느샌가 교조적으로 받아들여져 중세 시절에 그의 학설에 이의를 제기하는 것은 금기가 되었다. 특히 자연과학 분야에서 그랬다. 갈릴레이의 지동설과 다윈의 진화론도 아리스토텔레스의 설에 위배된다며 배척받았다. 그러다 결국 근대 세계가 열리는 과정에서 아리스토텔레스의 학문은 부정되었다. 그러나 그의 학문이 서양 학문의 기초를 닦았다는 데는 의문의 여지가 없다.

'니코마코스 윤리학'이라는 제목은 후대의 편집자가 붙였을 가능성이 높다. 아리스토텔레스가 아들 니코마코스에게 헌정한 것으로 여겨지는 이유는 이 책이 행복해지기 위한 지혜를 담고 있기 때문이라고 한다.

아리스토텔레스는 인간의 진정한 행복은 '탁월성에 따른 영혼의 활동'에서 온다고 말한다. 탁월성이란 무엇일까? '탁월'이라면 남보다 낫고 우수하다는 뜻 아닌가? 나는 처음에 남보다 우수한 재능과 성질을 잘 발현시키면 행복해진다는 식으로 이해했다. 그런데 꼼꼼히 되풀이해 읽는 가운데 그것은 현대인들의 경쟁 패러다임으로 본 성급한 오독이라는 것을 깨달았다.

아리스토텔레스가 의미하는 탁월성은 달랐다. 아리스토텔레스에 의하면 세상 만물은 자기 안에 있는 본성을 발현하기 위한 목적을 갖고 활동한다. 예를 들어 화초는 꽃을 활짝 피우려는 본성을 갖고 있고, 그것이 꽃이 존재하는 목적이다. 그럼 인간의 본성은 무엇일까? 그것은 육체적인 본능이 아니라 영혼의 활동이며(육체적 본능은 동물도 있기에), 영혼을 잘 발현시키는 것이 인간의 목적이라고 아리스토텔레스는 말한다. 그 목적을 잘 이루게 해주는 품성 상태가 '탁월성'이며, 그것을 중용으로 본다. 즉, 탁월성은 남보다 뛰어나다는 뜻이 아니라 중용을 의미하며, 행복이란 중용의 상태에서 영혼이 활동할 때 얻을 수 있다는 것이다.

그런데 중용은 산술적인 의미의 중간이 아니다. '열 그릇의 밥'이 한 끼로는 너무 많다는 사람도 있고 너무 적다는 사람도 있는 것처럼 중용의 상태는 사람마다 다르다. 상황에 따라서도 다르기 때문에 찾기가 힘든 오묘한 지점이다. 또 그것을 찾았다 하더라도 한 마리의 제비가 봄을 만들지 못하는 것처럼, 한때의 행복이 영원한 행복을 보장해주는 것은 아니라고 한다.

중용이란 정말 힘든 것 같다. 살아가면서 어떤 상황에 대해 화를 내고 나면 '내가 너무했구나' 하는 후회가 일었고 참고 나면 비굴한 느낌이 들었다. 세상을 날카롭게 비판하고 나면 '나는 뭐가 잘났다고 그러나' 하는 부끄러움도 들었고, 반대로 그 냥 지나치고 나면 '내가 너무 방관하는 게 아닌가' 하는 후회도 생겼다. 중용은 칼로 무 베듯이 쉽게 판가름 나지도 않고 머릿 속의 지식으로 판단되지도 않는 것 같다.

한편, 아리스토텔레스는 행복이란 '정적인 상태'가 아니며 '활 동'하는 가운데 얻는 것임을 강조한다. 만약 행복이 단지 품성 상태, 중용의 상태를 가리킨다면 평생 잠만 자는 사람도 행복 하다고 할 수 있을 것이다. 그러나 그것은 행복이 아니다. 행복 은 중용의 상태에 머물러 있는 것이 아니라, '탁월성에 따른, 즉 중용의 상태에서 이루어지는 영혼의 활동'이라고 한다. 중요한 것은 육체가 아닌 영혼이고, 정적인 상태가 아닌 활동인 것이 다. 그중에서도 관조적인 활동이 최고의 활동이라고 한다. 그런 데 '관조'란 고요한 마음으로 사물이나 현상을 관찰하는 것인 데 어떻게 그것이 활동이 될 수 있을까? 아리스토텔레스는 이 렇게 말한다.

관조적 활동만이 그 자체 때문에 사랑받는 것 같다. 관조적 활 동으로부터는 관조한다는 사실 이외에 아무것도 생겨나지 않

중년
독서

는 반면, 실천적 활동으로부터는 행위 자체 외의 무엇인가를 다소간 얻고자 하기 때문이다.

—「니코마코스 윤리학」 371쪽

아리스토텔레스는 '더 많이 관조하는 사람에게 행복도 더 많이 돌아간다'고 말한다. 그런데 여기서 '관조'를 명상, 사유, 사색이란 말로 바꾸어도 되지 않을까? 세상 속에 살면서, 세상의 흐름과 사람들을 깊고 그윽하게 관찰하면서 고요하게 이성적으로 사유하는 상태. 그것이 관세음보살의 반가사유상 혹은 동굴 속에서 기도하는 수도사의 모습과 무엇이 다를까?

그는 또한 '지성을 따르는 삶은 인간적인 삶에 비해 신적인 것'이라고 한다. 그리고 더 나아가 이렇게 말한다.

'인간이니 인간적인 것을 생각하라' 혹은 '죽을 수밖에 없는 운명이니 죽을 수밖에 없는 것들을 생각하라'고 권고하는 사람들을 따르지 말고, 오히려 우리가 할 수 있는 데까지 우리들이 불사불멸의 존재가 되도록, 또 우리 안에 있는 것들 중 최고의 것에 따라 살도록 온갖 노력을 기울여야만 한다. 이 최고의 것이 크기에서는 작다 할지라도, 그 능력과 영예에 있어서는 다른 모든 것을 훨씬 능가하기 때문이다.

—『니코마코스 윤리학』 372쪽

영혼 불멸을 믿지 않은 지극히 현실적인 사람인 줄 알았던 아리스토텔레스가 불사불멸의 존재가 되도록, 우리 안에 있는 것들 중 최고의 것에 따라 살도록 노력을 기울이라고 말한다. 그는 단지 분석을 하고 논리를 전개하는 철학자가 아니었다. 그는 지성의 힘을 믿었고 그것을 통해 신적인 경지로 초월하는 경험을 했던 것 같다.

책을 덮으며 위로를 받을 수 있었다. 나는 과거의 내 실수와 잘못에 대해 많이 후회하지만 그것이 중용을 찾아가는 과정으로 생각하기로 했다. 아리스토텔레스도 중용이란 적절한 즐거움과 고통을 체험하는 가운데 찾아진다고 말했다. 행복이란 어느 날 갑자기 생기는 것이 아니라 노력과 성찰 속에서 조금씩 터득해가는 것이란 말은 희망이 되어 다가오고 있다.

　나이가 든다는 것이 나쁘지만은 않다. 육체가 기울고 병은 들지만 영혼의 세계가 조금씩 열리기 때문이다. 진정한 행복은 '영혼의 활동'에서 온다는데, 욕망과 아집과 감정에 집착했던 젊은 시절에는 그게 힘들었다. 이제 중년이 되니 영혼, 관조, 사색, 성찰, 기도라는 말이 가슴에 콕콕 와 닿는다. 희망은 계속 자라나고 있다.

아리스토텔레스는 행복에 대한 논의를 개인적인 영역에서 사회적으로도 확장시킨다. 그는 모든 국민이 가장 행복한 삶을 누리게 해주는 국가가 가장 좋은 국가이며, 그런 국가를 만들기 위해서는 정의가 필요하다고 본다. 그리고 공정한 분배적 정의, 시정적^{맞고 올바른 것} 정의, 교환적 정의 등에 대해 논하다가 정치적 정의까지 다룬다.

그런데 아리스토텔레스의 논리에 비추어본다면, 공정한 사회 속에서 경제적으로 부유하게 살아간다고 해서 인간의 행복이 저절로 오는 것은 아니다. 아무리 사회가 제대로 돌아간다 해도 인성이 그른 사람에게는 행복이 요원해진다. 반대로 사회가 어수선해도 각자의 노력과 성찰이 있다면 행복은 멀리 있는 것이 아니라는 생각도 든다. 결국 행복을 얻는 데 가장 중요한 것은 올바른 인성이 아닐까?

『니코마코스 윤리학』을 읽다가 진도가 안 나갈 때면 팔베개를 하고 20여 년 전에 본 아리스토텔레스의 동상을 떠올렸다. 당시 나는 불가리아에서 버스를 타고 국경을 넘어 테살로니키에 도착했다. 어둑어둑해지던 저녁나절, 숙소를 찾아 해안길을 걷던 중 그의 동상을 보았다.

아리스토텔레스는 테살로니키를 거쳐 근처 마케도니아 왕국의 수도였던 펠라에 들렀을 것이다. 테살로니키에서 며칠 머무는 동안 나는 마케도니아 고대 왕궁의 성터가 있는 베르기나와 알렉산드로스 대왕이 태어나 자란 마케도니아 왕국의 수도 펠라를 돌아보았다. 20여 년 전, 펠라에는 조그만 박물관만 있었고 텅 빈 유적지가 허허벌판처럼 펼쳐져 있었다. 아리스토텔레스는 이곳에 머물며 알렉산더 대왕을 가르쳤을 것이다.

아리스토텔레스는 외모와 행색이 볼품없었다. 혀 짧은 소리로 말했고, 가자미눈에 대머리였으며 바짝 마른 몸을 갖고 있었다. 화려한 옷을 걸치고 반지와 헤어스타일로 치장했지만 매우 촌스러웠다고 한다. 하지만 그는 멋지고 복된 삶을 살다 갔다. 그의 이름은 아리스토스aristos, 가장 좋은와 텔로스telos, 목적라는 두 단어가 조합되어 지어졌다고 한다. 실제로 아리스토텔레스는 자신의 이름처럼 평생 사람과 사물 속에 깃든 '가장 좋은 목적'을 찾는 삶을 살다가 갔다. 보람찬 생애였음에 틀림없다.

중년
독서

잃어버린 시간을 찾아서

미하엘 엔데
「모모」

요즈음 은퇴하는 친구들이 하나둘 늘어가고 있다. 은퇴 후 기다렸다는 듯 여유로운 시간을 즐기는 친구들도 있지만, 길거리를 배회하며 고민하는 친구들도 있다. 경제적으로 어렵지 않은데도 갑자기 많아진 시간을 주체하지 못해 '뭐라도 해야지' 하며 초조해하기도 한다. 시간은 정말 적어도 문제, 많아도 문제인 것 같다.

시간이란 과연 무엇일까?

미하엘 엔데의 『모모』는 시간에 관한 동화 같은 소설이다. 학창 시절에 이 소설을 너무 좋아해서 이미 여러 번 읽었다. 꽉꽉한 세상에서 도피하고 싶은 마음 때문에 그랬던 것 같다. 주인공 모모처럼 동굴에서 지내면서 시간을 나눠주는 '호라 박사'도 만나고 사람들과 자유롭게 어울려 노는 삶을 상상했다. 그러나 바쁜 현실은 나를 그런 비현실적인 상상 속에 머물지 못하게 했다. 나는 어느샌가 시간에 쫓기는 삶을 당연하게 여기게 됐다. 급속하게 성장하던 우리의 환경 속에서 게으름은 죄악이었다.

그렇게 열심히 살다가 지쳐갈 무렵 여행의 길로 들어서서 한 시절을 자유롭게 살았다. 그러나 돌아와서는 먹고살기 위해 다시 정신없이 일해야만 했다. 현실 속에서 그렇게 진이 빠져가던 무렵 다시 『모모』를 읽었다.

작가 미하엘 엔데는 1929년 남부 독일에서 태어났다. 부모가 화가였는데 아버지는 나치 독일에 밉보여 어려움을 겪다가 독일을 탈출했다. 전후에 미하엘 엔데는 연극계에서 활동하다가 작가가 되었고, 1970년에 발표한 『모모』를 통해 현대 문명의 문제점을 짚었다는 평가를 받았다. 작가는 현대 문명의 문제를 계급, 평등, 자유의 관점으로 접근하지 않고 독특하게 '시간의 문제'로 접근했다. 그래서 약 50년 전의 소설인데도 지금의 우리에게 더 생생하게 다가온다. 1970년대 그 시절 우리나라는 근대화를 향해 정신없이 나아갈 때 독일에서는 이미 그런 문제점을 안고 고민했던 것 같다.

소설의 무대는 도시의 끝자락, 가난한 동네에 있는 원형극장의 폐허다. 길을 잘못 든 관광객이나 동네 사람과 아이들이 가끔 오는 이곳에 '모모'라는 꼬마 여자아이가 나타났다. 이 아이는 낡은 옷을 걸치고 맨발로 돌아다니며 성벽의 움푹 들어간 방에 머물렀다. 정확한 나이도, 어디에서 왔는지도 모르는 모모를 마을 사람들은 먹을 것을 주고 방을 꾸며주면서 돌본다.

모모는 똑똑하지 않았지만 사람들의 말을 들어주는 재주가 있었다. 사람들은 모모에게 말을 하다 보면 저절로 문제가 풀렸고 다툼이 있는 사람들은 스스로 화해했다. 모모는 특히 '베포'라는 청소부 할아버지와 '기기'라는 젊은 관광 안내원과 친했다. 베포는 늘 천천히 청소를 했다. 도로를 청소할 때면 다음 번의 비질만 생각하며 청소했다. 길 전체를 생각하면 조급해진다며 비질 한 번 하고는 숨 한 번 쉬고, 다시 비질 한 번 하고는 숨 한 번 쉬어가며 청소를 했다. 그는 항상 느긋했고 말수가 적었다. 한편, 기기는 재미있는 이야기를 지어내어 '거짓말'로 관광객들을 즐겁게 해주는 쾌활한 청년이었다.

이런 마을에 언제부턴가 회색 신사들이 나타났다. 잿빛 얼굴에 둥근 중절모자를 쓰고 작은 잿빛 시가를 피우는 이들이었다. 그들은 회색 승용차를 타고 거리를 돌아다니며 조그만 수첩에 뭔가를 적었다. 주민들의 신상을 파악해두고는 기회를 봐서 사람을 찾아오곤 했다. 이발사 푸지 씨에게도 그랬다. 푸지 씨는 작은 이발소 주인으로 어느 날 빗줄기를 바라보다 서글퍼진다. 성실하게 살아왔건만 문득 가위질 소리와 비누 거품과 함께 자신의 삶이 허망하게 흘러왔다고 생각한다. 평생 시간에 쫓겨 자유롭지 못한 삶을 살아왔다고 느끼는 순간 회색 신사가 나타난다. 시간저축은행 영업사원이라는 그는 자기 은행에 계좌를 개설하라고 권유한다.

회색 신사는 푸지 씨의 삶을 초 단위로 분석한다. 현재 푸지 씨의 나이는 42세. 잠은 하루에 여덟 시간 정도 자니 42년 동안 4억 4150만 4000초를 썼고, 하루 노동 시간이 여덟 시간이니 여기에도 4억 4150만 4000초를 썼다고 분석한다. 세끼 식사에 두 시간, 그렇게 42년을 보냈으니 1억 1037만 6000초를 썼고, 늙은 어머니와 살면서 이야기하느라 매일 한 시간씩 썼으니 총 5518만 8000초, 쓸데없이 앵무새를 보살피느라 15분씩 허비하니 1379만 7000초를 썼다. 그리고 일주일에 한 번 영화 구경을 하고 지역 합창단에도 가고, 저녁에는 친구를 만나거나 책을 읽는 등 쓸데없는 일을 하느라 모두 1억 6556만 4000초를 버렸다고 한다. 휠체어를 타고 다니는 다리아 양에게 꽃 한 송이를 선물하려고 매일 30분씩 방문하느라 2579만 4000초를 허비했고, 매일 밤 잠자리에 들기 전 창가에 앉아 15분을 낭비하니…… 이런 식으로 계산해서 다 합하고 나니 13억 2451만 2000초가 나왔는데, 이것은 바로 42년 인생의 시간과 같았다.

회색 신사는 42년이란 시간에서 푸지 씨의 모든 행위에 대한 시간의 총합을 뺀 숫자를 보여준다. '0'이라는 숫자를 보는 순간 푸지 씨의 심정은 참담해졌다. 자신의 인생에 아무것도 남아 있지 않은 것 같았다. 그런 푸지 씨에게 회색 신사는 시간저축은행에 저축을 하기를 권한다. 20년간 하루 두 시간씩 저축하면 1억 512만 초라는 어마어마한 재산이 모이고, 그것을 5년 동안 찾지 않으면 그만큼의 시간을 이자로 준다고 했다. 즉 5년마다 시간이 갑절로 불어나니 10년이면 네 배, 15년 후면 여덟 배의 시간이 늘어난다는 것이다.

이 장면에서 웃음이 터져 나왔다. 시간을 초로 환산해서 분석하니 어마어마하게 느껴지면서 '시간저축은행'이라는 소재를 끌어온 작가의 발상이 기발하게 여겨졌다. 물론 이것은 엉터리 계산이다. 쓸데없는 시간을 낭비하지 않고 모두 일하는 데 썼다 해도 결국 그 시간의 총합을 인생 기간에서 빼면 0이 된다. 이렇게 살든, 저렇게 살든 시간의 총합은 다 같은 것이다. 그런데 막연하게, 시간을 아껴야 뿌듯한 느낌이 드는 것도 사실이다.

나도 그런 경험을 한 적이 있다. 삼십 대 초반부터 여행을 하고 이곳저곳 들락날락하며 많이도 놀았다. 그러다 사십 대가 되니 인생을 너무 낭비했다는 느낌이 들었다. 앞으로 살아갈 날도 걱정되었다. 그래서 무섭게 일했다. 하루에 열두 시간 넘게 글을 쓰는 날도 많았다. 누구의 독촉도 없었지만 먹고 잠자는 시간을 아껴가며 글을 쓰고 책을 냈고, 쉼없이 일거리를 만들었다. 그러니까 회색 신사는 바로 우리 안에 있는 마음이었다.

푸지 씨는 당장 시간을 저축하겠다고 맹세한다. 그러나 회색 신사가 사라지자 방금 전의 일은 까맣게 잊고 마치 스스로 결심한 것처럼 열심히 일한다. 손님 한 명당 30분이 걸렸던 이발을 20분으로 단축하고, 손님들을 무뚝뚝하게 대하며 잡담도 피한다. 나이 든 어머니를 양로원으로 보내고 한 달에 한 번만 얼굴을 들이민다. 앵무새는 내다 버리고, 더 이상 다리아 양을 찾아가지 않으며 친구도 만나지 않는다. 그런데 시간을 아낄수록 푸지 씨는 신경이 날카로워졌고 하루하루가 점점 더 짧게 느껴졌다. 어느새 일주일이 지났는가 하면 벌써 한 달이 지났고, 한 해, 또 한 해, 또 한 해가 후딱 지나가 버렸다.

나 또한 푸지 씨처럼 변해갔다. 열심히 일할수록 어머니와의 대화 시간이 줄어들었고, 아내에게 벌컥벌컥 화를 냈으며, 친구들도 만나지 않게 됐다. 바쁠수록 불만이 쌓이고 신경이 날카로워졌으며, 계획한 일을 이루어갈수록 속은 오히려 공허해졌다. 어느 날 '이거 안 되겠다'라는 생각이 들었다. 그때부터 라디오를 들어가며 어머니와 화투를 치기도 하고, 일부러 빈둥거리는 시간을 만들려고 노력했다. 그러나 치열한 생존경쟁이 벌어지고 있는 현실을 떠올리면 늘 불안했다.

50, 60년 전의 독일 상황이 그랬던 모양이다. 대도시에는 어느새 푸지 씨 같은 사람이 많아졌고, 라디오와 텔레비전, 신문에서는 날마다 시간 절약에 대해 강조했다. 보람찬 인생을 위해 시간을 아끼라는 구호가 온 사회에 가득 찰수록 사람들의 얼굴에는 피곤과 불만이 잔뜩 배어갔다. 사람들은 심지어 여가 시간까지도 알차게 이용해야 한다며 자극적인 오락을 찾았다.

우리는 50, 60년 전의 독일보다 더 분주한 사회를 살고 있는 것 같다. 인터넷과 스마트폰의 등장으로 분주함은 가속화되었다. 미하엘 엔데는 『모모』를 쓰던 그 시절, 이런 문제에 대한 해결책을 '시간을 어떻게 대할 것인가'라는 '태도'에서 모색했다.

소설 속에서 회색 신사들은 만만치 않았다. 자신들의 음모에 말려들지 않는 모모를 제거하려고 하지만, 모모는 거북이 '카시오페이아'를 따라서 시간을 나눠주는 호라 박사의 세계로 간다.

호라 박사는 모모에게 회색 신사들의 음모를 알려주고 시간이 나오는 신비한 광경을 보여준다. 높은 곳에서 빛의 기둥이 새어 나와 둥근 연못에 쏟아져 내렸고, 그 빛의 기둥 안에는 거대한 추가 있었다. 그 추가 연못을 왔다 갔다 할 때마다 물속에서 커다란 꽃봉오리가 떠올랐다가 어두운 심연으로 사라지기를 반복했다. 순간순간 피어나는 아름다운 '시간의 꽃'들은 지극히 아름다웠다. 호라 박사는 누구나 마음속에 그런 장소가 있다며 회색 신사들의 정체를 밝힌다. 회색 신사들은 이 시간의 꽃들을 빼앗아 창고에 보관해뒀다가 그 잎사귀로 시가를 말아 피우면서 생명을 연장한다는 것이었다.

모모가 현실로 돌아왔을 때 인간 세계는 그사이 1년이 지났고 엄청나게 변해 있었다. 모든 것이 정확하게 계산되고 계획되는 세상에서 다들 바쁘게 일하고 있었고, 인정이 메말라갔으며 아이들은 탁아소에서 관리하고 있었다. 청소부 베포는 예전과 달리 미친 듯이 비질을 했고, 관광 안내원 기기는 유명인이 되어 바쁘게 뛰어다니느라 지친 사람이 되어 있었다. 그 후 펼쳐지는 사건은 동화적이면서 흥미진진하다. 결국 모모가 회색 신사들이 저장한 시간을 세상에 돌려주면서 사람들은 예전의 모습으로 돌아간다.

재미있게 읽은 후 잠자리에 누우니 소설 속의 장면이 떠올랐다. 내 마음속 깊은 곳에서 환한 시간의 꽃봉오리들이 솟구치는 것만 같았다. 황홀한 기분 속에서 깊은 잠을 잘 수 있었다. 그러나 다음 날 아침부터 나는 또 부지런히 움직였다. 직장인은 아니지만 집에서 날마다 글을 쓰고 책을 읽는다. 어쩌다 강의 때문에 출근 시간대에 시내에 나가면 다른 세상이 펼쳐졌다. 지하도에서 사람들이 말처럼 달리고 있었다.

이런 사회에서 '시간의 꽃'을 상상하거나 여유 있게 살아가는 게 가능할까?

현실은 만만치 않다. 천천히 살아가자고 아무리 마음을 다잡아도 돈을 벌자면 바쁜 궤도 속으로 들어갈 수밖에 없다. 자, 그러니 어떻게 살 것인가? 일만 하다가는 골병이 들고, 게으름만 피우다가는 밥을 굶는다.

어쩔 수 없다. 이 구조를 탈출하지 못한다면 일단은 현실에 적응할 수밖에. 그러나 나는 가끔 망중한을 즐긴다. 야무지게 일을 끊은 채 공원 벤치에 앉아 햇살을 쬐며 멍 때리는 시간을 보낸다. 그럴 때 호라 박사가 보여준 시간의 꽃들이 가슴속에서 피어난다.

혹은 여행을 떠난다. 국내도 좋고 해외도 좋고 동네도 좋다.

중요한 것은 천천히, 여유 있게, 나만의 시간을 즐긴다는 것. 남들이 다 가는 맛집이며 이런저런 볼거리를 다 찾아다니느라 허겁지겁 다닌 적도 있었는데, 그건 바쁜 일상의 반복일 뿐이었다. 요즘은 여행을 가면 우연에 맡긴다. 우연한 곳에서 먹고 우연한 장소에서 쉰다. 한적한 바닷가의 제방에 앉아 있거나, 오래된 골목길을 기웃거리며 걷거나, 버스 차창 밖에서 불어오는 바람을 쐬는 그 우연이 나를 행복하게 한다.

중요한 것은 시간에 대한 태도라고 생각한다. 『모모』의 메시지도 그런 것이 아닌가? 세상을 어쩌지 못한다 해도 자신의 태도는 스스로 변화시킬 수 있다는 것.

인생이란……

오정희
「중국인 거리」

아이들이 한창 자랄 때는 자주 앓는다. 커가는 과정에서 몸이 불균형한 상태이기 때문이다. 어찌 몸만 그럴까? 마음은 또 얼마나 불안하고 힘든가? 사춘기 시절에 겪는 성장의 고통은 나무가 겨울의 힘든 시기를 겪어내며 나이테를 만들어내는 것과도 같다. 종종 그것은 아픈 기억으로 우리를 괴롭히지만, 그 고통이 있었기에 자신이 성장했다는 것을 시간이 지나면 알게 된다.

오정희의 「중국인 거리」는 한 소녀가 겪는 성장통을 섬세한 관찰과 묘사로 보여준다. 나는 마흔이 훌쩍 넘어 이 소설을 처음 읽었다. 소설의 무대인 인천 차이나타운의 어느 카페에서였다. 읽는 내내 서늘한 감동이 밀려왔다. 묘한 기분이 들었다. 삼십 대 초반의 여성 작가가 십 대 초반의 소녀인 '나'를 통해 표현한 글이 중년 남성을 감동시키다니.

작가의 글에서 풍기는 풍부한 문학적 향기 때문일까? 그 후 소설을 필사하면서 더 빠져 들어갔다. 1950년대 후반의 빈곤하고 스산한 '중국인 거리' 풍경 속에 내가 살던 서울 변두리의 1960년대 풍경이 어려 있어서 더 공감했는지도 모른다.

인천 차이나타운은 20여 년 전부터 수없이 드나들었다. 그곳은 내가 떠나지 못할 때 떠나는 몸짓을 하던 곳이었다. 10월 초의 축제 때는 짜장면도 먹고 흥겨운 행사도 보고, 한적한 봄에는 자유공원 꽃구경을 가고, 밴댕이회도 먹고 공갈빵도 먹으며 중국 분위기에 푹 젖어들었다. 그리고 버스를 타고 월미도로 가 부연 서해 바다를 바라보았다. 가끔 배를 타고 영종도로 가다가 따라오는 갈매기에게 먹이를 던져주기도 했다. 영종도 선착장 부근에서 버스를 타고 인천공항에 가서 저녁을 먹은 후 공항버스를 타고 집으로 돌아오면 먼 나라를 여행하고 온 것만 같았다.

그런 인천 차이나타운이 「중국인 거리」를 읽은 후부터는 다르게 다가왔다. 주인공 소녀가 살던 집이 어디쯤이고, 심부름 다니던 푸줏간은 어디에 있었는지 궁금해하며 중국인 거리를 기웃거렸다. 그러다 2014년 어느 날 경인일보에 실린 오정희 작가의 인터뷰 기사를 보았다. 기자와 함께 차이나타운을 거닐며 작가가 작품 속 배경을 설명하는 내용인데 얼마나 반가웠는지 모른다. 그곳은 내가 상상했던 장소와 약간 차이가 있었다. 인천 차이나타운의 지리에 훤한 나는 신문기사를 보는 순간 금방 위치를 알 수 있었다.

11월 중순의 어느 금요일, 두근거리는 가슴을 안고 또다시 그곳을 찾았다. 구름 낀 싸늘한 날씨였다. 인천역에 도착하니 11시 반 정도. 비릿한 바닷바람이 상쾌했다. 주말이나 축제 때는 미어터지는 차이나타운이 평일 오전에는 한산했다.

작가가 실제로 살았던 집은 과거의 '청일조계지' 근처에 있었다. 이곳은 개항기였던 1883년부터 30여 년간 중국인과 일본인의 집단 거주지를 가르는 경계선으로 언덕에는 중국인들이, 평지 쪽에는 일본인들이 모여 살았다. 지금도 언덕 쪽에는 중국풍의 붉은색 식당과 건물이 많이 남아 있고, 평지 쪽에는 일본식 목조 건물과 일본 은행 건물들이 남아 있었다. 그중에서 눈에 띄는 것이 대불호텔이었다. 1883년에 지어진 한국 최초의 호텔로 식사와 함께 커피를 제공해서 한국 최초의 커피숍으로 알려지기도 했다. 이곳은 건물이 헐려서 빈 터만 남아 있었는데 이번에 가보니 상징적인 건물로 복원이 되어 있었다.

작가 오정희가 살던 집은 대불호텔 맞은편의 일본인 거리에 있었다. 현재 '복림원'이란 중국집이 들어선 3층 석조 건물로, 작품 속에서는 2층 목조집으로 등장한다. 복림원은 20명 정도 앉을 수 있는 작은 식당이었다. 나는 차돌박이 짬뽕에 이과두주를 시켰다. 흐리고 추운 날에, 나를 매료시킨 소설의 작가가 살았던 장소에 오니 한잔하지 않을 수 없었다.

　작가가 이곳에서 산 시기는 여덟 살 때였던 1955년부터 1959년
까지다. 작가의 가족은 6·25전쟁 때 충남 홍성에서 피난생활
을 하다가 전쟁이 끝나자 아버지가 석유 소매업소 소장으로 취
직하면서 이곳으로 왔다. 소설에서도 주인공 '나'의 가족은 어
느 봄날 석유 소매업소에 취직한 아버지를 따라 인천으로 이사
한다. 먼 시골에서 새벽밥을 지어 먹고 세간을 거리에 내놓은
채 트럭을 기다렸지만 밤이 되어서야 트럭이 나타났다. 캄캄한
어둠과 차가운 바람을 뚫고 내내 달려 이곳에 도착하니 새벽이
었다. 그 간단한 이야기가 문학적 향기가 넘치는 글로 인해 생
생하게 눈앞에 펼쳐진다.

　　트럭은 기름을 넣기 위해 한 차례 멎고 두 번 고장이 났으며
　　굽이굽이 수많은 검문소를 지나쳐 강과 산과 잠든 도시를 밤
　　새도록 달려 날이 밝을 무렵 이 도시로 진입해 들어왔다. 우리
　　가 탄 트럭의 낡은 엔진의 요란한 소리에 비로소 거리는 푸득
　　푸득 깨어나기 시작했다. 바다를 한 뼘만치 밀어둔 시의 끝, 해
　　안 동네에 다다라 우리는 짐들과 함께 트럭에서 내려졌다. 밤
　　새 따라오던 달은 빛을 잃고 서쪽 하늘에 원반처럼 납작하게

중년
독서

걸려 있었다. (……) 폭이 좁은 길을 사이에 두고 조그만 베란다가 붙은, 같은 모양의 목조 이층집들이 늘어선 거리는 초라하고 지저분했으며 새벽닭의 첫 날갯짓 같은 어수선한 활기에 차 있었다.

—「중국인 거리」, 『유년의 뜰』 85~86쪽

초등학교 2학년인 '나'는 가끔 되바라진 모습을 보인다. 이발사에게 상고머리로 깎아달라 했는데 뒷박 머리로 깎아놓자 "죽을 때까지 이발쟁이나 해요"라고 쏘아붙인다. 심부름으로 돼지고기 반 근이나 반의 반 근을 사러 푸줏간에 가면, 어머니가 시킨 대로 푸줏간 사내에게 이렇게 따진다. "애라고 조금 주세요?"

전쟁 후 각박한 살림 속에서 살아가자니 어른들에게도, 아이들에게도 험한 시절이었다. 아버지는 돈 버느라 바쁘고, 어머니는 끊임없이 아이를 낳고 또 여덟째를 임신했으니 '나'를 챙겨줄 사람은 없다. 같이 사는 할머니는 친할머니가 아니다. 할머니는 시집온 지 얼마 되지 않아 할아버지가 할머니의 동생을 첩으로 들이는 바람에 버림받았다. 그 후 조카딸인 '나의 어머니'와 함께 살아가는데 어느 날 중풍에 걸려 할아버지에게 보내졌지만 두 계절이 지난 후 죽음을 맞이한다. 이 소설에 등장하는 사람들과 분위기는 이처럼 우울하다. 중국인 거리는 언제나 탄가루로 그늘졌으며 거무죽죽한 공기 속에서 해는 늘 낮달처럼 희미하게 걸려 있다고 묘사된다.

중국집에서 나오니 날이 더 음산했다. 술에 약간 취하니 어린 시절의 작가 혹은 소설 속의 주인공 소녀가 어디선가 나타날 것만 같았다. 소설 속에서 석탄 차가 인천역에 들어오면 아이들은 신발 주머니나 시멘트 부대에다 석탄을 훔쳐 넣었다. 그것을 선창가 간이음식점에 가서 가락국수와 만두와 찐빵과 군고구마와 바꿔 먹느라 아이들은 사철 검정 강아지였다. 청일조계지 언덕길에 허름한 집들이 있다고 묘사되어 있는데 지금도 그렇다. 맞은편 푸줏간 자리에는 '청화원'이라는 번듯한 중국집이 들어섰고 작은 카페들도 보였다. 그래도 여전히 허름하고 오래된 집들이 언덕길을 따라 남아 있었다.

그 언덕길 집들 가운데 하나가 소설 속 치옥의 집이었을 것이다. '나'의 유일한 친구 치옥은 아버지와 계모와 함께 살았고 그 집에 매기 언니가 세 들어 살고 있었다. 치옥은 미군 흑인 병사와 함께 사는 매기 언니처럼 '양갈보'가 되는 게 꿈이었다. 그 시절에는 '양갈보'가 흔히 쓰이는 말이었다. 그 후 '양공주'라는 말로 바뀌었는데 모두 어둡고 서글픈 시대를 떠올리게 하는 말이다.

종종 계모에게 얻어맞아 피멍이 드는 치옥은 멋진 화장을 하고 미국 물건을 쓰는 매기 언니가 부럽다. 그러나 매기 언니는 같이 살던 흑인 병사에게 살해당한다. 그 시절 월미도와 인천 부근에는 미군 부대가 많아서 매기 언니 같은 여인이 많았다고 한다.

치옥의 아버지는 제분공장에서 다리를 다쳐 일할 수 없게 되자 딸을 미장원에 맡긴 뒤 계모와 함께 중국인 거리를 떠난다. 그 후 치옥은 학교에 다니지 못했다. '나'는 매일 학교를 오가며 미장원 유리문을 통해 치옥을 본다. "치옥이는 자꾸 기어 올라가는 작은 스웨터를 끌어당겨 바지허리 위로 드러나는 맨살을 가리며 미장원 바닥에 떨어진 머리칼을 쓸고 있었다"고 작가는 썼다. 눈물이 핑 도는 장면이다. 전쟁을 거치며 부모와 떨어져 홀로 살아가던 아이가 어디 치옥뿐이었을까. 치옥은 지금 칠십 대 할머니가 되어 있겠지. 아픈 과거의 모습들이다.

여기서 등장하는 '그'라는 중국인 남자가 특이하다. '나'와 '그'는 서로 관심 있게 쳐다보지만 이야기를 나누지는 않는다. 아무도 돌봐주지 않는 '나'는 그의 시선을 의식하는데 작가는 중국인 그에 대해 "충족되지 못하는 욕망, 현실을 견뎌내기 위해 불러온 곡두, 혹은 근원적인 그리움, 자아의식에 투영된 자신"이라고 표현하고 있다.

곡두란 눈앞에 없는 존재가 있는 것처럼 보이다가 사라져버리는 환영 같은 것이다. 중국인 '그'는 곡두처럼 늘 '나'를 바라만 본다. 소녀의 시선에 비친 중국인들은 신비롭고 이상했다.

우리는 그들과 전혀 접촉이 없었음에도 언덕 위의 이층집, 그속에 사는 사람들은 한없이 상상과 호기심의 효모였다. 그들은 우리에게 밀수업자, 아편쟁이, 누더기의 바늘땀마다 금을 넣는 쿠리, 그리고 말발굽을 울리며 언 땅을 휘몰아치는 마적단, 원수의 생간을 내어 형님도 한 점, 아우도 한 점 씹어 먹는 오랑캐, 사람 고기로 만두를 빚는 백정, 뒤를 보면 바지도 올리기 전 꼿꼿이 언 채 서 있다는 북만주 벌판의 똥 덩어리였다. 굳게 닫힌 문의 안쪽에 있는 것은, 십 년을 사귀어도 좀체 내뵈지 않는다는 깊은 흉중에 든 것은 금인가, 아편인가, 의심인가?

—「중국인 거리」, 「유년의 뜰」 92쪽

물론 상상 속의 이야기다. 작가 오정희는 이 거리에 살면서 중국인과 말을 해본 적도 없고 사귀어본 적도 없다고 한다. 다만 소문과 상상 속에서 어린 소녀의 눈에 비친 중국인들은 공포스럽고 신비스런 존재였다. 지금 중국인 거리의 화교들은 더 이상 공포나 신비의 대상이 아니다. 한국말도 잘하고 밀려드는 손님을 친절하게 맞는다. 거리에 중국풍 건물들과 관광객들의 웃음이 어우러져 그 옛날의 음침한 분위기는 찾아볼 수 없다.

11월 중순의 자유공원은 가을이 푹 익어가고 있었다. 단풍이 붉게 물들었고 길바닥에 낙엽이 깔려 있었다. 소설 속의 아이들은 이 길을 오가며 놀았다. 아이들은 미군의 칼에 죽은 도둑고양이 시체를 부둣가 방죽 아래에 버린 후 이 공원으로 올라와 놀란 가슴을 진정시킨다. 주인공 '나'는 바다에 '섬처럼, 늙은 잉어처럼 조용히 떠 있는' 외국 화물선들을 보면서 공원 뒤편 성당에서 울려오는 종소리를 듣는다. 지금도 주변에는 십자가가 걸린 성당과 교회들이 꽤 있다.

소설 속에서 주인공이 할머니의 녹슨 패물을 묻은 곳이 이 근처였다. 중풍에 걸린 할머니가 집을 떠나고 난 뒤 주인공은 할머니가 남긴 동강난 비취 반지, 녹슨 구리 버클, 왜정 때의 백동전 몇 닢, 단추 몇 개, 색실 토막 따위를 손수건에 싸서 오리나무 밑에 묻었다. 맥아더 장군 동상에서 할머니의 나이인 예순다섯 발자국만큼 떨어진 오리나무 밑에. 그로부터 두 계절이 지난 겨울 어느 날 할머니의 부음을 듣는다. 주인공 소녀는 저녁 내내 아무도 찾아내지 못할 골방의 잡동사니 틈에서 숨을 죽이고 있다가 밤이 되자 공원으로 나온다. 그리고 자신이 파묻었던 것을 파내어 손수건에 든 것들을 꺼내 나무 밑에 다시 묻고 덮는다.

늘 같이 지냈던 할머니의 죽음을 소녀는 자신의 방식대로 기렸다. 슬픔과 허전함을 느끼며 소녀는 맥아더 장군 동상에 기대어 깜깜하게 엎드린 바다를 바라보고, 바람에 실린 해조류의 냄새를 깊이 들이마시며 이렇게 독백한다.

인생이란…… 나는 중얼거렸다. 그러나 뒤를 이을 어떤 적절한 말도 떠오르지 않았다. 알 수 없는, 복잡하고 분명치 않은 색채로 뒤범벅된 혼란에 가득 찬 어제와 오늘과 수없이 다가올 내일들을 뭉뚱그릴 한마디의 말을 찾을 수 있을까?

— 「중국인 거리」, 『유년의 뜰』 113쪽

가슴이 먹먹해지는 대목이다. 중년의 나도 여전히 '인생이란……' 하면 그 뒤에 이을 말이 생각나지 않는다. 이유 없이 슬프다. 방황하던 젊은 시절의 아픔이 떠오르고 미래는 안개 낀 거리처럼 불투명하다. 고통과 슬픔을 이겨내고 세월이 흐르고 나면 뭔가 알아질 줄 알았다. 웬만한 세상일에는 흔들리지 않고 평정심을 유지하며 의연하게 살아질 줄 알았다. 그런데 아니었다. 나이가 들수록 세상을 더 모르겠다. 나도 모르겠고, 사람도 모르겠고, 삶도 잘 모르겠다. 과거에 알았던 것도 돌연 알 수가 없어진다.

종종 허전하고 불안할 때 귓가에 뱃고동 소리가 들려왔다. 깊은 무의식에서 울리는 뱃고동 소리를 들으면 세상이 아득하게 멀어졌다. 맥아더 동상을 돌아보다 광장으로 내려와 바다를 내려다보았다. 커다란 배들이 정박해 있었으나 뱃고동 소리는 들리지 않았다. 늦가을 나이에 늦가을 날씨 속에서 내려다본 바다는 말없이 누워 있었다.

소설 속의 어린 소녀는 험한 시절을 뚫고 자라난다. 6학년이 되어 키가 한 뼘이나 자랐다. 죽은 고양이를 방죽에 버렸던 오빠는 강아지 한 마리를 키웠다. 언덕 위 이층집 창문에서 소녀를 부른 중국인 '그'는 종이 꾸러미를 선물로 주었다. 속에 든 것은 중국인들이 명절 때 먹는, 세 가지 색 물감을 들인 빵과 용이 장식된 엄지손가락만 한 등이었다. 소녀는 몰래 벽장 속으로 숨어들어 어머니의 비명과 종소리를 들으며 죽음과도 같은 낮잠에 빠져든다. 잠에서 깨어났을 때 어머니는 여덟 번째 아이를 밀어내었고 소녀는 초조初潮를 한다. 새로운 생명이 태어났고 새로운 삶이 시작되고 있었다.

희뿌연 구름이 낀 하늘에서 빗방울이 가늘게 뿌려지기 시작했다. 청일조계지 경계선 계단으로 내려오다 근처 카페에 들어갔다. 아무도 없었다. 여인에게 따스한 아메리카노 한 잔을 주문했다.

"2층으로 올라가시면 좋아요. 고양이 한 마리가 있는데 괜찮겠어요?"

올라가니 널찍한 마루에 좌식 테이블이 몇 개 있었다. 창문마다 희끄무레한 하늘과 바다가 걸려 있었다. 창유리에 물방울이 어렸고, 텅 빈 마루 구석에 놓인 쿠션 좋은 소파에서 고양이가 낮잠을 자고 있었다. 나는 구석의 테이블에 자리를 잡고 노트북을 꺼내 그날 돌아본 '중국인 거리'에 대한 글을 쓰기 시작했다. 아늑하고 조용했다. 오후 2시 반인데 저녁이 다 된 것 같았다. 잔잔한 클래식 음악이 흐르고 있었다. 어느새 3시 반. 날은 더 어두워져 있었다. 사내 네 명이 들어와 사진을 찍더니 무슨 업무 계획을 짰고, 잠시 후 두 명의 여인이 들어와 소곤소곤 이야기를 나누었다.

바람에 흔들리는 창밖의 나뭇가지를 바라보다 늘 알 수 없던 그 질문을 다시 떠올렸다.

왜 중년 남성인 내가 젊은 여성 작가가 쓴 어린 소녀의 이야기에 감동하는 것일까?

이 소설은 작가의 현실적인 체험을 통해 나온 이야기지만 작가가 창조한 '다른 세계'다. 작가는 작품을 쓰기 위해 이곳을 다시 찾지는 않았다고 한다. 어린 시절의 추억과 이미지만 떠올리며 작품을 썼고, 쓰고 나서도 다시 찾아오지 않았다. 그러다 몇 년 전에야 수십 년 만에 방문했다고 한다.

내가 이 소설에 그토록 매료된 이유는 무엇일까? 한 소녀의 깊은 감수성을 통해 형성된, 현실과 비현실의 중간에 걸린 다른 세계에 매료되었기 때문이 아닐까? 나는 늘 그것을 찾아다녔다. 내가 그토록 해외를 쏘다닌 것도, 세상의 경계선에서 은둔과 도피를 꿈꾸었던 것도 전부 현실에서 이탈해 다른 세계로 가고 싶어서였다. 소설의 배경지를 찾아다닌 것도 현실을 확인

하기 위해서가 아니라 현실을 이탈하기 위해서였다.

그런데 세월이 지나면서 또 다른 이유를 알았다. 바로 한 인간이 자라나는 가운데 마주치는 성장의 고통이 너무도 아름답게 표현되었기 때문일 것이다. 우리는 성장하면서 겪은 고통의 기억을 누구나 갖고 있다. 다시 떠올리기가 싫을 만큼 고통스런 기억일 수도 있지만 세월이 흐르고 나면 대개 아름다운 추억으로 남는다.

나는 작가와 다른 곳에서 다른 시대를 살았고, 또한 나는 소녀가 아니라 소년이었지만, 나 역시 1960년대의 빈곤과 좌절과 우울과 함께 유년기를 보냈기에 주인공 소녀의 아픔을 이해할 수 있을 것 같다. 그 정서를 공유하기에 「중국인 거리」를 읽을 때마다 깊이 공감하고 위로받는다. 결말에서 보여준 희망 때문이 아니라 그 어려운 시절을 우리 모두 묵묵히 견뎌내고 살아냈다는 사실에서 위로받는다.

그러니 앞으로 어떤 고통을 겪더라도 또 인내할 일이다. 시간이 지나고 나면 그것은 또 하나의 나이테가 되어 아련한 추억이 될지도 모르니까. 태어날 때 탯줄이 끊기는 고통과 불안이 새로운 생명의 시작이었듯이 언젠가 우리가 세상을 떠난다는 것은 다른 세상으로의 출발인지도 모른다.

중년
독서

카페를 나오니 오후 4시 반. 비가 그친 일본인 조계지를 천천히 돌아보았다. 2층짜리 일본풍 목조 가옥이 줄지어 들어선 길에 중년 남녀가 여행가방을 끌고 가고 있었다. "무코^{저기}……"라고 하는 것을 보니 일본인이다. 비가 와서일까, 목조 가옥에서 풍기는 삼나무 냄새가 상쾌했다.

언젠가 이곳 어딘가에서 묵어보고 싶다는 생각이 들었다. 깊은 밤, 인적 없는 그 길을 뚜벅뚜벅 거닐고 있노라면 130년 전 개항기의 풍경, 중국 화교들과 일본인들이 걷던 모습이며 60여 년 전 중국인 거리를 오가던 소설 속의 어린아이들이 나타날 것만 같았다.

길거리 한구석에 앉아 어둠을 바라보며 월병 한 조각이라도 베어 물면, 마들렌 과자 한입에 '잃어버린 시간'과 마주치던 마르셀 프루스트처럼 나 역시 무의식에 어린 그 세계를 만날 수 있을 것 같았다.

세상이 생각대로 되지 않는 건
멋진 일이에요

루시 모드 몽고메리
「빨간 머리 앤」

어느 해 늦가을, 군산을 여행하던 중이었다. 저녁을 먹고 컴컴한 길을 걷다가 우연히 들어간 카페에서 작은 칠판에 적힌 글을 보았다.

> '세상은 생각대로 되지 않는다'고 하지만 생각대로 되지 않는 건 멋진 일이에요. 생각지도 못한 일이 일어나는걸요.
>
> ─빨간 머리 앤

『빨간 머리 앤』에 저런 대사가 나오던가? 이 소설은 오래전 텔레비전에서 애니메이션으로 방영되었던 것으로 기억한다. 부모를 잃은 여자아이가 자라며 겪는 이야기로 알고 있는데, 저 글귀를 만날 때까지도 나는 『빨간 머리 앤』의 내용을 잘 몰랐다. 사내아이였던 나는 어린 시절부터 『톰 소여의 모험』이나 『허클베리 핀의 모험』에 심취했지, 소녀들의 이야기에는 관심이 별로 없었다. 그런데 칠판에 적힌 앤의 대사가 심장을 쿵 울릴 정도로 공감이 되었다. 세상일이 마음대로 되지 않는다는 걸

수없이 경험하며 우울에 빠져 있던 중년의 나이였기 때문일 것이다.

집에 돌아와 『빨간 머리 앤』을 읽기 시작했다. 소설 속의 어린 소녀는 감수성이 말라가는 중년의 마음을 녹여버렸다. '빨간 머리 앤'이 너무도 가엾고 사랑스러웠다. '이런 딸 하나 있으면 얼마나 좋을까'라는 생각이 들 정도였다. 아내와 여성들을 좀 더 이해하는 계기도 되었다. 남자 형제만 있는 나는 여성들의 세계를 잘 모른 채 자랐다. 집에서도 몰랐고 학교에서도 몰랐다. 세상을 '남성의 틀'로 바라보는 데만 익숙했다. 돌이켜보니 그런 나는 여성으로서의 어머니 마음을 이해하지도 못했고 결혼 후 아내의 입장도 잘 몰랐다.

똑같은 책이라도 누가 언제 읽는가에 따라 다르게 다가온다. 『빨간 머리 앤』을 읽는 여성 독자들은 '앤'의 이야기를 자기 이야기로 받아들이며 같이 웃고 울며 공감할 것이다. 하지만 오십 대 후반의 남성으로서 처음 이 소설을 읽는 나는 다른 관점으로 보았다. 우선 앤보다도, 앤의 주변 인물에게 감정이입이 되었다. 나처럼 자식 없는 '매슈 아저씨'가 되어서 바라보면 앤이 사랑스러우면서도 애처로웠다. 어떨 때는 앤과 다투던 남자아이 길버트가 되어 앤을 바라보았다. 초등학교 시절 나도 막연히 좋아하던 같은 반 여자아이들에게 장난을 치고 괴롭히기도 했다. 그게 애정의 표시였다. 그리고 가끔은 남자 앤이 되어 앞길을 개척하는 소녀에게 감동하기도 했다.

『빨간 머리 앤』은 남성들에게도 꼭 필요한 책이라고 생각한다. 어머니와 아내와 딸, 그리고 세상 사람의 절반인 여성들을 좀 더 이해하기 위해서라도. 그러나 작품 속에 깃든 메시지는 성과 나이를 초월해 독자들을 감동시킨다.

매슈 아저씨와 마릴라 아줌마는 캐나다 프린스에드워드섬의 에이번리 마을에 사는 남매지간이다. 결혼하지 않은 채 늙어가는 두 사람은 농사일을 도울 일꾼이 필요했다. 그래서 고아원에서 어린 남자아이를 데려오기로 한다. 마침 근처에 사는 스펜서 부인이 고아원에 다녀온다기에 부탁을 했는데, 중간에 전달이 잘못되어 부인은 그만 여자아이인 '빨간 머리 앤'을 데리고 온다.

스펜서 부인이 기차역에 앤을 내려놓고 한 정거장을 더 가는 바람에 앤은 홀로 역에 앉아 자기를 데리러 올 사람을 기다린다. 뒤늦게 온 매슈는 여자아이를 보고 당황한다. 그는 여자라면 아이 앞에서도 부끄러워할 만큼 수줍음이 많은 사람이었다.

난감해하는 매슈에게 앤은 반갑게 인사한다. 그리고 혹시 아무도 데리러 오지 않으면 기찻길 옆 벚나무 위에서 달빛을 맞으며 잘 생각이었다고 말한다.

소설에서는 이 대목을 밝게 처리하고 있지만 내가 상상한 장면은 어둡다. 초라한 옷을 입고 홀로 기차역에 앉아 알지 못하는 사람을 기다리는 열한 살짜리 소녀. 아, 열한 살, 얼마나 어린 아이인가? 부모 없는 그 아이의 외로움과 막막함을 상상하니 가슴이 저릿해졌다.

매슈는 일단 앤을 마차에 태우고 집으로 향한다. 앤은 낯선 매슈에게 계속 조잘거리고, 매슈는 그런 앤에게 차차 정을 느낀다. 마차가 어느덧 4500미터나 이어지는 가로수길에 접어들었을 때 앤은 갑자기 말문을 닫는다. 독자인 나도 작가가 묘사한 풍경에 빠져들고 말았다.

머리 위로는 눈처럼 하얗고 향긋한 꽃들이 하늘을 지붕처럼 덮은 채 길게 뻗어 있었다. 커다란 가지 아래엔 자줏빛 황혼이 가득했고, 멀리 앞쪽으로는 대성당의 복도 끝에 있는 커다란 장미 문양의 창처럼 아름답게 물든 하늘이 살짝 내다보였다. 그 아름다운 풍경이 아이의 말문을 닫게 한 것 같았다. 아이는

(……) 마차가 길을 빠져나와 뉴브리지로 향하는 언덕길을 내려갈 때까지 한마디도, 꼼짝도 하지 않았다. 여전히 기쁨에 가득 찬 얼굴로 저 멀리 노을 지는 서쪽 하늘을 바라보며 불타는 하늘을 배경으로 눈부시게 흘러가는 환상을 보고 있었다. 개들이 짖어대고, 사내아이들이 소리를 지르고, 사람들이 호기심에 찬 얼굴로 창밖을 빤히 내다보는, 시끌벅적한 뉴브리지의 작은 마을을 지나는 동안에도 두 사람은 아무 말이 없었다.

—「빨간 머리 앤」 40~41쪽

아치 모양을 이룬 사과나무들이 4500미터나 길게 뻗어나간 광경이라니! 눈처럼 하얀 꽃들이 지붕처럼 길게 하늘을 덮고, 우듬지 사이로 황혼에 물드는 하늘은 상상만 해도 황홀했다. 이 글을 읽으며 언젠가 사과나무들이 꽃필 때쯤 이곳에 가봐야겠다는 다짐을 했다.

에이번리 마을은 숲과 들판과 정원이 아름다운 마을이었다. 앤은 자신이 이곳에 살게 된다는 것이 꿈만 같다고 여기며 마침내 '초록색 지붕의 집'에 도착한다. 그러나 기다리고 있는 것은 마릴라 아줌마의 충격과 핀잔이었다. 앤은 두 사람의 대화를 통해 그들이 원한 아이가 남자였다는 것을 알고는 좌절에

306

빠져 눈물을 흘린다.

매슈는 앤을 데리고 있고 싶었지만 마릴라 아줌마는 싫어했다. 그러나 다음 날 스펜서 부인의 집으로 향하는 마차에서 앤의 이야기를 들으며 마릴라 아줌마는 조금씩 마음의 문을 연다. 앤의 부모님은 모두 고등학교 교사로 어머니는 앤을 낳고 석 달 후에 돌아가셨고, 아버지는 나흘 뒤에 열병으로 세상을 떴다고 한다. 그 후 친척 한 명 없는 앤은 청소하러 오던 아줌마 집에서 자라다 또 다른 아줌마 집으로 갔다. 앤은 양녀로서 귀여움을 받으며 자란 게 아니라 어린 나이에 집안일을 하며 세 쌍둥이를 돌봤다. 그리고 넉 달 전부터 고아원에서 지내던 중 매슈와 마릴라의 집에 오게 된 것이었다.

나는 가끔 책을 읽다가 멈추고 책 속의 이야기를 상상하는 습관이 있다. 이번에도 나는 여덟아홉 살짜리 꼬마인 앤이 세 쌍둥이를 돌보느라 허둥거리며 눈칫밥을 먹는 모습이 그려지며 눈물이 핑 돌았다. 남자도 중년이 되면 눈물이 종종 난다. 나중에 나오는 이야기지만 기도할 줄도 모른다며 꾸짖는 마릴라 아줌마에게 앤은 세 쌍둥이를 돌보느라 그런 것을 배울 수가 없었다고 말한다. 아이가 학교도 못 다니고 집에서 아기들을 돌보려니 얼마나 힘들었을 것인가. 밤이 되면 기진맥진해서 쓰러졌다고 한다. 아이를 키워보지 않은 마릴라지만 더 이상 앤에게 캐묻지 못한 채 침묵 속에서 마차를 몰기만 했다.

『빨간 머리 앤』의 작가 루시 모드 몽고메리가 태어난 해가 1874년이니 약 140년 전의 캐나다 상황이 이랬던 것 같다. 그 시절 캐나다는 일찍 죽는 어른들이 비교적 많았다. 부모를 일찍 잃은 아이들은 고아원으로 가거나, 친척이나 남의 집에서 일을 해주며 살았던 것 같다.

우리도 그런 시절이 있었다. 나의 어린 시절인 1960, 70년대에는 시골에서 상경해 '식모살이'를 하던 십 대 중후반 소녀들이 있었다. 먹여주고 재워주는 까닭에 월급은 적었지만 돈벌이를 위해서라기보다 생계 유지가 힘들었던 시골에서 입 하나 덜기 위해 딸을 남의 집에 일꾼으로 보냈던 것이다. 가난한 우리 집에는 식모가 없었지만 주변 친척 집에서 식모들을 보고 자란 나이기에 어린 앤이 고생하는 모습이 눈에 선하여 가슴이 아팠다.

결국 앤은 마릴라 아줌마네와 함께 살게 된다. 앤은 부지런하고 영리하면서 할 말은 다 하는 자존심 세고 되바라진 아이였다. 자기를 '깡마르고 못생겼으며 머리털이 당근처럼 빨갛다'고 이야기하는 린드 아주머니에게 몸을 부르르 떨고 발을 쾅쾅 울려가며 대든다. 마릴라 역시 앤을 곱게 키우지 않았다. 설거지를 비롯한 온갖 일을 시키고, 쌀쌀맞게 대하고 꾸지람을 하며, '쓸모 있는 아이'로 대한다. 한편, 앤은 솔직하고 자신의 잘못을 알면 기꺼이 사과를 하는 매력이 있었다. 앤은 차츰 마릴라 아줌마와 이웃들에게 인정받고 사랑받는 아이가 되어간다.

앤은 무엇보다 상상력이 풍부했다. 주변 숲과 호수와 나무들의 이름을 자기 식대로 붙이고 늘 상상 속에 빠져 살았다. 그런 앤을 가장 행복하게 만든 것은 이웃집 친구 다이애나였다. 열한 살이 될 때까지 친구 한 명 없이 집안일만 했던 앤에게 '첫 친구'는 '첫 연인'처럼 다가왔다.

그 후 벌어지는 수많은 에피소드들은 나를 웃게도 하고 가슴이 짠하게도 했다. 140년 전의 이야기는 50년 전 나의 이야기와도 비슷했다. '58년 개띠' 베이비부머 세대인 나는 서울 변두리에서 학교를 다녔는데 학생 수가 얼마나 많은지 초등학교 1학년 때는 한 반이 거의 100명이나 되었던 것으로 기억한다. 교실이 그야말로 콩나물 시루 같았다. 그것도 오전반과 오후반으로 나뉘었고, 한동안은 3부제로 다녔던 기억도 난다.

우리 학교는 앤이 다니던 학교와 상황이 달랐지만 노는 행태가 비슷했다. 앤은 지붕 위를 걷다가 떨어진다거나 구멍 난 배를 타고 가다가 침몰 위기에 처하는 식의 아슬아슬한 놀이를 즐긴다. 어릴 적의 우리도 그랬다. 한강변에 살던 아이들은 강에서 수영을 하다가 죽기도 하고, 달리는 버스 뒤에 매달려 가기도 했다. 요즘처럼 학원이며 과외에 얽매이지 않은 채 모든 곳이 우리의 놀이터였다. 고삐 풀린 듯 마음껏 모험을 즐길 수 있었다. 『빨간 머리 앤』을 읽는 동안 나의 옛 시절로 돌아간 것만 같았다.

　종종 가슴 아픈 이야기가 나오면 한숨도 나왔다. 브로치가 없어지자 의심받은 앤은 마릴라에게 추궁을 받는다. 바른대로 말하지 않으면 주일 학교 소풍을 보내지 않겠다는 마릴라의 말에 앤은 절망에 빠진다. 얼마나 기다렸던 소풍인가? 결국 앤은 소풍을 가기 위해, 브로치를 갖고 놀다 호수에 빠트렸다고 거짓 고백을 하지만 브로치는 나중에 다른 곳에서 발견된다. 앤이 친딸이었다면 마릴라가 그렇게 의심을 했을까? 소풍을 가고 싶어 스스로 죄를 만들었던 어린 앤의 마음은 어땠을까?

　아이들에게 소풍이란 대단한 것이다. 소풍 전날에 사탕과 빵을 사고 짐을 싸며 흥분했던 기억이 난다. 나의 아내는 얼마나 흥분했던지 소풍 전날 학교에서 거의 실신 상태에 빠져 선생님의 등에 업혀 집에 온 적도 있었단다. 끙끙 앓던 아내는 소풍을 가지 못하고 집 앞에서 손에 과자 한 봉지를 든 채, 소풍 가는 아이들의 긴 행렬을 바라보았다. 그런 일을 두세 번 겪을 정도로 심약했다는데 그만큼 아이들에게 소풍이란 큰 사건이다. 그런데 열한 살 때 난생처음 소풍을 가게 된 앤의 마음은 어땠을까? 죄를 뒤집어쓰고서라도 꼭 가고 싶었을 것이다.

그 후 앤은 점점 의젓해지고 공부도 잘해서 진학 시험에서 일등까지 한다. 앤이 상급학교로 떠나는 날, 마릴라는 여전히 무뚝뚝한 척했지만 앤이 떠나고 나자 잠자리에서 격렬하게 흐느껴 운다. 이제 앤은 그녀에게 친딸 같은 존재였다.

이 대목을 떠올리니 또 콧등이 시큰거린다. 내가 군대를 가거나 먼 여행을 떠날 때면 눈물을 흘리던 어머니가 생각난다. 젊을 때는 몰랐지만 나이를 먹으면서 알게 되는 것들이 있다.

앤은 상급학교에서 대학 진학 장학금을 받을 자격도 얻는다. 하지만 이때 불운이 닥친다. 매슈 아저씨가 심장마비로 세상을 뜨면서 마릴라가 홀로 남겨진 것이다. 앤은 대학 진학을 포기하고 에이번리의 학교에서 교사로 일하며 마릴라를 돌보기로 한다. 그 과정에 도움을 준 동창생 길버트가 있었다. 길버트는 처음 학교에 나타난 앤을 보고 빨간 머리라고 놀렸던 남자아이다. 그래서 몇 년 동안 서로 말조차 하지 않았는데, 이제 길버트와 화해한 앤은 에이번리에서 새로운 인생을 시작한다.

『빨간 머리 앤』은 이런 속삭임으로 끝난다.

> 앤의 꿈은 작아졌다. 하지만 앤은 발 앞에 놓인 길이 아무리 좁다 해도 그 길을 따라 잔잔한 행복의 꽃이 피어나리라는 걸 알고 있었다. (……) 그 무엇도 타고난 앤의 상상력과 꿈으로 가득한 이상 세계를 뺏을 수는 없었다. 그리고 길에는 언제나 모퉁이가 있었다! 앤은 나직이 속삭였다.
> "하느님은 하늘에 계시고 세상은 평안하도다."
>
> ─『빨간 머리 앤』525~526쪽

꿈이 작아졌다, 길이 좁다, 길모퉁이…… 이런 평범한 구절 앞에서 나는 감동한다. 패기에 넘치던 젊은 시절에는 결코 느끼지 못했던 감정이다. 꿈을 크게 갖고, 초원과 사막을 횡단하고, 늘 도전과 개척의 정신에 불타는 청년이었을 때는 이런 구절들이 귀에 들어올 리 없었다. 그러나 꿈이 쭈그러들고 인생에 펼쳐진 길들이 대개는 좁다는 것을 알아가는 나이가 되니 깊이 공감하게 된다.

'모퉁이'란 단어는 내가 잊고 지냈던 소중한 세계를 일깨워주었다. 언제부턴가 나이가 들고 경험이 많아질수록 '인생을 다 알았다'는 생각이 들곤 했다. 산 넘으면 산이고, 또 산 넘으면 산이 나타나는 것을 보면서 인생의 수많은 모퉁이를 돌아도 다 비슷할 것이라 생각했다. 그런 태도가 내 삶을 시들하게 만들었다. 길모퉁이를 돌아서면 어떤 세상이 나올지는 아무도 모르는 것인데, '과거의 경험'이 '미래의 설렘'을 가로막고 있었다. 미래를 설레는 여백으로 남겨놓기 위해서 나는 과거도 조금씩 하얀 여백으로 만들기 시작했다.

또한 우리가 영혼의 존재를 믿는다면 죽음도 모퉁이가 된다는 것을 알아가고 있다. 그 모퉁이를 돌아선 세계가 어떤 것일지 가끔 가슴 설레며 상상하고 있다.

『빨간 머리 앤』을 쓴 작가 루시 모드 몽고메리는 1874년, 이 소설의 무대인 프린스에드워드섬에서 태어났다. 실제로 그녀는 어려서 어머니를 여의고 외조부모의 보살핌 속에서 컸다. 그리고 교편을 잡고 기자생활을 하다가 대학에 들어가 영문학을 전공

했다. 그녀는 어린 시절부터 문학적 재능을 보였는데 1908년 서른네 살에 발표한 이 소설에는 그녀의 어린 시절 추억이 담겨 있다고 한다.

사실 『빨간 머리 앤』의 원고는 캐나다의 출판사에서 모두 외면당했었다. 실의에 빠졌던 작가는 3년 뒤 용기를 내 미국 보스턴의 출판사로 다시 원고를 보냈다. 『빨간 머리 앤』은 그렇게 해서 세상에 나왔다고 한다. 책에 실린 이런 짧은 소개글 뒤에 숨은 지난한 과정이 내 눈에는 훤히 보인다. 나도 책을 내는 과정에서 출판사로부터 수없이 거절을 당한 경험이 많다. 특히 초창기에는 좌절감이 심했다. 루시 모드 몽고메리도 오죽하면 다 잊고 지내다가 3년 만에 다시 원고를 보냈을까?

이 소설이 크게 인기를 끌자 작가는 2편으로 『에이번리의 앤』, 3편으로 『레드먼드의 앤』을 낸다. 『에이번리의 앤』은 앤이 에이번리에서 학생들을 가르치며 경험하는 순수한 아이들의 이야기를 담고 있고, 『레드먼드의 앤』은 앤이 대학에 진학하여 겪는 이야기인데 많은 부분이 사랑 이야기다. 앤은 자의식이 매우 강한 여성으로 자신의 세계에 누군가 들어오는 것을 몹시 불안해한다. 그래서 남자들의 청혼을 다 거절하다가 병으로 죽어가던 길버트의 소식을 듣고 그를 사랑하고 있음을 깨닫는다.

『빨간 머리 앤』은 한 번 읽고 끝낼 책이 아니었다. 읽고 나서도 자꾸 들춰보았다. 곳곳에 보석 같은 글귀들이 있었기 때문이다. 그래서 『빨간 머리 앤』을 여러 번 읽었다는 독자가 특히 많다.

소설 속에서 내 가슴에 깊이 새겨진 대목을 떠올려본다.

앤이 다이애나의 친척 할머니로부터 초대를 받고 큰 도시에서 며칠을 머물다 돌아오는 길이었다. 시골 소녀 앤은 큰 도시에 머물며 박람회를 즐겼고, 마차를 타고 공원도 산책하고 음악회도 가보았으며, 밤 11시에 식탁에 앉아 아이스크림을 먹기도 했다. 에이번리에서는 경험할 수 없는 달콤한 시간이었다. 친구 다이애나는 흥분해서 자기는 도시 체질인 것 같다고 이야기하지만, 앤은 '초록색 지붕의 집'에 있는 다락방에서 달콤한 잠을 자는 게 훨씬 좋다고 생각한다. 앤이 탄 마차가 바닷가 길로 접어들자 멀리 황혼길의 언덕들이 거무스름하게 모습을 드러내는 가운데 바다에서 달이 솟아오르고 있었다. 바다 냄새 가득한 공기를 들이마시던 앤은 말한다.

"아, 살아 있다는 것도, 집으로 돌아가는 것도 너무 좋구나."

이 짧은 한마디가 나를 깊은 생각에 빠지게 했다. 나는 몇 개월, 혹은 거의 1년에 걸친 여행을 종종 했다. 집을 떠나 어디론가 돌아다닐 때면 행복했지만 집으로 돌아오는 길은 대개 우울했다. 떠도는 게 좋았고 정착하는 게 싫었다. 여행이 자유스러웠고 일상생활이 답답했다. 고아 신세에 남의 집에서 눈칫밥을 먹으면서도 집에 돌아오는 것이 가장 행복했다고 말하는 앤은 얼마나 행복한 아이인가? 늘 집을 떠나려 했고 집을 따스하게 느끼지 못했던 나는 얼마나 불행한 사람인가?

왜 나는 집으로 돌아오기 싫어했을까? 불우했던 어린 시절의 가정환경 때문일까? 그것 때문만은 아니었다. 개인적으로나 사회적으로나 나는 노새처럼 무거운 짐을 지고 가파른 산을 올라온 것만 같았다. 그래서 집을 떠나면 훌훌 날아다니는 기분이 들었다. 그러나 평생 떠돌면서 살 수는 없는 일, 이제 떠나지 않고 여기서도 행복해지고 싶다. 그러기 위해서는 앤과 같은 어린아이의 동심과 상상력이 필요함을 알아가고 있다. 중년의 남성에게도 『빨간 머리 앤』은 감동스러운 이야기였다.

책을 다 읽은 후 인터넷 검색을 해보았다. 프린스에드워드섬의 에이번리 마을은 이미 관광지가 되어 있었다. 『빨간 머리 앤』은

'앤 오브 그린 게이블'이라는 원작 제목으로 뮤지컬도 상영되고 있었다. 이제 나의 버킷 리스트가 되었다. 언젠가 봄날, 하얀 사과꽃잎이 흩날리는 그 긴 아치형 터널을 걸어볼 것이다. 앤이 이름 붙인 '반짝거리는 호수'와 들판과 숲길도 거닐어볼 것이다.

그런데 군산의 어느 카페 칠판에 적혀 있던 문장은 어디에 있는 것일까?

"'세상은 생각대로 되지 않는다'고 하지만 생각대로 되지 않는 건 멋진 일이에요. 생각지도 못한 일이 일어나는걸요."

이 말은 『빨간 머리 앤』 시리즈 세 권 어디에도 나오지 않았다. 나중에 알게 되었는데 이 말은 『빨간 머리 앤』 출간 100주년을 기념해서 새롭게 만든 책에 나온다고 한다.

그런 것 같다. 세상이 내 마음대로 되지 않음을 감사해야 한다. 그래야 내일 무슨 일이 일어날까 하는 설렘이 생기지 않겠는가.

중년
독서

중년에 얻은
두 번째 독서의 즐거움

합리적 이성이 휩쓸었던 근대에 억눌렸던 상상력과 시학의 세계를 복원한 프랑스의 철학자 가스통 바슐라르는 '진정한 문학은 두 번째 독서에 있다'고 말했다. 첫 번째 인상이 지나가고 난 후 천천히 다시 그 책을 펼쳐 읽을 때 책과 자기 내면의 공감대가 깊고 넓어지기 때문이다.

그에게 문학 작품은 분석의 대상이 아니라 작가와 독자가 공감할 수 있는 모티프를 담고 있는 소중한 텍스트였다. 독서는 작품이라는 수수께끼를 해석하는 행위가 아니라, 독자가 작품으로부터 자극받은 후 스스로 떠나는 몽상의 길과 같은 행위이며, 작가와 독자는 상상력 속에서 동일한 꿈을 뒤좇게 된다고 그는 말한다.

나는 체험을 통해서 그의 말에 깊이 공감한다. 책을 읽는 동안 가끔 내 안에서 불꽃이 인다. 작품과 내 삶의 체험이 만나는 그 순간은 '두 번째' 읽을 때 번쩍이는 번개처럼 드러난다. 첫 번째 읽을 때는 내용을 쫓아가느라 바쁘다. 어려운 내용은 페이지를 넘기기가 버겁기도 하다. 그러나 다 읽고 나서 여유를 갖고 천천히 다시 읽을 때 전에 몰랐던 내용이 이해되고 더 깊은 뜻을 깨닫게 된다. 가끔 너무 어려울 때는 필사도 한다. 자판기를 치며 두 번째 읽다 보면 신기하게도 이해되는 경우가 많다.

젊은 시절에 접했던 책들을 중년에 다시 보니 어찌나 이해가 잘 되던지…… 중년 독서는 마치 두 번째 독서처럼 내 삶을 다시 보게 해주었다. 책을 통해 나는 위로받았고 어린 시절의 감수성과 상상력을 조금씩 회복하기 시작했다.

사진과 영상이 휩쓰는 시대다. 인터넷과 결합된 강렬한 이미지가 우리를 지배한다. 상상력을 자극했던 그 세계가 이제 오히려 상상력의 세계를 억압한다. 이미지가 너무 분명하고 강렬하면 오히려 상상력이 위축된다. 또한 빠른 속도 속에서 금세 휩쓸리고 획일화된다. 개성이 가득한 세계 같지만 차별성이 이내 사라지는 밋밋한 세계다.

반면에 글자는 이미지가 분명하지 못하고 모호하다. 그래서 한 권의 책을 천 명의 사람이 읽으면 천 개의 이미지와 상상이 피어오른다. 읽는 사람의 경험이 모두 다르기 때문이다. 이 얼마나 멋진 일인가?

한때 나는 글을 싫어했다. 개념과 이미지를 통해 현실을 우회적으로 인식하는 불완전한 기호였기 때문이다. 그러나 이제 나는 그 불완전성과 모호함을 사랑한다. 그곳에서 상상의 세계가 전개되기 때문이다. 이제 나는 진정으로 글과 책을 사랑하게 되었다.

이 책을 굳이 나의 여행과 결합시킬 생각은 없었다. 나는 여행작가라는 타이틀로 활동하고 있지만 이제 '여행'이라는 두 글자를 떼어버리고 싶다. 여행작가가 되기 위해 여행을 떠났던 것도 아니었다. 나는 여행보다 인간과 삶에 대한 호기심이 더 많다. 다만 30년 동안 여행과 글에 파묻혀 살다 보니 자연스럽게 글에 여행 이야기가 섞여 들어갔을 뿐이다.

또한 나는 독서 전문가나 비평가도 아니다. 책을 유난히 많이 읽은 사람도 아니며 남의 책을 전문적으로 평하지도 못한다.

나는 다만 글을 쓰는 작가 혹은 에세이스트이며, 동시에 타인의 책을 통해 늘 배우는 독자다.

　너무 많은 책을 읽고 싶지는 않다. 날마다 많은 책이 쏟아져 나오는 이 시대에 '많음'을 지향하면 마음이 바빠진다. 여행을 많이 한다고 해서 꼭 인격이 성숙해지는 것이 아니듯이 책을 많이 읽었다고 지혜가 생기는 것도 아니다. 또 급히 읽다 보면 오독을 하게 되고 읽는 재미도 사라진다. 물론 속독이 필요한 책도 있지만 인연 닿는 대로, 마음 끌리는 대로 천천히 읽는 책이야말로 기쁨을 준다. 책 속에 푹 빠져 자신을 잊는 것, 그리고 두 번째 읽기에서 자기 삶과 공명하는 부분을 찾아내는 시간을 나는 사랑한다.

노년을 향해 가는 나에게 책은 이제 다시 든든한 친구가 되었다. 어린 시절처럼 가슴이 뛴다. 내 중년의 고비를 넘기는 데 도움을 준 수많은 책의 저자들과 번역가, 출판인, 도서관 사서, 그리고 이 책을 읽어줄 독자들에게 한없는 고마움을 느낀다. 지혜를 생산하고 '지혜의 저장고'를 지키는 멋진 사람들이다. 글을 쓰는 사람, 고치는 사람, 책을 만드는 사람, 홍보하고 보호해주는 사람, 읽는 사람 모두 인간의 정신 세계를 다룬다는 자부

심을 가질 만하다.

책이 컴퓨터와 스마트폰에 밀려 죽을 것이라는 전망도 있다. 그럴지도 모른다. 그러나 나는 책이 사랑스럽다. 사랑하면 같이 죽어도 좋은 것이다. 한 시절 책과 사랑하다 사라질 수만 있다면 얼마나 행복한가? 그러나 책이 쉽게 죽지는 않을 것 같다. 어찌 되었든 사랑받을 수 있는 좋은 책을 써야 한다는 각오를 늘 다지고 있다.

새로운 세계를 항해할 수 있게 격려해준 편집자 이승희 씨에게 감사를 드린다. 의욕은 있었지만 나아갈 방향에 대해서 고민할 때 적절한 충고와 조언을 해준 그녀가 없었다면 이 글은 그저 내 컴퓨터 안에 남았을 것이다.

2018년 겨울
이지상

참고문헌

- 강상중 지음, 송태욱 옮김, 『도쿄 산책자』, 사계절출판사, 2013
- 후지와라 신야 지음, 김욱 옮김, 『황천의 개』, 청어람미디어, 2009
- 오쿠다 히데오 지음, 양윤옥 옮김, 『남쪽으로 튀어』, 은행나무, 2008
- 알베르 카뮈 지음, 김화영 옮김, 『이방인』, 책세상, 2010
- 알베르 카뮈 지음, 김화영 옮김, 『시지프 신화』, 책세상, 2006
- 빅터 프랭클 지음, 이시형 옮김, 『죽음의 수용소에서』, 청아출판사, 2007
- 헤르만 헤세 지음, 박병덕 옮김, 『싯다르타』, 민음사, 1997
- 프란츠 카프카 지음, 김현성 옮김, 『심판』, 문예출판사, 2010
- 에밀 아자르 지음, 용경식 옮김, 『자기 앞의 생』, 문학동네, 2003
- 앙투안 드 생텍쥐페리 지음, 김윤진 옮김, 「야간 비행」 「인간의 대지」, 『인간의 대지』, 시공사, 2014
- 오르한 파묵 지음, 이난아 옮김, 『이스탄불: 도시 그리고 추억』, 민음사, 2008
- 김승옥 지음, 『무진기행』, 민음사, 2017
- 린다 리밍 지음, 송영화 옮김, 『부탄과 결혼하다』, 미다스북스, 2011
- 서머싯 몸 지음, 송무 옮김, 『달과 6펜스』, 민음사
- 레나 모제(글) · 스테판 르멜(사진), 이주영 옮김, 『인간증발』, 책세상, 2017

- 조나단 스위프트 지음, 류경희 옮김, 『걸리버 여행기』, 미래사, 2003
- 플라톤 지음, 최명관 옮김, 「소크라테스의 변론」, 『플라톤의 대화편』, 창, 2015
- 아리스토텔레스 지음, 강상진·김재홍·이창우 옮김, 『니코마코스 윤리학』, 길, 2015
- 미하엘 엔데 지음, 한미희 옮김, 『모모』, 비룡소, 2017
- 오정희 지음, 「중국인 거리」, 『유년의 뜰』, 문학과지성사, 2017
- 루시 모드 몽고메리 지음, 김양미 옮김, 『빨간 머리 앤』, 인디고(글담), 2018

그 외 참고문헌

- 무라카미 하루키 지음, 양억관 옮김,『언더그라운드』, 열림원, 2002
- 설성경 지음,『홍길동전의 비밀』, 서울대학교 출판부, 2004
- 빅토르 E. 프랑클 지음, 박현용 옮김,『책에 쓰지 않은 이야기』, 책세상, 2012
- 조셉 캠벨·빌 모이어스 지음, 이윤기 옮김,『신화의 힘』, 고려원, 1992
- 미셸 세르 지음, 이규현 옮김,『헤르메스』, 민음사, 2009
- 쇠렌 키르케고르 지음, 임규정 옮김,『죽음에 이르는 병』, 한길사, 2007
- 앙투안 드 생텍쥐페리 지음, 배영란 옮김,『성채』, 현대문화센터, 2010
- 폴 고갱 지음, 김수자 감역, 남진현 옮김,『고갱의 타히티 기행』, 서해문집, 1999
- 가브리엘레 크레팔디 지음, 하지은 옮김,『고갱: 원시를 향한 순수한 열망』, 마로니에북스, 2009
- 베터니 휴즈 지음, 강경이 옮김,『아테네의 변명』, 옥당, 2014
- 아리스토파네스 지음, 천병희 옮김,「구름」,『아리스토파네스 희극전집 1』, 숲, 2010
- 크세노폰 지음, 최혁순 옮김,『소크라테스 회상』, 범우, 2015

- 도널드 케이건 지음, 허승일·박재욱 옮김, 『펠로폰네소스 전쟁사』, 까치, 2006
- 플라톤 지음, 최명관 옮김, 「크리톤」「파이돈」, 『플라톤의 대화편』, 창, 2015
- 두퀴디데스 지음, 천병희 옮김, 『펠로폰네소스 전쟁사』, 숲, 2011

중년 독서

1판 1쇄 인쇄 2019년 1월 7일
1판 1쇄 발행 2019년 1월 14일

지은이 이지상
펴낸이 김영곤
펴낸곳 아르테

문학출판사업본부 본부장 원미선
책임편집 이승희
문학기획팀 이지혜 김지영 인수
문학마케팅팀 정유선 임동렬 조윤선 배한진
문학영업팀 권장규 오서영
홍보팀장 이혜영 **제작팀장** 이영민

출판등록 2000년 5월 6일 제406-2003-061호
주소 (우 10881) 경기도 파주시 회동길 201(문발동)
대표전화 031-955-2100 **팩스** 031-955-2151

ISBN 978-89-509-7850-1 03810
아르테는 (주)북이십일의 문학 브랜드입니다.

(주)북이십일 경계를 허무는 콘텐츠 리더

아르테 채널에서 도서 정보와 다양한 영상자료, 이벤트를 만나세요!
네이버오디오클립/팟캐스트 [클래식클라우드]김태훈의 책보다 여행
페이스북 facebook.com/21arte   블로그 arte.kro.kr
인스타그램 instagram.com/21_arte   홈페이지 arte.book21.com